CONTENTS

本作品の内容はすべてフィクションです。
実在の人物・地名・団体・事件などとは一切関係ありません。

いつも微熱にうかされて

靴を履き、真崎史彦《まさきふみひこ》は玄関のドアノブを摑《つか》んだ。

こいつをぐいっと捻って押し開け、部屋から出ていくのは簡単だ。だが、どうしても動作が鈍重になってしまう。

後ろ髪を引かれる思いで、真崎は後方へ首を回した。が、愛する人の見送りはない。沸々とした怒りの気配が、寝室の奥でとぐろを巻いているばかりだ。

諦めて、真崎はドアノブを動かした。いまここで大声を出し、「行ってくる」と呼びかけたとしても、返事は返ってこないだろうし、姿も見せてはくれないだろう。

日本最大手の広告会社伝通《でんつう》の東京本社、マーケティング局クリエイティブ部門プランニング課に所属する水澤倫章《みずさわりんしょう》と、そのパリ支部に在籍する自分との物理的距離は、現在の心の距離にくらべれば、たいした問題ではないとさえ感じられる。

仕方なく真崎はスーツケースを持ち上げた。また明日から、倫章のいないパリ生活が始まる。

真崎はわざと大きな音をたてて、ドアを閉めた。

行ってきますの、言葉の代わりに。

出張ついでのショートステイを喧嘩《けんか》したまま切り上げることになった理由は、ちょっとした感情の行き違いによる。

今回真崎は倫章になんの予告もせず、深夜便で帰国した。じつは香港《ホンコン》支社で打ち合わせが一件あったのだが、夜の会食が突然キャンセルになったため、思いがけず時間が空いたのだ。気づけば羽田行きの便に飛び乗っていたというわけだった。翌日午後には再びフランス行きの便に乗って帰社しなければならないが、わずかでも倫章に触れられるなら、俄《が》然《ぜん》フットワークも軽くなる。

羽田到着は日付が変わる直前だったが、空港発の品川行き列車に滑り込み、三鷹《みたか》到着は午前一時二十分過ぎ。倫章の驚いた顔見たさに事前連絡は省略した。どのみちこの時間では、ベッドの中に違いない。

インターホンを押さずにドアを開け、音も立てずに靴を脱ぎ、忍び足で寝室へ向かった。明度を落としたフットライトが、ベッドで眠る恋人のシルエットを浮かび上がらせている。真崎はその膨らみに近づき、「ただいま」と呼びかけた……が、反応はない。

上着を脱いでネクタイを弛《ゆる》め、そっと布団を持ち上げてみる。と、ブリーフ一枚の美しい俯《うつぶ》せ姿が現れた。寝顔見たさに髪に触れると、まだ少し湿っている。察するに、風呂から上がってそのまま眠ってしまったようだ。

と、耳にイヤホンが刺さっている。なにを聴いていたのかと、枕元に転がっているポータブルプレーヤーを手に取れば、フランス語の教材のタイトルが画面に流れた。真崎の帰宅に気づかないほど疲れ切っていながらも語学勉強を欠かさない努力家に、愛しさが込み上げる。

プレーヤーを止め、イヤホンを外してやったついでに頬や首筋にキスしてみるものの、規則正しい寝息は一向に乱れない。夢を視る余裕すらないほどの熟睡ぶりだ。

天使のように愛らしく美しい寝顔を観賞しているうちに、ムクムクと悪戯《いたずら》心が湧き起こった。そこを堪えて、そのまま寝かせてやればよかったものを、真崎は就寝中の倫章に、つい悪さをしてしまったのだ。

倫章の可愛い部分を覆い隠している邪魔者に指をかけ、少しばかり下ろしてみると、美しい曲線を描くキュートな尻が薄闇にもはっきりと見て取れた。滑らかな肌にチュッとキスするが無反応だ。調子に乗ったわけではないが、そのままブリーフを脱がせ、倫章を仰向けに返してみた。いくらなんでも起きるだろうと思ったのに、まだ目覚めない。それならば…と手を伸ばし、前の膨らみを掌で撫《な》でてみるが、それでも反応は返ってこない。

「こっちも就寝中か」

肩を揺らして笑ってしまった。ここまで無防備だと、もっと試してみたくなる。

ベッドに上がり、膝の裏に手を掛け、持ち上げて肩に担ぎ、この無防備で愛らしい恋人をどう料理してやろうかと考えたあげく、潤滑剤に手を伸ばし、そして……。

完全に冗談のつもりだった。

だが倫章の驚愕《きょうがく》は、予想外に激しかった。

そこに指を潜らせた直後、倫章が「うわっ！」と叫び、真崎の顔面を蹴ったのだ。

熟睡している体に、いきなり悪さを仕掛けたのだ。その反撃は間違ってはいないと思う。

いや、思うではなく当然だ。全面的に真崎が悪い。だが…。

慌てて「俺だ！」と正体を明かしたにも拘わらず、顔面に足の裏を押しつけられていることには納得がいかない。

「俺だと言っているだろうが！」

とっさに倫章の手足を押さえ、真崎は痛みに顔を歪《ゆが》めて訴えた。

「俺だ、倫章！　目を覚ませ！」

「え……っ」

真崎…？　と、倫章が放心したような声を漏らした。そうだ、と真崎は頷《うなず》き、噎《む》せ返りながらも「起きたか？」と意識の在り処を尋ねた。

まだ眠り半ばにある倫章が懸命に目を凝らし、足の間にいる真崎の姿を確認し、おそらくは全裸の自分に対しても無数の疑問符を飛ばしながら、どういうことだ？　と呟《つぶや》いた。

倫章を落ちつかせるべく、ただいまと微笑み、口づける。真崎に暴行を働いた右脚にもキスを施し、美しい首筋に唇を押しつけながら足の間に指を潜らせ、すでにＭＡＸサイズで待ちわびている自分のものを取り出して倫章の脚の間に押しつけた、そのとき。

「この強姦《ごうかん》野郎‼」

――――と、倫章がブチ切れたのだ。

「強姦、野郎…？」

これには真崎もカチンときた。まさか恋人から、強姦などという言葉で罵られようとは。

「やるなら起こせよ！　じゃなくて、帰ってきたなら、まず声をかけろよ！」

「呼んだのに起きなかったのは、お前だ」

「起きないからって、承諾もなく勝手な真似すんなっ！」

「なんだと…？」

ベッドで争いが勃発した場合、真崎の優勢は過去の例からも明らかだ。

真崎を引き剥がそうとして、倫章が両腕を突っ張らせる。その強気な態度を力でねじ伏せ、強引に押し込んだ。

「く……ぅっ！」

歯を食いしばり、倫章が身を強ばらせる。真崎は倫章の膝を持ち上げ、肩につくほど曲げてやった。暴れる倫章に構わず、何度も出し入れしながら、確実に根元まで埋め込んだ。

「これでも強姦か？　倫章」

「こんなの……卑怯《ひきょう》、だ……っ」

「卑怯？　恋人を喜ばせてやっているのに？」

「誰も喜んでなんか…！」

「喜んでるじゃないか」

勃っているものをピンと指で弾いてやると、倫章が耳まで真っ赤になった。

押せば必ず倫章は墜ちる。真崎の無謀を笑って許し、喜んで受け入れてくれるはず。そう頭から信じていたからこそ、嫌がる倫章を表に返し、裏に返し、最後までヤッてしまったのだが――――冷静になって考えれば、ひどく愚かな行為だった。

無理やり倫章を二度いかせ、痙攣《けいれん》による震動に満足しながら真崎は放った。出し切って、最後に大きくブルッ…と身震いした直後、横っ面を平手打ちされた。

「こっちは連日会社に泊まり込みで、心底疲労困憊《こんぱい》で、本当に久しぶりに、やっとベッドで眠れたっていうのに……っ！」

バカ野郎！　と潤んだ瞳で罵倒されて、ようやく真崎は我に返った。

倫章が、本当に本気で本心から全力で拒んでいたのだと、遅ればせながら理解した…が、どうやら完全に手遅れの様子。

「お前に会えたのは嬉《うれ》しいよ！　嬉しいけど、いくらなんでもコレはないだろ？　人として最低だってこと自覚しろッ！」

弁解しようとして言葉にならず、真崎は無言で髪を掻《か》き上げた。

心底疲れていたのだ、倫章は。へとへとのクタクタだったのだ。恋人の悪戯を楽しめないほど肉体的に疲労困憊だったのだ。そう考えると、確かに思いやりの欠片《かけら》もない、ユーモア・ゼロの、最低なやり方だった。

倫章が怒るのは当然だ。

「強姦行為」「同意なき挿入」「射精の強要」。基本的な争点は、このみっつだ。ひとつひとつを挙げてみれば、過去にも何度か繰り返されている事柄であり、取るに足りない所業だ……と真崎が思っているかぎりは許さないと冷たく突き放されてしまったが、ひとつひとつを切り離して話し合えば解決の糸口も見つかろうものの、三点セットで怒りを凝縮されては分が悪い。

せめて倫章がベスト・コンディションなら救われたのだ。なおかつ頭の中がみっちりと真崎で詰まっており、性欲メーターが振り切れていたなら。そう、肉体的にも精神的にも真崎と等しい状態でさえあってくれれば、こんな寂しい結果は招かなかったはずだった。

これが遠距離恋愛の恐ろしさだ。そのとき、その瞬間の、相手の状況や精神状態を汲《く》むことが非常に難しい。よって、つい自分本位に行動し、些末《さまつ》な失敗を重ねてしまう。……いけない。小さなミスと決めつければ、倫章の逆鱗《げきりん》に触れるのは必至だ。大きな失態を犯しましたと猛反省を装わなければ。

要するに、自分が絶好調だからといって、倫章がそれを受け止められる状態にあるとは限らないのだ。そんな当たり前の配慮に欠けていた。…愛しさが判断力を狂わせてしまったようだ。倫章を前にすると、ただの変質者と化してしまう自分が恐ろしい。

閉ざされたドアに、真崎は耳を押しつけてみた。だが、倫章が追いかけてくる気配はないどころか、なんの物音もしない。まさか、もう寝てしまったのか?

もともと倫章は『俺とパリ、どっちが好き?』やら『ひとり寝の夜は寂しい』などの、悶絶《もんぜつ》もののセリフを口にしてくれるような男ではないが、餞別《せんべつ》の言葉も貰《もら》えないとなると、浴びせられた暴言すら懐かしくてたまらない。

真崎は情けなく肩を落とした。このままドアの前に、ヤモリのように張りついていたいとすら思う。せめて倫章の機嫌が直るまで。いや、本音を言わせてもらえば、一度気持ちよく楽しく愛し合ってからではいけないだろうか。このままパリへ戻ろうものなら、間違いを犯してしまいそうなほど体が中途半端に燻《くすぶ》っている。

自分から海外勤務を望んだはずなのに、いまの真崎にとってパリへの帰還は、流刑にも等しい苦しみだった。

溜息《ためいき》をついて、真崎はドアを見つめた。

「元気でな、倫章」

閉ざされた冷たいドアに、そっと口づけ、別れを告げた。

◆◆◆

「…フミヒコ。フミヒコ！　ヘイ、ムッシュ真崎！」

何度もオフィスルームのドアをノックされ、真崎はハッとデスクから顔を上げた。派遣社員のルイスが、黒い肌に映《は》えるピンク色の唇を突き出して報告をくれる。

「CCボトラーズ様が、お待ちですよ」

「CCボトラーズ…？」

CCボトラーズは、アメリカに本社を、主要国に支社と製造工場を構える、世界ナンバーワンのシェアを誇る清涼飲料生産販売会社だ。各国で開催されるスポーツの競技会やイベントでも、冠スポンサーとして名を馳《は》せている。真崎の在籍する株式会社伝通のパリ支部クリエイティブ局内のCFプランニング・チームでは、そのCCボトラーズのフランスにおけるコマーシャルフィルムの制作を、一手に引き受けているのだ。まさしくVIPクライアントと言えるだろう。

だが…と真崎は首を捻った。CCボトラーズとの商談は、必ずこちらから先方に赴《おもむ》くか、先方指定のレストランを予約して行われるのが常だ。向こうがこちらへ……たかが支部ごときにわざわざ足を運ぶなんて、過去に例がない。

重い頭をひとつ振り、真崎は立ち上がってドアに向かった。と、ふいに軽い眩暈《めまい》を感じ、とっさにドアに手をついて身を支えた。

「時差ぼけかい？　フミヒコ。珍しいね」

真崎のスケジュール管理や代理業務を一手に引き受けてくれているアシスタント・ディレクションのエディが、隣から顔を覗《のぞ》き込んでくる。時差ぼけはないと思うが、倦怠《けんたい》感は否めない。日本経由のとんぼ返りが祟《たた》ったか。だが、いまは勤務中だ。不調に囚《とら》われている場合ではない。

エディの上品な顔が曇っている。心配をかけるのは忍びない。真崎は苦笑して顎を引き、念のためスケジュールを確認した。

「CCボトラーズとの約束は？」

「入ってないよ。急に向こうから来るなんて、一体どうしたんだろう」

訊《き》かれてもわからないことには、黙って肩を竦《すく》めるしかない。

「同席したほうがいい？」

「いや、その必要はない。いざとなったら大声を上げるさ」

そういうことじゃなくて…とエディが笑った。

「フミヒコ、珍しく顔色が悪いから」

「俺だって人間だ。体調が優れないときもあるさ」

いままで時差にやられたことはない。それよりも、全身の火照《ほて》りと倦怠感が気にかかる。

だが、休息よりも日本行きを優先したのは自分だ。絶対にダウンするわけにはいかない。

「ねぇ、フミヒコ。どれほど強靱《きょうじん》なアイアンマンでも、メンテナンスは必要だよ」

「そのメンテナンスに失敗したんだ」

「失敗？」

倫章が喜んで応じてさえくれれば、殺人ウィルスさえも跳ね返す史上最強の抵抗力を身につけられるはずだったのに。

忠告ありがとう、とエディの肩を軽く叩《たた》き、真崎は応接室へ向かおうとした。が、ルイスが指しているのは入口近くの、パーティション一枚で仕切られたウェイティング・コーナーだ。

「応接室に案内しなかったのか？」と、やや厳しい声でルイスに問うと、「彼が、あそこでいいって言ったんです」と、即座に反論されてしまった。

「どう見ても、ＣＣボトラーズの社員には見えなかったし…」

こんなことで顰《しか》めっ面をしたくはないが、不調時には、ちょっとしたことが癇《かん》に障る。

「ルイス」

改めて名を呼ぶと、ルイスが口元を窄《すぼ》め、上目遣いになった。叱られるとわかったらしい。自覚があるなら、もう言うことはない。真崎は彼女の肩に腕を回して引き寄せた。

「ちゃんと教えていなかった俺が悪かった、ルイス。よかったら、明日一緒にランチしないか？　俺の大事なクライアントのデータを、きみに見せよう。エディ、明日はルイスとランチだ。俺の予定に入れておいてくれ」

「D'accord!《りょうかい》」

上司とランチの命を受け、「ワォ！」とルイスが飛び上がって狂喜した。

「あなたとふたりきりでランチなんて、夢みたい！　その時間までに全クライアントの顔と名前を全部覚えて、あなたを驚かせてみせるわ！　楽しみにしてて！」

「期待してるよ、ルイス」

ルイスの肩を軽く叩いて労い、真崎はパーティションの向こうへ急いだ。

丸テーブルが二台と、イスが八脚。雑誌スタンドだけが置かれたコーナーでは、五人ほどが待機していた。大きなクロッキー帳を抱えた若者は、デザイン部への持ち込みだ。

ひととおり見回したが、プラチナヘアのディレクター、ルーベンス氏の姿は見当たらない。

いつの間に後ろにいたのか、ルイスがこっそり指を指して教えてくれた。…のは、こちらに背を向けて座っている金髪の男……まだ若々しい青年だ。

「これでは、わからなくて当然だ」

ボソ…と真崎が零すと、でしょう？　とルイスが勝ち誇ったように胸を張った。

だが、その後ろ姿に真崎の意識が吸い寄せられる。初対面…だとは思うが、なぜか見覚えがある。あまりにも誰かを彷彿《ほうふつ》とさせるシルエットだ。

「…お待たせしました。真崎です」

探るように、真崎はその背中に声をかけた。青年がゆっくりと立ち上がり、こちらを振り向いた。

刹那、真崎は呼吸を忘れた。

ブルートパーズと見まごう、大きな蒼眼《そうがん》。その輝きに惹《ひ》かれた…だけではない。真崎が心を奪われた真の理由は、彼の、その顔立ちだった。

「倫……？」

目の前にいたのは、倫章だった。

いや…そうではない。正しくは、愛しい日本の恋人が髪と眼の色を変えて、フランスの地に……パリ支部クリエイティブ局の待合室に立っていたのだ。

真崎の願いが通じたのだろうか。会いたくて会いたくて、我慢の限界をとっくに超過していた恋人が、パリ仕様に姿を変えて、天から舞い降りてきてくれた……！

「僕の顔が、どうかしましたか？」

青年が口を開いた。ハッとして、真崎は意識を現実に戻した。不調のせいだけではない危うい微熱が、ザッと背筋を駆け抜ける。

白昼夢を見ているかのようだ。真っ昼間に幻覚とは。それも、いま一番会いたい人物ときた。これはもしかしたら死の予兆かもしれない。死ぬ前に、一目会いに来てくれたのだと……そうとしか思えないほど、よく似ている。

「リンショウ、じゃない……よね？」

混乱しているのはエディもだ。ということは、真崎の見間違いや願望ではなさそうだ。だが、そんなことで鼓動を乱しているわけにはいかない。ひとまず冷静にならなくては。

コホンとひとつ咳払《せきばら》いし、真崎は口元に笑みを作った。

「…失礼しました。クリエイティブ局CFプランニング・チームの真崎です。てっきり御社のマーケティング・ディレクトール、ジャン・ルーベンス氏がお待ちかと……」

目の前の倫章……いや、青年は、どう見積もっても二十二、三がいいところだ。だが商談にうるさいCCボトラーズが、ニューフェイスをひとりでよこすとは思えない。

真崎の疑問を察したのか、青年がこともなげに言った。

「彼なら降格させました」

「降格…？」

青年が、いきなり真崎にファイルをつきつけてきた。TVコマーシャルのタイム・テーブルだ。

「このCF枠の購入、やり直して」

放り投げるような口調で青年が言った。一歩前へ進み出て、真崎を斜めに睨《にら》み上げる。

「これ、ブライト・コーラのCFだよね？　ブライト・コーラのターゲットは、十代から二十代の若者だ。その年代がほとんどTVを見ない平日午前の枠に、なぜCFを投入する必要があるんだ？」

購入者の多くに、その年代の子を持つ母親が含まれることを説明してやろうかと思ったが、やめた。こういった件は、当事者に任せたほうが効率的だ。

「CFを制作したのは私ですが、枠の買い取りはPR部の担当です。すぐに担当のフランツを呼びましょう。応接室へご案内します。お飲み物は、御社製のコーラでも？」

そう言って、真崎は目でエディを呼んだ。やってきたエディに口頭で指示を伝えていると、青年がふたりの間に身を割り込ませ、真崎に人差し指を突きつけた。

「担当者？　僕は、あなたに訊いてるんだよ、ムッシュ真崎。あなたは自分が作ったCFが何時にオンエアされて、どれだけの人間が興味を持つか気にならないわけ？　代理人に任せられるほど適当な仕事をしてるわけ？　あなた、日本人だよね？　日本人は世界一勤勉だって聞いていたけど、それって嘘《うそ》？」

これには顔が引き攣《つ》った。おそらく眼は血走っていることだろう。フミヒコの顔がデンジャラスだ…と背後でエディが震えているが、そんなことは、どうでもいい。

言葉遣いも業務分担もわからない新人をよこすなど、ＣＣボトラーズ社は一体なにを考えているのか。

「お言葉ですが、弊社の担当者は代理人ではありません。フランツはプロフェッショナルです。また、私ひとりの行動で日本人すべてを判断するのは、いかがなものかと。…あぁ、ひとつ質問を。今回の件と御社のルーベンス氏の降格と、なにか関係があるのでしょうか」

真崎は挑戦的に言い切った。怒りで頭に血が上り、本格的に熱が出てきた。姿形は倫章に似て美しく、目の保養になる。それはまったく否定しないが、口があまりに悪すぎる。…いや、倫章も口は悪い。悪いが、悪さの種類が大きく異なる。

倫章はクライアントや同僚、外部スタッフなどに対し、尊敬の念を欠かさない。このような、人を見下した態度には絶対に出ない。倫章が乱暴になるのは、真崎を相手にしたときだけだ…と自分で結論づけておきながら、軽いジャブを何発か浴びせられたような気になってしまった。

いつもの調子を取り戻さなければ、と身構えたとき。

「このＣＦ枠を承認したのはルーベンスだ。要するに彼のミスだ。だから降格させた。僕の判断でね」

「きみの……？」

いつの間にか集まっていた局のメンバーたちの視線が、金髪蒼眼の美青年に注がれた。

青年が全員を見渡し、得意げに口を開いた。

「申し遅れました。僕はニコル・ウェルシュ。二週間前にCCボトラーズ社の専務に着任した。最初に言っておくけど、会長の孫だ。要するに未来の社長ってわけ」

唖然《あぜん》とする真崎に、ニコルが右手を差し出した。支局のメンバーたちも絶句している。コーヒーとケーキをお出ししろ！　と誰かが叫んで駆けていった。

エディに背中をつつかれ、真崎はとりあえず握手に応じた。だが、抱いてしまった不快感は簡単に消えるものではないし、消えるどころか増幅中だ。

倫章に追い出され、瓜《うり》二つの顔の男からコケにされて、多少自暴自棄になってしまっていたかもしれない。

「あなたが社長になった暁には、御社の株は間違いなく暴落ですね」

「フミヒコッ！」

エディが悲鳴を上げた。真崎の挑戦的な態度に、スタッフたちも唖然としている。ルイスひとりが「Bravo!」と飛び上がって喜んでいる。

毒々しい笑みを浮かべ、握った手に力を入れて、ニコルが真崎を睨み上げる。

「フミヒコ？　それ、きみのファーストネーム？」

だったらどうした、と真崎はニコルを上から睨んだ。会長の孫だろうがなんだろうが、社会人らしからぬ横柄な態度は許せない。目には目を、歯には歯を。会社の利益云々《うんぬん》ではなく、これは一般常識の範疇《はんちゅう》だ。

「キミみたいな失礼な男、初めて見たよ。ムッシュ真崎」

「私もです。まさかパリで、クソガキを相手にするハメになろうとは。あなたに商談は早すぎますね。学校は卒業されましたか？」

ニコルの目尻がピクリと攣った。

「九月にパリ大学を卒業したよ！　その後半年間で、経営哲学を修得した！」

「それは失礼。まだ学生かと思ったもので。…では、新社会人のあなたにアドバイスを差し上げましょう。大学を卒業したからといって、すぐに使い物になるわけではない。そこを勘違いされませんよう。社会人にも留年や落第があることを、この機会に学ぶといい」

「…僕が、社会人のレベルに達していないとでも？」

「言うまでもない。まともな知識と分別を身につけてから商談に来い」

別のフロアでミーティング中だったPR担当のフランツが、ようやくフロアにやってきた。人垣に目を丸くしている。エディがフランツの腕を引っ張りながら、「フミヒコのセリフは手裏剣だ！」と、訳のわからない説明を口走っている。失敬な。

これ以上エディを混乱させたくはない。おまけに局長のガストンまでが飛んできた。でっぷりとした体型に反し、ガストンは神経質の小心者だ。だが根は優しくて面倒見がいい。そんな上司の胃腸の具合を左右するようなトラブルは、部下として避けなければ。

真崎はフランツに交代を要請し、ニコルの握手を解こうとした。

が、ニコルがそれを許さなかった。泣けばまだ可愛げがあるものを、なんとニコルは真崎

の手の甲に爪を食い込ませ、不敵にも笑ってみせたのだ。

「今後、我が社が伝通に発注する業務は、すべてキミが責任を取れ、フミヒコ」

まだ懲りない社会人見習いを、真崎は溜息で突き放そうとした。

「先程も申し上げましたが、各部門には、その道のプロフェッショナルを配しています。ＰＲ担当のフランツは、御社の商品のアピール法を最も熟知して…」

「キミの意見は関係ない。スペシャリストひとりで充分だと、この僕が言っているんだ。わかったら新たなＣＦ枠を買い直せ」

　これには真崎も「はぁ？」と首を傾げてしまった。フランツを振り返るものの、「無理です」と目が完全に降参している。当然だ。オンエアは明日なのだ。いまさら枠が余っているはずもないし、変更など利かない。そんなことは真崎だって訊かずとも承知している。

　真崎が数秒絶句している間に、ニコルが一方的に宣言した。

「僕は明日からここへ出社するから、そのつもりで」

「…なぜだ？」

「レベルの低いＣＦを作られたあげく、チープな時間帯に流されたら、我が社は大損害だ」

　なに…？　と真崎は身を乗り出した。エディに腕を摑まれていなかったら、ニコルの胸ぐらを吊《つ》り上げていたところだ。

「要するに、ムッシュ真崎は信用ならない。僕が終日監視する」

その場にいた全員が凍りついたのに、ガストン局長だけが、わかりました！　と即座に返し、「個室をご用意します！」と口走ってしまった。

「個室はいらない。ムッシュ真崎のオフィスに、僕のデスクを入れてくれ」

「承知しました！」

ガストン！　と真崎は目を吊り上げたが、ガストン局長は回れ右ののち、デスクを一台持ってこい！　と言いながら素早く姿を消してしまった。

その数秒後に真崎のモバイルが鳴り、ディスプレイに文字が浮かび上がる。『このミッションをクリアできるのはキミだけだ！』という、ガストンからの励まし……いや、責任転嫁メールだ。根は優しくて面倒見がいいなどと高く評価した自分がバカだった。

ようやく真崎の手を解放し、ニコルが前髪を掻き上げた。倫章を彷彿とさせる表情に、胸の奥がチクリと痛む。髪を上げると、さらに面影が重なる。似すぎていて、思い通りにいかないことに余計苛立ちが募る。

真崎は顔を背《そむ》け、吐き捨てた。

「勝手にしろ！」

楽しいビジネスになりそうだと、ニコルが勝ち誇ったように嗤《わら》った。

真崎は次第に上がってくる熱と戦いながら、ニコルの希望する時間枠にＣＦを移動させるべく、ライバル会社に連絡をとり、枠の交換交渉を持ちかけた。が、首を縦に振ってくれる会社など、当然ながらひとつもない。

　ＣＦ枠の移動は、そう簡単なことではない。すでに番組のエンドロールなどにもクレジットが入っているため、もはや変更は利かないし、たとえ変更を承諾されても、莫大《ばくだい》な人件費や手数料、そして迷惑料を請求されるのは避けられない。

　エディがヘルプを申し出てくれたが、ニコルがそれを却下した。社員全員が帰社したオフィスで、真崎はニコルの監視下、熱に潤む目を根性で見開き、まるでパズルを組み替えるかのように、自社のＣＦ枠を移動させるという手段に出た。すでに枠を確保していた馴《な》染《じ》みのスポンサーに連絡し、「せっかくのゴールデン枠を、どうしていまさら譲らなきゃいけないんだ！」と激怒する担当者に頭を下げ、次回必ず優遇させていただきますので…と赤字覚悟の条件を出して枠を交換してもらい、最大の難題をクリアした。

　ただちにテレビ各局の制作会社へクレジットの差し替えを求め、使用するＣＣボトラーズのロゴデータを送信し……なにをどう動いたのか、後半はほとんど記憶にない。

「ＯＫ、ムッシュ。完璧だ」

　お疲れ様とニコルが笑った。

　最後のメールを送信し終えたとき、すでに日付が変わっていた。

「優秀な人材が日本からやってきたと聞いていたけど、こんなにスピーディに仕事をこなせるとは思わなかった。今夜はムッシュに乾杯だ」

ニコルが、うやうやしくワイングラスを掲げた。

『一杯だけ、つきあってよ。これも仕事のうちだよ』

そう命じたのはニコルだった。そんな言葉に従うことなど、いままでなかったのに。真崎にしては珍しい行動だ。熱のせいとしか思えない。こうしてスツールに腰掛けている間にも、体力が気化して毛穴から蒸発していく様子が手に取るようにわかる。

とにかく業務を遂行し、さっさとベッドに入って寝たい。

あの夜、もしかしたら倫章も、こんな状態だったのだろうか。なにか大きなトラブルに見舞われて、思考がままならないほど疲れ切って、やっと横になれたと思ったところへ、あんな悪戯で叩き起こされて。

夜のガラス窓に、ニコルの端整な横顔が映っている。

髪と瞳の色さえ除けば、本当に倫章によく似ている。

申し訳なくて、せめて倫章に笑っていてほしくて、どんなに体が疲れていても、彼が満足するまでつき合ってやりたいと思ってしまうのだ。

「ねえ、ムッシュ。ガラスに映った僕じゃなく、本物を見れば?」

言われて真崎は、視線を正面に戻した。蒼《あお》い瞳がテーブル越しに真崎を見つめている。

赤いワインが、彼の唇を一層赤く染めている。濡《ぬ》れた唇を舐《な》める舌先。まさか、誘っているのだろうか。

ふいにニコルが破顔した。

「日本人って、もっとヘラヘラ笑っているのかと思ったら、違うんだね。ムッシュは怒ってばかりだ。あなた、本当に日本人？　とても背が高くて最高にクールだ。そのポーカーフェイス、痺《しび》れるよ」

肩を揺らしてニコルが笑っている。そして真崎の左手に目を落とし、顎をしゃくった。

「それ、結婚指輪？」

真崎は無言で頷いた。片時も離さず身につけている、倫章から贈られた大切なリングだ。

真崎は額に手を当て、目を閉じた。なぜ倫章を怒らせるような、馬鹿な真似をしてしまったのだろう。あの夜は、してはいけなかったのだ。倫章を腕に抱き、安心して休ませてやるべきだったのだ。そうすれば倫章のことだ。朝にはすっかり体力も回復し、気持ちよく受け入れてくれたに違いない……と、絶不調の最中にあってもまだ、どうすれば倫章と気持ちよく営めたのかと、それればかり考えてしまう自分が呪わしい。

「結婚しているわけ？　じゃあムッシュは、タンシンフニンってこと？」

真崎は頷いた。法律上はどうあれ、真崎は倫章と所帯を構えたつもりでいるし、やがては海外赴任を終えて帰国するのだから、やはりこの状況は単身赴任と言えるだろう。

「嘘つきだね、ムッシュは」

ふいにニコルが、見透かしたように鼻で笑った。

「デスクにフレームが立ててあったよね。僕に似ていたから、ちょっと驚いた。あれ、誰？　あれがムッシュのパートナー？　どうみても男だったけど。あなた、ゲイ？」

ニコルが言っているのは、もちろん倫章のことだ。はにかむように微笑み、髪を掻き上げている倫章の、真崎が撮ったポートレイトだ。つねにデスクに飾ってあるその写真には、真崎の指で輝いているのと同じ指輪が、倫章の左薬指で光っている。

「…ねぇムッシュ。そんなことより僕、アルコールに弱いんだ。じつはもう、かなり酔ってる」

ニコルの手もとのグラスには、まだ赤い液体が残っている。なのに目元は、ほんのり色づいている。演技だとしたら……アカデミー賞ものだ。

「ムッシュも酔ってるの？」

真崎は返事を省略した。さきほどから頭が痛い。微熱と頭痛に襲われるなんて、一体何年ぶりだろう。寝込んだ記憶は、幼少期に一度だけ罹患《りかん》したインフルエンザくらいのものだ。体が病に慣れていないため、自分の体調が正しく把握できない。

「……ムッシュのアパルトマンって、この近く？」

意味ありげに、ニコルが囁《ささや》く。赤い唇が近づいてくる。

倫章そっくりの美貌。愛してやまない美しい人。

リンショウと、真崎は呼びかけていた。

なぁに…と、その唇が笑った。

この温もりは、倫章だろうか。

真崎は確かめるように、腕の中の痩身を撫で回した。

「倫……？」

薄闇の中で呼びかけると、ベッドに横たわる影が身じろぎし、真崎の首に両腕を回してきた。

「倫章か？」

続けて訊くと、微笑みが返ってきた。だから真崎は安心して、その体を腕に抱いた。髪に鼻先を埋め、耳の後ろに口づけ、恋しくて恋しくて恋しくて、耐え難いほど恋しい唇を、ただひたすら貪った。

「倫章……」

両手で撫で回した体は、素肌だ。なにも身につけていない。…そうだ、確か真崎がブリーフを脱がせたのだった。ということは、これは、あの夜の続きか？　では、倫章を怒らせたことも、夢だったのだろうか。

なぜなら、いま腕の中にいる倫章は、こんなにもリアルだ。どちらが現実かと問われれば、迷わず「いま」だと真崎は答える。

だとすれば、ここから先は、あの「悪夢」のようなミスを重ねてはいけない。無理やり犯すような真似はせず、倫章を喜ばせてやらなければ。

口づけたまま服を脱ぎ、真崎は倫章の上に身を重ねた。硬く変化しているものを押しつけ、「お前が欲しい」と全身で要求した。

自分が発熱している自覚はある。だが、一瞬で熱を下げる自信もある。なぜなら体調不良の原因は、倫章欠乏症だからだ。

とにかく足りないのだ、倫章が。風邪をひいたら風邪薬を。虚弱な腸にはビフィズス菌を。そして、真崎には倫章を。とにかく倫章が足りないことでストレスが蓄積し、頭痛・発熱・倦怠感などの諸症状を引き起こしているのは間違いない。それらの症状は倫章と気持ちよく結ばれることで改善するのは明らかだ。

「ぁん……」

両腕を真崎の背に回し、倫章が身を震わせる。その声を耳にしただけで、体の免疫力が高まったのがわかった。いまの一声で血流が良くなり、頭痛が一気に軽減された。やはり自分は、倫章なしでは生きられない。

倫章が腰を振っている。股間の昂《たかぶ》り同士を密着させ、生じる快感を貪っている。いつもよりストレートな振る舞いに、真崎も遠慮なく性欲を漲《みなぎ》らせた。

倫章の後部に手を回し、ひきしまった尻肉を摑むと、倫章が身をくねらせ、拒んでみせた。そのくせ淫猥《いんわい》に腰を振り、喉を反らして誘惑するのだ。

積極的な倫章を嬉しく思いながら、真崎は手探りで侵入先を確認した。倫章の唇から、喘《あえ》ぎとも悲鳴ともつかない妖しい声が漏れているのが、たまらない。

真崎はそこを充分に指でほぐしてやり、倫章の先端から少し漏れている先走りを使って後ろを濡らし、倫章が傷つかないよう体勢を整えてやった。

「あ……ぁ」

真崎の指がもたらす摩擦が気持ちいいのか、また少し、倫章が漏らした。下唇を噛《か》み、甘えを帯びた視線で見上げてくる。この表情がたまらない。

ちょうだい…と倫章が自ら欲してくれた。感無量とは、このことだ。

真崎は指を抜き、代わりにそこへ自身の猛りをあてがい、一気に押し込んだ。

「あああぁ…――――――っ！」

悲鳴を上げ、全身を戦慄《わなな》かせ、倫章がしがみついてくる。

真崎も声を発しかけた。この、舞い上がるほどの締めつけ感。絶品だ。やはり倫章とは相性がいい。他の誰も倫章の代わりになどなれない。

痺れるような甘い衝撃が、挿入部分から頭頂にまで駆け上がり、真崎の体内で気持ちよく渦を巻く。

「んっ、ぅん…っ」

揺さぶると、倫章が苦しげな声を漏らした。だが確実に倫章は喜んでいる。真崎の背に爪を立て、息を乱し、狂ったように頭を振って、狂喜の涙を散らしている。

万感の思いで、真崎は倫章を抱きしめた。腕の中、倫章が震えている。震えながら漏らしている。抑制が利かないらしい。それほどいいということか。

真崎は倫章の体を気づかいながら、大きく、深く、丹念に出し入れした。

「倫章、愛してる、倫章…」

「んぁ…っ、ぁん、ぅんっ、んあっ、あ…っ！」

淫らで激しい性交の音が、室内にこだまする。腰を休まず動かしながら胸の突起を弄ってやると、倫章の締まりがさらに増した。肩に口づけ、脇腹を優しく愛撫《あいぶ》する。倫章も、真崎の筋肉を撫で回しては、何度も感嘆を漏らしている。

真崎は倫章を引き寄せ、幾度もキスした。倫章も真崎の唇に嚙みついてくる。差し出した舌を、飲み込むように受け入れてくれる可愛い倫章。少しばかり二の腕の筋肉が落ちただろうか。さっきまでは夢中になりすぎて気づかなかったが、肩がずいぶん薄くなったような気がする。胸筋も張りが失せている。

激務のせいだとしたら、次に帰国した際、山田《やまだ》部長に直談判しなくては。真崎不在の全責任を倫章ひとりに委ねてはいないか、サポート体勢は万全か。社員の体調管理の重要性を、しっかり訴えてやらなくては。

「俺のせいだ……倫章」

ふいに申し訳なさが募り、真崎は倫章の、痩せた肩に口づけた。軽く歯を立て、情事の痕を残してやる。愛し合った痕跡を、倫章の肌にしっかりと焼きつけてやりたかった。

「どうしてお前は、こんなに可愛いんだ、倫章…」

可愛いなどと口走ったら、ぶん殴られる。と思ったが、拳は飛んでこなかった。刃向かう気力も湧かないほど連日業務に忙殺されているのだろう。なんて可哀想な倫章。

もう、限界だった。倫章が歓喜の悲鳴を放ちながら噴き上げたとき、真崎も愛する恋人の中に、すべてを放った。

「ああああああ――――……！」

真崎の灼弾《しゃくだん》を受け、ガクガクと倫章が痙攣した。強すぎる締めつけに、真崎も歯を食いしばった。

絞って絞って、出し尽くして、倫章の上で脱力し、その手に手を重ねたとき。

ふと、違和感が生じた。

なにがどうとは明確に言葉にはできないのだが、微妙な違いを確かに感じた。

真崎は再度、倫章の手を握ってみた。記憶の中の倫章の手と、いま触れている手とのかすかな違和を、無意識に探ろうとした直後。

「素晴らしかったよ、ムッシュ」と、その手の主が感嘆した。

真崎は硬直した。

聞き慣れない声、聞きなれない口調。

おそるおそる手を退き、顔を上げた。倫章が、そんな真崎の動揺を愉しげに眺めている。

薄暗い部屋の中、ようやく目の焦点が合った。

「どうしたの、ムッシュ。感動で声を無くしちゃった？」

先に笑ったのは倫章だった。だがそれは、真崎の愛する倫章ではなく……。

サイドテーブルのライトを灯した直後、真崎は反射的にその裸体から飛びのいた。

体中を駆けめぐっていた幸福感が、一瞬で消し飛んだ。満足至極で微笑んでいたのは、ブルートパーズの大きな瞳の……。

「ニコル、ウェルシュ…?」

「なんだ。知ってるんじゃないか、僕の名前」

ニコルが皮肉を口にするが、対応もできない。茫然自失《ぼうぜんじしつ》で、頭の中は真っ白だ。這々《ほうほう》の体で身を起こし、ニコルから一ミリでも離れるべくベッドの端へ移動し、力尽きて腰掛けて、真崎はそのまま動けなくなってしまった。真崎が受けたダメージの大きさも知らず、ニコルが背中に抱きついてくる。

「熱、下がったみたいだね。そりゃそうだよね。あれだけエネルギッシュにパッションを注いでくれたんだから、スッキリもするよね」

最高だったよと笑いながら、ニコルが裸体を押しつけてくる。真崎は目を閉じ、両手で顔を覆った。

――やってしまった。

「お世辞じゃなくて本当に最高だったよ、ムッシュ真崎。こんなに夢中になれたのは初めてだ。逞しくて精力的で……あぁ、言葉にできないほどステキだった!」

大失態だ大失態だ大失態だ。なんということをしてしまったんだ……真崎がパニックしている間にも、ニコルは真崎の背中に覆い被さり、子供のように跳ねている。

相手はＶＩＰクライアントだ。男だとか女だとか論じる以前に、肉体関係を結んではならない相手だ。

それよりなにより、倫章以外の男を抱くのは初めての経験なのだ。自分でも信じられないが……信じたくないが、倫章以外の男を相手にナニが成立してしまうとは。

自分をゲイだと自覚したことはない。倫章以外の男を抱きたいなどと思ったことは一度もないし、触れることすらお断りだ。それなのに――。

こんなミスを犯すなんて。誰か嘘だと言ってくれ。そう、これは嘘だ。夢だ。悪夢だ。倫章以外の男の体を舐め回し、倫章以外の男の穴に嬉々として挿れるなんて、現実として無理がある。

真崎は自分の股間に目を落とした。完全に萎《な》えている。こんなにも意気消沈した息子を、生まれて初めて見た気がする。あまりのショックに、このまま不能になりそうだ。

「ねぇ、ムッシュ。もう一度。まだいけるでしょう？」

これを見ろ、これでもいけると思うのか！　と、この情けない股間をニコルの顔に押しつけてやりたい。

ベッドから下りようとした真崎の腰に、ニコルが腕を巻きつけてきた。しなやかだが、倫章の腕よりも細くて頼りない。頼りなさ過ぎて、振り払う気にもなれない。

なぜ間違えたりしたのだろう。こんなにも違うのに。

「ねぇ、ムッシュ真崎。もっとしたい。もう一度抱いて、お願い」

「……お前は倫章じゃない」

「そうだよ。だから、なに？」

「俺は倫章しか抱かない」

「よく言うよ。たったいま僕を抱いたのは誰？」

クックックと喉を打つ笑いが耳障りだ。真崎は大仰に顔をしかめた。

「リンショウ、リンショウって聞き飽きたよ。次からはニコルって呼んでよ。ね？　フミヒコ」

言いながらニコルが身を屈めた。真崎の筋肉質な臀部《でんぶ》に頬をすりつけ、口づけし、すでに労働を放棄している真崎のペニスにまでキスを施す。真崎はニコルの顔を摑んで押しのけ、シャツを羽織って立ち上がった。

刹那、背後でモバイルが鳴った。ギクリとして立ち竦《すく》んだ真崎の視線と、ニコルの視線がぶつかる。

「取れば？」

床に脱ぎ散らかしたままのジャケットを顎で指し、ニコルが促す。着信音は切れる様子もない。

「六時ジャストだ。いま、日本は何時かな。フミヒコの愛するリンショウじゃないの？」

わかっていながらニコルがからかう。真崎は黙ってジャケットを拾い、モバイルを取り出した。

『……ごめん、寝てた？』

厭味《いやみ》のはずがない。だが、胸にちくりと棘《とげ》が刺さった。

『あのさ、真崎。一昨日はごめんな。見送らなかったこと、あれからずっと悔やんでて、一秒でも早く謝りたかったんだ。俺、あの日は本当に絶不調で……せっかく真崎が帰国してくれた気持ちを思いやることもできなかった。真崎、怒ってるよな？』

怒ってなどいない。お前と同じで、俺も猛省している。悪かった。……想いは脳内に溢《あふ》れながら、喉で詰まって声にならない。その上ニコルのわざとらしい欠伸《あくび》や、シーツを直す音が気になって、倫章の声に集中出来ない。

倫、と真崎は呼びかけた。ん？　と可愛らしい声が耳元をくすぐる。愛しすぎて、申し訳なくて、痛いほど胸が締めつけられる。

「また連絡する」

一瞬の沈黙。倫章が寂しげな溜息をついて静かに微笑む。

『ごめん。もしかして仕事中だった？』

仕事中。そう言えなくもない。接待だと割り切れたら、どんなに気持ちが楽だろう。

「とにかく……また連絡する」

それだけを繰り返し、真崎は通話をオフにした。

ふいに、背中に温もりを感じた。ニコルの素肌が、まだ冷めぬ昂《たかぶ》りが、真崎の背に押しつけられている。背後から誘惑をしかけてくる細い手が、無性に鬱陶しい。

「電話、やっぱりフミヒコのワイフだったんだね」

左手の薬指、倫章と交わしたリングを指でピンッと弾かれて、頭に血が上った。

真崎はニコルの腕を摑み、引き剝いだ。妖しい熱は完全に醒めた。真崎は頭をひとつ振ると、ニコルを睨み降ろし、厳しい声で言った。

「用が済んだら帰れ」

「用？　用事はこれからだよ」

意味ありげに言ったニコルが、ベッドサイドの倫章のポートレイトで視線を止めた。

「あなたの恋人、僕と似てる。だから僕に惹かれたの？」

その質問には、せせら笑いしか出てこない。

「誰がお前に惹かれたと言った？」

「じゃあなに？　恋した？」
ハ、と真崎は鼻で嗤《わら》った。醒めてしまえば他愛ない。どうしてこんなクソガキと倫章を重ねたりしたのだろう。いくら体調不良といっても、これでは自分のセンスを疑う。
こんな高慢極まりないクソガキと、最高の伴侶を混同してしまったことが、なによりも倫章に申し訳ない。

「バカにするな。惹かれてもいないし恋もしない。これはただの接待だ」

「セッタイ？」

そうだ、と真崎は言い切った。頭痛も微熱も、いまはまったく感じない。頭はスッキリと冴《さ》え渡っている。だからこそ断言できる。

「日本人は接待上手でね。目を見て相手の要求を察するんだ。…これはビジネス。それだけだ。お前だって、そのつもりだったんだろう？」

睨みつけるとニコルが目を吊り上げ、悔しそうに下唇を噛んだ。だが一転、ニヤリと片頬で笑ってみせたのだ。

「そのつもりだったけど、気が変わったよ」

言って、ニコルがベッドから降り、真崎のシャツを摑んだ。

「プライドの高い男は大好きだ。おまけに超一流のルックスとテクニック。僕はフミヒコが気に入った。セッタイは今後も継続する」

ニコルの手を払いのけ、真崎はきっぱりと断った。

「これっきりだ。二度とない」

ニコルが破顔し、肩を竦めた。

「ジョークうまいね。……ＣＦの第二弾、近日制作に取りかかるんだろう？　制作期間は一カ月だとルーベンスから聞いている。僕はこれから一カ月、キミを監視するからそのつもりで。完成までに、キミが一度でも僕の機嫌を損ねたら、伝通は大きなクライアントを失うことになる。あぁ、それと……」

ニコルの指が、倫章の写真に伸びた。輪郭を辿《たど》り、唇をつつき、そしてパタンとフレームを倒した。

「この彼に全部報告するから、よろしく」

「この……っ！」

倫章そっくりの天使の顔が、悪魔の形相に変貌した。顔面蒼白で硬直している真崎の肩に両腕をかけ、爪先で伸び上がり、唇を素早く奪ってニヤリと嗤う。

「もう打ち止めなら、シャワー借りよっと」

んふふ、と楽しそうな笑みを残し、ニコルが軽快な足取りでバスルームへ消えた。

その後ろ姿を呆然と視界に入れたまま、真崎は顔を両手で撫でた。

まずいことになった…と、何度も何度も舌打ちし、グシャグシャと髪を乱して溜息をつき、寝室をうろうろうろうろうろ歩き回った。

とにかく、やってしまったことは事実だ。なかったことには出来ないし、悔やんでも遅い。だが倫章にだけは、絶対に知られてはならない。

パリに赴任する前、倫章に言われたことを唐突に思い出した。遠距離恋愛の破局原因のベストスリーだ。第一位、会いたいときに会えない。第二位、金がかかる。第三位、他に好きな人が出来た。…二は問題ないとして、一は早くも痛感している。ときおり胸を掻きむしりたくなるほど恋慕が募る夜がある。

そして、問題の第三位だ。天地がひっくり返ってもニコルを好きにはならないが、どんな言い訳を並べたところで、ニコル相手に機能してしまったことは認めざるを得ない。

事実を知ったときの倫章の激怒が目に浮かぶ。三行半《みくだりはん》を叩きつけられるのは確実だ。

だから、絶対に知られてはいけない。

「たった一カ月だ」

一カ月、拘留《こうりゅう》の身にあると腹を括《くく》るしかない。

伏せられてしまった倫章の写真を、真崎はそっと手に取った。優しく微笑む愛しい恋人。倫章を泣かせるようなことだけはしたくないと思いながら、いつも号泣させてしまうのは自分なのだが、とにかく修羅場だけは避けたい。遠距離恋愛で修羅場を迎えたら、修復はかなり困難だと先日学んだばかりなのだから。

真崎は黙ってフレームを伏せた。写真とはいえ、この状況で倫章の純真な視線は精神的にキツい。

「一生の不覚だ……」

項垂《うなだ》れる真崎をよそに、バスルームからニコルの能天気な歌声が聞こえてくる。オー・シャンゼリゼだ。

「フミヒコー、一緒に入ろうよー」

オー・シャンゼリゼは二番に突入、まったく、このニコルというヤツは、ラテンの血でも混じっているのだろうか。

「ねぇフミヒコー！　セッタイ、セッタイ！」

「うるさいッ！」

真崎は激しい眩暈を感じた。節操ナシの股間を、今日ほど恨んだことはない。

とにかく、倫章はいま日本にいる。

自分さえ毅然《きぜん》としていれば、この件は決してバレることはない……と思考をあれこれ巡らせながら、真崎は自分が意外に肝の小さい人間だったことを発見し、落ち込んだ。言い換えれば、それだけ倫章の存在が大きくて恐ろしいということなのだが。

「完璧に、尻に敷かれているな」

リードしていたつもりが、このありさまだ。

真崎は自分の足元に目を落とした。堅い木材の床板が、まるで波打っているかのように感じられる。足元が覚束《おぼつか》ない状態とは、まさにこれだ。

いま自分は、人生最大のピンチに立たされているのだ。


「お帰り、フミヒコ」

帰社したばかりの真崎のもとへ、待ってましたとばかりにエディが駆けてきた。

ふたつ年下のエディは、真崎がこのフランス支社パリ支部に転属して以来ずっと、真崎のアシスタントを務めてくれている有能社員だ。

緩いウェーヴの金髪碧眼《へきがん》、甘いマスクのエディ＝ミッシェル・ジャールは、物腰の柔らかさも相まって、女性クライアントに絶大な人気を誇っている。在仏一週間にして、同業者から『アジアの帝王』と命名された真崎とふたり、いまやパリの広告界最強のレディ・

キラーズという、あまり嬉しくない異名をとっている。

「ねぇ、このあとまだ仕事？」

真崎の肩に手をかけ、伸び上がるようにしてエディが耳打ちする。一七八の長身でも、一九〇の真崎と内緒話をするには爪先立ちを要するようだ。

「そんなことは、俺のクライアントに聞いてくれ」

「…って、ニコル・ウェルシュのこと？」

「他に誰がいる。あいつのせいで、俺はガストンから他社の担当を全部外されたんだぜ？」

いまも真崎は、唯一の担当となってしまったCCボトラーズから帰社したばかりだった。CCボトラーズの元ディレクター、ジャン・ルーベンス氏に面会したのだが、赴いた用件は業務ではない。一週間前から真崎にまとわりついているCCボトラーズ社の若き専務、ニコル・ウェルシュを、早く御社に連れ戻してくれと懇願に行ったのだった。

だが、ルーベンスは、悲愴感《ひそうかん》漂う真崎に和やかな笑みをくれただけだった。

『ニコル様は、余程あなたをお気に召したのですね』…と。そして、さらには、『あの方には社会勉強が必要です。身内の中より、外で少々揉《も》まれたほうが将来のためになるでしょう。ご迷惑かと存じますが、真崎さんなら私も安心してニコル様をお預けできます。なにとぞよろしくお願いします』と、深々と頭を下げられてしまったのだ。

結局真崎は、それ以上強く言えなかった。ルーベンスに非はない。なんと言っても、世界ナンバーワンのシェアを誇る飲料メーカー・CCボトラーズ社相手だ。真崎の勤務する株式会社伝通パリ支部が預かる年間予算も、他社とは比較にならないほど莫大であり、それを真崎一個人の感情や事情で左右するわけにはいかなかった。

せっかくお越しいただいたのだから…と、ルーベンスは、スポーツイベントの演出企画を新たに発注してくれた。要するにニコルは、ルーベンスにも手に負えないのだ。よって、それ以上は強く押し切れないまま引き上げてきたというわけだった。

「…ったく、どうして俺が、あんなガキの面倒を見なくちゃならないんだ」

「そりゃ仕方ないよ。手を出しちゃった責任が……っと」

失言とばかりに慌てて口を閉ざしたエディを、真崎はキッと睨みつけた。

「おいエディ。まさかお前、あちこちで口を滑らせているんじゃないだろうな？」

「えっ？　してないよっ！　僕を疑うなら、どうして僕に打ち明けたんだよ！　僕だってホントは聞きたくなかったんだよ？　フミヒコが彼を抱いたなんて…」

「エディーーッ！」

「わわっ！　ごめんっ！」

エディが口を手で覆う。真崎はエディの頭を拳の裏で軽く叩いた。仕事上のパートナーであるエディだからこそ、恥を忍んで告白したのだ。それなのに。

眩暈がする。真崎は目頭を指で押さえ、数回揉んだ。

「頼むから、その件は二度と口にしないでくれ」

ゴメン、とエディが頭を垂れた。が、意味深な視線で見上げられて、真崎は眉を寄せた。

「ねぇフミヒコ。僕に嘘なんか、ついてないよね？」

「嘘？　例えば？」

「気づいてる？　ニコル・ウェルシュのヘアスタイル。リンショウとそっくりに変わってる。余程フミヒコに気に入られたいんだよ」

「……だから？　一体なにが言いたいんだ？」

「過《あやま》ちは、一度だけだよね？」

「ば……っ！」

お前じゃあるまいし…と怒鳴りかけ、真崎は言葉を引っ込めた。エディはつい先日、浮気が婚約者にバレて、絶縁状を叩きつけられたばかりなのだ。そんなエディに対し、このセリフはチェインソーにも等しい。

「一度だけだ。だが…」

「だが……の先は、言わなくてもわかるよ」

同情を受けて、真崎は無言で肩を竦めた。

一週間前、過ちで関係を持って以来、真崎はなんと二十四時間ずっとニコルの監視下に晒《さら》されている。おかげで倫章へのラブコールは、お預けを食らわされている状態だ。

真崎のデスクの横には、ニコル専用のデスクが用意されている。真崎のアパルトマンにも生活用具一式が運び込まれ、いやでも寝食を共にさせられている。好きでもない相手と四六時中行動を共にするのが、こんなにも疲れるとは思わなかった。

「…とにかく、いろいろ摩耗《まもう》している」

だろうね、とエディが真崎の代わりに溜息をついてくれた。

ニコル曰《いわ》く、『クライアントを最優先するのが、担当者の義務だ。新しいＣＦが無事に完成するまで、僕はここで暮らすから』…だそうだ。

この一週間というもの、ニコルは毎夜ちゃっかり真崎のベッドに潜り込んでくる。パジャマは着ない主義らしく、裸体を惜しげもなく晒し、真崎に体を擦り寄せてくるのだ。真崎もパジャマは着ない主義だが、ニコルへの当てつけにパジャマを新調した。それでも体を擦り寄せてくるから、いっそ着ぐるみでも着てやろうかと思ってしまう。

プライドを賭けて誓うが、一度過ちを犯してから、真崎はニコルに指一本触れていない。だが、無視を貫く真崎の態度に、ニコルはひどく憤慨し、とうとう昨夜、爆発した。

『どういうつもりだよ！　初めての夜は、あんなに僕を求めたくせに！』

『何度言えばわかる。だからあれは、倫章と間違えたんだ』

『そんな言い訳聞きたくない！　すごく楽しかったじゃないかっ！』

『お前だって楽しんだだろう？　だからフィフティ・フィフティだ。仕事を円滑に進めるうえでの取引だったと割り切ろうぜ』

『それで僕が納得すると思ってるわけ？　フミヒコがなんと言おうと、僕は絶対ここから出て行かないからねっ！』

『勝手にしろ。どっちにしろ俺は二度とお前を抱かないし、抱く気もない』

『僕に向かってそう言ったこと、絶対に後悔するよ？　フミヒコ』

『後悔？　ああ結構だ。お前に挿れるくらいなら、ブタに突っ込んだほうがマシだ』

『ひ…、ひどいッ！』

　プライドをへし折られたニコルは、わんわん泣きながら真崎のアパルトマンを飛び出したが、しばらくすると、おとなしく戻ってきた。そして、なにも言わずにシャワーを浴び、ソファでひとり寝入ってしまった。

　ふてくされて眠る姿を見ても、倫章と間違えることはなくなった。だが、可愛いな…とは、ときどき思う。わがままで可愛い子供だ、と。

　なぜここまで執着されてしまうのか、真崎には、その理由がわからなかった。長年の恋愛経験からして、ニコルが真崎に恋をしているとは、どうしても思えないのだ。

　万が一、好意的な感情が芽生えていて、それがニコルをこんな行為に駆り立てるのだとしても、真崎には応えようがない。

　真崎の心は倫章のものだ。他の誰に与えるつもりも、分けるつもりもない。

　今朝も真崎は一緒に出勤したがるニコルを置いて、さっさとひとりで出社した。遅れてニコルが到着すると同時に、席を外した。ニコルが真崎を呼び止めたが、真崎は振り返らなかった。

「可能な限り徹底的に無視してやる。あいつには、それが最も堪えるはずだからな」

「制裁ってこと？」

「そうじゃない。自分の思い通りにいかない世界があることを学習させるんだ。犬のしつけと同じだ。ニコルに社会のルールとマナーを教える。散歩デビューは、それからだ」

確かにマナーを知らない子だねと、エディが唇を曲げた。エディ本人は気づいていないようだが、エディもニコルを完全に子供扱いしている。要するに、誰から見てもニコルは子供なのだ。子供相手に本気で怒っている自分が心底情けなくなるほどに幼い。

「甘やかされて育ったせいで、人であろうと社会であろうと、なんでも自分に従うと本気で信じているんだ、あいつは。だから、そうではない世界を体験させて、自力で学習してもらうしかない。未来の社長なら尚更だ。そういう意味ではルーベンスの言うとおり、社外研修が最も有効な手段かもしれないな」

そっか、とエディが頷いた。

「ニコル・ウェルシュさんの将来のこと、真剣に考えてるんだね」

エディが何気なく口にした言葉に、思考が一瞬ストップした。ふと感じた違和に、何度も瞬きをしてしまう。奇妙な汗が額に浮かぶ。

なぜこんなにも、ニコルが気になる…？

気になる、というフレーズに抵抗感を抱いた真崎は、慌てて首を横に振った。大丈夫？とエディに心配されて、なんとか笑みを作って返した。

「それより、なにか用があったんじゃないのか？」

「あ…っと、そうだった」

ふいに落ちつかなげに周囲を見回し、エディが声を落とした。

「いま、ウェルシュさんが外出してるんだ」

「みたいだな。で？」

「だから、ちょっと外に出よう」

「……その脈絡のなさは、なんなんだ」

お前こそ大丈夫か？　と、真崎は大袈裟《おおげさ》に眉を寄せた。

「ここで話せばいいじゃないか。ちょうどニコルがいないんだから」

「うん、でも、とにかく出よう。鉢合わせるとマズイんだ」

は？　と疑問符を飛ばしている間に、ひったくるように鞄《かばん》をもぎ取られ、腕をグイグイ引っ張られた。困惑しつつも、いま入ってきたばかりのドアへ向かったとき。

うわっ！　と叫んで、エディが一歩後方へ飛んだ。勢い余って真崎にぶつかる。

「おいエディ、なにやって…」

遅かった！　とエディが舌打ちし、クルリと踵《きびす》を返した。すっかり見慣れたエディの大きな碧眼が、真崎を見上げて切なげに揺れる。

「フミヒコ。気をしっかり持つんだよ。頑張ってね！」

「は？」

意味不明な励ましをくれて、エディがそろりと真崎の前から退《ど》いた。

オフィスの自動ドアが、静かに開く。無意識に目をやり、そして。

「……ゲギュ」

巨大な牛ガエルを踏み潰したような声が、喉から漏れた。

目を見開いて立ち竦む真崎の前で、彼が立ち止まった。そして春の日差しのような微笑みを浮かべて真崎を見上げたのだ。

「久しぶり、真崎」

その姿と声を前にしたとたん、ザアァ――――ッとスコールのような音を轟《とどろ》かせ、全身から血の気が失せた。開いた口が、パクパクと虚しく空《くう》を食《は》む。

「な……なぜ、お前…っ」

あまりの衝撃で、言葉がスムーズに出てこない。真崎の狼狽《ろうばい》を、再会の感激と勘違いしたのだろう。倫章が頬を染め、恥ずかしそうに説明した。

「えっと、部長から急に出張を命じられたんだ。会社から空港へ直行だったから、慌ただしすぎて、連絡しそびれちゃって…」

構わない。そんなことは問題じゃない。嬉しい。確かに嬉しい。会えて嬉しい。嬉しくないわけがない。

真崎は懸命に感動しようとした。自分を激励し、歓喜が湧いてくるのを待った。が、どうしても顔が引き攣ってしまう。

ついさっきまで、裏切ったのなんだのと散々口にしていたのだ。ニコルのことを考えて、戸惑っていたところなのだ。気持ちがうまく切り替えられない。これはタイミングが悪すぎる。

「そんなに驚いた真崎、初めて見たよ」

倫章が破顔した。真崎の動揺を完全に誤解している。このときばかりは倫章の鈍さに感謝した。

エディに気づいた倫章が、Ça fait longtemps と丁寧な発音で挨拶し、頭を下げた。慌てたエディが、こちらこそお久しぶりです、と日本語で返している。

エディに肘で背をつつかれ、真崎はコホンと咳払いした。頑張って…とは、こういう意味だったのだ。ということは、エディは倫章の渡仏を知っていたと言うわけか。

真崎はエディを横目で睨みつけた。

（どうしてもっと早く言わなかったんだ！）

（僕も、ついさっき知ったんだよっ）

（そういうときはモバイルに連絡しろ！　心の準備ってものが必要だろうがっ！）

（だから、さっきから外に連れ出そうとしてたのに～っ）

アイコンタクトでやりあって、真崎は視線を倫章に戻した。突然の恋人の渡仏に戸惑いながらも、それでも実感と感激は確実に込み上げてくる。しみじみと心に温もりが蘇《よみがえ》る。

いつしか表情が和らいでいたのを自覚して、真崎は肩を落とし、苦笑した。

「…驚いた。とても」

「驚かせてごめん」

「いや……いいんだ。こんなサプライズなら大歓迎だ」

正直な気持ちを口に出来れば、あとは自然に心が近づく。

「いつ、パリに到着したんだ？」

「ついさっきだよ。とにかく急げって部長に言われたから…」

真崎に会いたくて…と、裏のセリフが聞こえた気がした。倫章が恥ずかしそうに視線を逃がした。真崎の背後に立っているエディに再び会釈して、以前はご迷惑をおかけしました…と、不慣れなフランス語で、それでも誠意を込めて頭を下げている。

以前より発音が上達した。寝ながらでもフランス語の勉強を欠かさない成果だろう。業務のために…というより、恋人が生活する国の言語を少しでも理解しようとして。

真崎と同じ空気を、時間を、感じようとして。

「…倫」

たまらなくて、真崎は倫章に腕を伸ばした。抱き寄せるべく肩に指先が触れた瞬間。

「フミヒコ！」

真崎の行為を制する声が、飛んできた。

自動ドアが再び開き、ニコルが、そこに立っていた。

倫章に触れかけた手を、真崎は黙って下に降ろした。顔から表情が消えたのが、自分でもわかった。

真崎の背後で、ピュウと誰かが口笛を吹いた。「双子みたいだ」と。

興味津々で集まってきた社員たちが、ニコルと倫章を見比べ、口々に賞賛する。

「前世で繋《つな》がっているのかしら」

「ふたり並ぶと、とってもキュートだわ」

「デュオのポップ・ミュージシャンで売り出せそうだ」

それを受けて、ニコルが微笑む。

「ええ。僕も驚きました。空港で見て、すぐにムッシュ・ミズサワだとわかりました」

「空港…って、なぜお前が？」

真崎は眉をひそめた。真崎を見上げ、ニコルが妖しく目を細める。

「だって、僕が彼をパリに招待したんだもの。だから僕が出迎えたというわけ」

そう言って、ニコルが唇を真横に引いた。

「僕のこと無視するからだよ」

「…どういう意味だ？」

「フミヒコは、僕と話をする時間もとれないほど忙しいみたいだから。ゆうべ日本に電話して、即効でアシスタントを調達してあげたんじゃないか」

「ゆうべって、いつの間に…」

呟いて、真崎はハッとした。真崎の言葉に憤慨したニコルが、泣きながらアパートを出て行ったときだ。あの時間なら、日本は朝の九時過ぎだ。おそらく倫章は、出勤と共に部長に渡欧を命じられ、急いで荷づくりをし、フランス行きの便に飛び乗ったと……そういう流れに違いない。

茫然とする真崎に、ニコルが肩を揺らして笑った。チラリと倫章を盗み見てほくそ笑む。

「彼、カワイイね。ホントに二十八？　僕より五つも年上だなんて信じられない」

倫章はいま真崎のデスクで、エディから業務の手ほどきを受けている。ふたりとも片言の英語と日本語、仏語を駆使して、どこか必死の形相だ。

倫章用にパソコンをセットしていたフランツが、倫章のモバイルを指して、なにか言った。エディと倫章が顔を見合わせ操作したのち、互いが互いの母国語でモバイルに話しかけた。相手にディスプレイを見せ、ワッと喚声があがる。インストールしたのは翻訳アプリか。これで会話がスムーズにいくというわけだ。

倫章の周りに、わらわらとスタッフたちが集まってきた。倫章がなにかユニークな言葉をアプリに打ち込んだようで、その音声を聞いたメンツがドッと爆笑する。倫章を取り囲むようにして、楽しげな輪が出来上がった。

「彼、一躍人気者だね」

面白くなさそうな口調でニコルが言った。それには気づかなかったふりで、真崎は「日本でも、あいつの周りは賑やかだ」と誇らしげに返した。

「僕と違って、みんな歓迎ムードだ」

「わかっているなら、そろそろ自分の巣に戻ったらどうだ。親鳥が総出で迎えてくれるぜ」

それぞれの会話を変換しては盛り上がっている賑《にぎ》やかな集団を遠くに眺め、真崎はニコルを一瞥《いちべつ》した。ニコルがフンと鼻を鳴らす。

「誰も歓迎しないよ。僕のことなんて」

真崎は一瞬眉を寄せた。それを無視して、ニコルが挑戦的な視線をよこす。

「せっかく忠告してあげたのにな。後悔するよって」

ニヤリと唇を歪め、ニコルがいきなり声を上げた。

「ムッシュ・ミズサワ！」

はい？　と倫章が顔を上げた。大きな瞳を輝かせ、無邪気な顔で言葉を待っている。

「もう終業時刻ですから、勤務は明日からで結構ですよ。ホテルのチェックインは、僕が済ませておきました」

「あ、すみません。ありがとうございます」

「ああ、それとも……」

ニコルがスッ…と目を細めた。

「せっかくのフミヒコとの再会だ。ホテルはキャンセルしたほうがいいのかな？」

「おい……！」

真崎の制止は間に合わなかった。

倫章が目を丸くし、みるみる耳まで真っ赤になった。倫章を取り囲んでいたスタッフたちも、萎縮してしまった倫章の様子に、さすがに気まずさを隠せない……と思いきや。

「私、あなたに嫉妬しちゃうわ」

明るい声でフォローしたのは、ルイスだった。

「この間、フミヒコとランチしたの。エスコートされて最高にハッピーだったわ！　彼に恋人がいなかったら、絶対に私が立候補したのに。でも彼は、あなたに夢中よ。あなた、最高にラッキーだわ！」

そう言って笑ったルイスは、倫章の顔を両手に挟み、唇の端にキスをした。「この国では、同性カップルは珍しくもなんともないわよ」と励ましも同時にプレゼントして。

大きく胸の開いたサンセット・イエローのセーターが、ルイスの黒い肌を一層美しく引き立てている。自分の魅力を最大限に活かす術を知っているルイスからの祝福は、倫章にとって励みになったに違いない。

真崎はルイスにウインクで感謝を伝えた。ルイスからも、粋なウインクが返ってきた。

局のチームメイトは、真崎の恋人が男だということを知っている。真崎がデスクに倫章の写真を堂々と飾っているからだ。

同僚から「これは誰だ」と訊かれたときも、真崎は迷うことなく「ライフパートナー」と答えている。フランスは同性同士の婚姻が法律で認められているのだから、なんら隠すことはないと真崎自身は思っている。

だが、同性婚についてはフランス国内でも賛成派と反対派が大きく分かれているのは事実で、誰もが歓迎してくれるわけではない。ひとつ間違えれば殺傷事件に発展するほど、同性婚に厳しい目を向ける人々が大勢いるのも紛れもない事実だ。

だが社内には真崎以外にも、同性カップルが実際にいる。だから真崎は気にもしない。しかし倫章は、そうではない。倫章は、自分とは違う。それは十何年も一緒にいた真崎自身が一番よくわかっていることだ。倫章はやはり真崎との関係を進んで公には出来ない性格だし、からかわれることに免疫もない。

同性を愛することは、まだ日本社会では排他の対象とされることが多く、哀しいことだが蔑視も免れない。否応なく、そういう意識に感化され、隠す道を選択せざるを得ない状況下にある。

だからこそ、ルイスのような肯定派の存在には救われる。それなのに、そのルイスの気配りを厭味にすり替えてしまう者がいるから、不快指数が上昇するのだ。

「ねぇ、フミヒコ。どうする？　ムッシュ・ミズサワのために予約した部屋、キャンセルしようか？　ふたりでゆっくり過ごしたいなら、そのほうが……」

「ニコル。ここで、そういう話をする必要はない」

「だって、アパルトマンのほうが、遠慮なくセックスできるでしょう？」

赤裸々な単語を聞き取ってしまったのだろう。倫章が耳まで真っ赤になった。

真崎は倫章の元へ歩み寄った。肘を摑んで立たせ、倫章のボストンバッグを持ち上げた。

いくらなんでも、こんなふうに人前でからかわれて、倫章がショックを受けなかったわけがない。傷つかなかったはずはない。

「ホテルまで送って直帰する」

振り返り、真崎は早口でエディに告げた。了解、と頷いたエディがニコルをちらりと見て、はぁ…と溜息をついている。手に負えないと嘆いているのだ。

「倫、行こう」

「え？　あ、ちょっと待って。ニコルさんにお礼言わないと…」

「そんなものはいい」

「よくないよ。部屋だけじゃなく、飛行機の手配までしてくれたんだから」

とてつもない羞恥に襲われているだろうに、気丈にも倫章は真崎の腕を押しやった。火照る顔を隠しつつ、それでもニコルと握手を交わす。あんな無作法なニコルの態度にも、まだ律儀さを失わない。そんな倫章の生真面目さに、今日ばかりは無性に腹が立った。真崎はさっさとドアに向かい、振り向いて一喝した。

「早くしろ、倫章！」

スタッフたちに一礼し、倫章が小走りに戻ってきた。

「ねぇ、フミヒコ」

ニコルが呼ぶ。真崎は振り向かずに足を止めた。

「どっちがクライアントか、わかってるよね？」

嘲笑を振り切り、真崎は倫章を外へと連れ出した。

「あー、びっくりした。まさかみんなの前で、あんなこと言われるなんて思わなかった。なんていうのか…さすがパリだよな。恋の都って言うだけあるよ」

恥ずかしかった～と繰り返しながら、倫章がボストンバッグの中身を床に広げている。急な出張命令のせいで、どうやら空港で買ったらしいスーツやらワイシャツやらが、クローゼットで息を吹き返している。

「でもさ、バレてるなら却って開き直れるよ。俺たち恋人同士ですって。法律で認められているなら、日本よりは気楽かな」

ははは、と倫章が笑った。同性愛者と明言され、衝撃を受けたくせに、そのダメージを真崎に気づかれないように取り繕っている姿が健気だ。

「いっそのこと明日、腕組んで出勤するか？」

そんなジョークで真崎を安心させてくれる倫章を、心から愛していると、改めて真崎は思った。

先ほどから無言でベッドに腰を下ろし、微動だにもしない真崎を怪訝《けげん》に感じたのだろう。倫章がポツリと零しつつ苦笑した。

「俺、ホントはここをキャンセルして、真崎んちに泊まりたいんだ。でも、せっかくニコルさんが予約してくれたし、それに、みんなの前であんなふうに言われちゃうと…ちょっとね。だって真崎、マジで俺の写真、デスクに飾ってるんだもんな」

などと真崎の沈黙の意味を良心的に誤解してくれるのだ。ニコルの厭がらせにも、まったく気づかず。

どちらにしろ、真崎のアパートにはニコルがいる。倫章がここに宿泊してくれることは、真崎には命拾いに等しい。

羞恥の記憶を頭から追い払うかのように、倫章がさっさと話を切り上げ、話題を変えた。

「でもさ、わざわざ日本から応援を呼ぶなんて、真崎そんなに煮詰まってんの？」

「……いや」

「だって、メールしても返信が来ないし、この間の電話だって、やけにそっけなかったし、こんな急な出張を命じられるのも初めてだし。みんなも心配してたぜ。ついに真崎がブッ倒れたかって」

「大丈夫だ。わざわざお前がアシストにくるほどのことじゃない」

ホントに？　と疑いの目で覗き込まれ、ああ、と真崎はひとつ大きく頷いた。心身共に疲労しているのは否めないが、仕事は順調だ。ＣＣボトラーズの専務による嫌がらせさえなければ。

真崎は肩で溜息をついた。重い口を、躊躇《ちゅうちょ》しながら開く。

「倫。お前、明日の便で帰国しろ」

は？　と倫章が眉を跳ね上げた。そんな顔をされるのは辛い。だが倫章がパリにいても、ニコルのオモチャにされるだけだ。

「お前だって仕事があるだろう？　俺から部長に連絡を入れておく。だから、帰れ」

漏れてしまった二度目の溜息を、どう解釈したのだろう。倫章がポツリと言った。

「――あの人、いい人だね」

「あの人？」

突然話の方向が変わった。怪訝に思って顔を上げると、倫章がネクタイを弛め、真崎の隣に腰を下ろした。

「ニコル・ウェルシュさんって、ＣＣボトラーズ社の専務なんだってね。そんな偉い人が真崎のために、わざわざ応援要請をしてくれるなんて、すごいことだよ」

だからそれがニコルの策略なのだ。そう訴えたい気持ちを、真崎はグッと飲み込んだ。

「…なぁ」

ふいに倫章が笑みを消した。そして今度は作り笑いで訊いてきた。

「あの人、真崎のこと好きなんじゃないかな」

いつものように鈍感を貫いてくれない恋人が、今日ばかりは憎らしかった。

「真崎も彼のこと、好き？」

「ば……！」

馬鹿言うな！　と爆発しかけた感情を、真崎は喉元で堪えた。ここで狼狽《うろた》えれば、筋金入りの鈍感男でも気づくだろう。もしかすると、もう倫章は何らかの気配を察してしまったのかもしれない。

だが、自ら白状する気はない。返す言葉を選んで微笑んでみせる余裕は、まだある。

「ウェルシュ専務は、ただのクライアントだ。金で繋がっている関係に、好き嫌いの感情を挟むわけがない」

言い訳を口にしながら、真崎は倫章の探るような視線を感じていた。見抜かれてはならない。だから真崎は目を逸らし続けた。

しばらくの間を置き、倫章が静かに笑った。

「でも俺には、明日帰れって言うんだよなぁ」

珍しいことに、倫章の言わんとしていることが摑めない。焦りを覚えつつ、真崎は倫章を盗み見た。と、倫章にその視線を捉えられ、心臓が縮み上がった。

「真崎って、俺のどこが好き？」

唐突に訊かれて目を瞠《みは》った。そんなふうに倫章から訊ねられることは、滅多にない。無意識に真崎はスーツの内ポケットのパスケースに指を伸ばし、挟んであるコンドームを抜き取っていた。批判の声は受けつけない。常備は男の嗜《たしな》みだ。

それをそっと枕の下に忍ばせた真崎は、自分の気持ちに相応しい言葉を慎重に選び、心を込めて告げた。

「どこ…と訊かれても答えにくい。お前を生かしている心臓、お前の思考を語る声、お前を形作る器。そのすべてに惹かれるが、部分に惚《ほ》れたわけじゃない。水澤倫章という存在そのものが…――」

相応しい表現を探しながら、真崎は倫章の腰に腕を回した。好きなどという言葉では言い表せないほど倫章に心酔しているし溺愛している。

「愛している、倫章」

倫章を抱き寄せ、ようやく口づけに至れると確信までしたのに。

あと一センチというところで、スッと顔を逸らされてしまった。

「どうした？　倫」

落ちつきを装って訊いたものの、頭の中では先日の帰国の際の悪夢が色つきで再現されていた。なんとしても、あの結末だけは避けなければ。

倫章の額に額を押しつけ、どうした？　と、もう一度訊いてみた。ふぅ…と溜息をついて、倫章が苦笑する。

「だったら真崎、ニコル・ウェルシュさんのことも好きだろ？　俺と彼、すごく似てる」

全然似ていないと、真崎は間髪入れずに主張した。

「似てるよ。空港で出迎えてくれたウェルシュさんを見たとき、俺、目を疑ったんだぜ？　正面に鏡があるのかと思った。パリ支部の人たちだって驚いてたじゃないか」

「確かに外見は似ている。初めて会ったときは、正直いって俺も驚いた。だが中身は真逆だ。親の七光りを翳《かざ》して周囲の人間に服従を命じる、最低のクソガキだ、あいつは」

「……そうなのか？」

「そうだ。どうしようもない子供だ」

言いながら、眉間にシワが寄っていることを自覚した。せっかくふたりきりになれたのに、なぜニコルの話をしているのか。倫章と話したいことなら、他に山ほどあるのに。

今度こそ唇を奪うべく、倫章の肩をしっかりと抱き寄せたのだが。

「なぁ真崎」

今度はなんと、口に掌のバリケードをあてがわれてしまった。拒み方がストレートすぎる。いい加減にしてくれ…と目で怒りを訴えたら、とんでもないカーブが飛んできた。

「すごく理解してるんだな。彼のこと」

「は?」

ぽかんとしたあと、突如怒りが湧き上がった。

ぶん殴ってやろうかと、思わず拳を固めてしまった。激しい怒りが全身に漲る。だが倫章はいつになく頑固で、一歩も引こうとしない。

「だって真崎、おかしいだろ! いままでクライアントを金に例えたことなんて、一度もなかったじゃないか!」

「う……っ」

目ざとい。というより、失言だった。真崎は心の中で舌打ちした。聞こえたはずもないだろうが、すかさず倫章に切り込まれてしまった。

「なにより真崎。お前、俺がパリに来たのに、ちっとも嬉しそうじゃないよな。いまだって、どっちかっていうと困ってるだろ。会社でもそうだったよな。ウェルシュさんにだけ冷たくてさ。それって、真崎が彼を必要以上に意識してるってことじゃないか。お前が他人に興味を持つなんて滅多にないから、すぐわかったよ」

あまりの言われようだ。いや、それよりも、こんなに長い時間……といってもまだ部屋に入って十分そこそこなのだが、ふたりきりでいるのにキスのひとつも交わしていないことのほうが重大だ。倫章への道のりがこんなにも遠いなんて、まるで高校時代を彷彿とさせる。

「全部お前の思い過ごしだ、倫。俺は本当に、あいつには閉口しているんだ。そんなことより……」

真崎は倫章の髪に指を差し入れ、ゆっくり体重をかけた。首筋に鼻を埋め、愛する倫章の甘く柔らかな香りを肺に充たした。そして、耳の後ろに口づけながら懇願した。

「挿れさせてくれ…」

しまった、直球すぎた！　と滑った口を慌てて回収するより早く、平手打ちを食らっていた。見れば倫章は、真っ赤な顔で憤慨している。

「もういいよ！　お前の言うとおり日本に帰るよ！　明日じゃなくて、いますぐに！」

「倫章っ！」

起き上がろうとする倫章を、真崎は有無を言わせず引き倒し、押さえつけた。

「なにするんだよ！　離せっ！」

「いい加減にしろ、倫章！」

「それは俺のセリフだ！　することしか考えてないような男に、触られたくない！」

「なんだと…？」

こめかみがピクリと攣った。ただでさえニコルの存在にイラついているのに、唯一の心の支えから、なぜそんな言葉で責められるのか、わからない。誰のために過ちを懸命に隠し、屈辱に耐えていると思っているのだ。

真崎は倫章の両手を片手で吊り上げ、空いた手でベルトを抜き、素早くファスナーを下げ、強引にスラックスを脱がせた。

「ちょ…、やめろよ真崎！　そういうのは嫌いだって、何度言ったらわかるんだっ！」

「お前が素直にさせないからだ」

吐き捨てるように言って、真崎は枕の下に手を入れ、取り出したものを口に咥えた。無理やり倫章のブリーフを下ろし、膨らみを鷲《わし》掴む。倫章が空を蹴って抵抗する。これでは先日の二の舞だ。頭ではわかっているのに、体が止まらない。

倫章の窪みを指で探りながらコンドームの封を歯で切ると、倫章が目を剥いた。

「潤滑剤代わりだ。お前に怪我をされると、性欲処理に支障が出る」

「お前、最低だな！」

「なんとでも言え」

固く拒み続けるそこに指を潜らせ、手荒に指を動かして弛め、コンドームで保護した自身を力ずくで押し込んだ。

「く……っ！」

異物の侵入に、倫章が身を硬くする。構わず真崎は腰を揺さぶり、体重を移した。倫章とのセックスで被り物を使うのは久しぶりだが、潤滑剤がないのだから仕方ない。だが、おかげでなんとか挿入出来そうだ。倫章の前も、かろうじて反応を示している。軽く握って扱いてやると、すぐに変化した。

「あ、あぅ、んん……っ！」

体の相性がいいと、こういうときに救われる。もう倫章の体は、受け入れ体勢を整えている。その心に反して。

「こんなことをするために、急いで来たわけじゃ、な……」

「俺のサポートに来たんだろう？　だったらこれも業務のうちだ」

「仕事とプライベートを、一緒にするな！」

「お前の場合、区別するのは不可能だ」

「そんなこと言って、お前、ただヤりたいだけじゃないか…！」

減らない口は唇で塞いだ。全力で拒まれ、真崎の唇に痛みが生じる。それでも真崎は倫章の息が切れるまで貪った。倫章が敗北を訴え、完全に屈伏するまで。

「もう……、もう、苦しい…っ」

「まだだ、倫。全部入れるまで我慢しろ」

「無理だ、真崎、ほんとに、限界…！」

涙目で懇願されて、仕方なく真崎は腰を引いた。倫章に獣の姿勢をとらせ、もう一度深々とそれを押し込む。今度こそ真崎を根元まで呑《の》み込んだ倫章が、ブルッと身震いした。

「これならどうだ？　倫章」

「う……っ」

「少しは楽か？」

「…少しは」

短い返事とともに、倫章が息を吐き出した。

「倫章」

「ん……」

「無理やりして悪かった。頼むから機嫌を直してくれ。…な？」

うん……と恥ずかしそうに答える声は、いつものように優しかった。真崎の挿入リズムに合わせ、倫章が腰を揺らしている。これも、いつもどおりだ。

滑らかな背筋が、とても綺麗《きれい》だ。真崎は倫章に挿れたまま、背後からしっかりと抱き締めた。艶めかしいうなじに舌を這わせ、美しい襟足を堪能しながらいくつもキスした。

「真崎……」

「なんだ？」

「ごめんな、余計なこと言って」

「お互い様だ」

「ちょっと羨ましかったんだ…」

「なにがだ？」

肩越しに微笑むと、ようやく倫章が笑顔でキスに応じてくれた。倫章の舌の感触に、真崎の舌が喜んでいる。

「だって真崎、日本にいるときより、もっとかっこよくなってて……悔しかった」

「悔しがるより、惚れ直してくれ」

「惚れてるし、惚れ直したよ。一目見て心臓が破裂しそうだった。世界を相手に働く男って、こんなにかっこいいのかって、遠い人になったような気さえして…寂しかった」

「倫…」

包み隠さず正直に思いを伝えてくれる倫章の誠実さに、胸の奥が温かくなった。

「仕事だって、俺の入りこむ余地はない。サポートも、本当は必要ないんだろ？」

「お前が飛んできてくれたことが、俺には一番のサポートだ」

「俺、役に立ってる…？」

「もちろんだ。これ以上のサポートはない。…この際正直に言う。じつはこっちに帰国した夜から、実際に体調を崩してしまったんだ」

え、と倫章が心配そうに眉を寄せた。

「お前が体調を崩すななんて滅多にないのに、大丈夫か？　もう直ったのか？」

「ああ、すっかり元気だ。この、お前のサポートのおかげでな」

腰を揺らして感謝を伝えると、倫章がクスクス笑って言った。

「だよな。こんなサポート、他の人には出来ないもんな」

図らずも真崎はギョッとした。厭味……であるはずがない。倫章は、そこまで気づいていない。気づくわけがない。

知らず、手を止めていた。倫章が肩越しに訊いてくる。

「どうした？」

「あ、いや……」

なんでもないと微笑み返し、真崎は腰を前後に揺らした。艶めいた声を放つ倫章に、真崎は静かに懇願した。

「倫…」

「ん？」

「俺を、呼んでくれ」

押し込んで、ゆっくり引いて、また押し込んで。倫章に包まれていながら、それでも不安に襲われる。不安の原因は……もちろん自覚している。

途切れた息の間に間に、倫章が応じる。

「真崎……」

「もう一度」

「真崎」

「もっとだ」

「真崎、真崎、まーさーき」

倫章がクスクス笑っている。真崎は目を閉じ、恋人の声を噛みしめた。呼ばれるだけでこんなにも安心し、充たされる。いま自分が結ばれている相手は、間違いなく倫章だ。ニコルではない。

引き抜くと、倫章が嬌声《きょうせい》を放った。身震いしている体を強引に開かせ、膝を持ち上げて再度押し込み、引き、何度も穿《うが》った。

「ぁあっ、あーっ！」

大きく掬《すく》いあげた直後、倫章が噴き上げた。それを手に受け、一旦引き抜く。そして、被せてあった邪魔者を外すと倫章の体液を自身に塗り、また倫章の中に押し込んだ。

「あ……っ」

直接触れていることがわかるのだろう。倫章が手の甲で口元を隠し、恥ずかしそうに視線を彷徨わせている。どうした？　と訊くと、だってさ…と困り顔で言われてしまった。

「こんな微妙な違いまで、見なくてもわかるようになっちゃって……」

思わず真崎は噴き出してしまった。笑いながらも、追求の手は休めない。

「どっちが好きだ？　倫。マスクのヒーローか、素顔の俺か」

「………素顔」

答えながら、両腕で顔を隠して照れるのはやめてほしい。ますます愛しくなってしまう。

なにがあってもコイツを離すものかと、異様な執着心が湧き起こる。

「愛している、倫章」

「うん……俺も」

もう十年以上も身を交えながら、いまだに鼓動が乱れるのだ。これ以上は愛せないと思うほどの強い愛情を、毎回味わわされている。なんて幸せなのだろうと、つくづく思う。

穏やかな感情に包まれて、真崎はようやく解き放たれた。

最後の一滴まで絞り出し、倫章の中でブルッとひとつ身震いする。

「スッキリしたか？　真崎」

「ああ。お前のおかげで命拾いした。恩に着るよ」

大袈裟だなと笑う倫章に、大袈裟じゃないと真顔で返した。

「お前は命の恩人だ、倫。お前がいないと俺はダメだ。どんどん荒《すさ》んでいく」

「…と自己分析出来ているうちは大丈夫だよ。でも、今夜は思いっきり脱力していいぜ。俺が抱っこしててやるからさ」

「抱っこ……してくれるのか？　俺を？」

「ベッドで仰向けになっている状態なら、なんとか」

ほれ、と両腕を差し出されて、真崎はプッと噴き出してしまった。弱音を吐いても、倫章はあっけらかんと許してくれる。両腕で強く抱き締めてくれる。これ以上の安心はない。

倫章の中に納めたまま腕に抱かれるのは、まるで充電池になった気分だ。確実にパワーが蓄積されていくのがわかる。

うわ…、と倫章が声を漏らした。どうした？　と訊くと、「急に肥大した」と苦笑いで文句を言われてしまった。

「早くも充電完了だ」

早すぎる！　と目を剥かれても困る。すべては倫章が魅力的すぎるせいだ。そこは堪えてもらうしかない。

「待て、真崎、ちょ……、これはちょっと、キツすぎる…っ」

「我慢しろ」

「このサイズで動かれたら、俺、怪我する！　絶対無理ッ！」

「怪我はさせない。約束する」

「あ…ぁ……っ！」

瞳を潤ませ、頬を紅潮させ、シーツの海で泳ぐように、倫章が裸身をくねらせている。

ドラマティックだったり、コメディーだったり、倫章との時間は場面転換が目まぐるしくて、ドキドキハラハラし通しだ。こんな愉快なパートナーは、世界中どこを探してもいない。この唯一無二の存在と、あのニコルを、どうして間違えてしまったのだろう。感覚が鈍っていたことを、どれだけ悔いても悔やみきれない。

真崎は倫章の腰を摑み、幸せを嚙みしめながら叩きつけた。倫章が目を瞬いている。火花でも飛び散っているのだろうか。

構わず真崎は押し込んだ。倫章の顔がさらに紅潮する。激しく痙攣し、そして。

「あ、あ、あ、あ、あ……――――――――!」

倫章が噴き上げた。真崎のものを締めつけながら。

眩暈がするほどの快感に耐え、真崎は腰を動かし続けた。

再び倫章が噴き上げる。ついには嗚咽《おえつ》を漏らしながら、涙まで零している。

「死ぬ…、ホントに、もう…っ」

真崎は目を閉じた。全身全霊で倫章を感じた。全細胞で倫章を感じた。

「たす、け…て……っ」

途切れ途切れの掠《かす》れた声で、倫章が泣いている。それでも真崎は揺らし続けた。

真崎にしがみついていた倫章の両腕が、するり…と外れた。失神か。真崎はとっさに倫章の頬を数回叩いた。刺激を受けて、倫章が目を瞬く。顔に張りついている髪を掻き上げてやりながら、大丈夫か? と訊くと、「かろうじて」と気丈にも返してくれた。

その献身さに感謝を込め、たっぷりと口づけてから、倫章の指に指を絡めた。

「まだ気絶するなよ、倫。俺がイくまで正気でいてくれ」

「努力は…する」

ありがとうと唇を啄《ついば》み、しっかりと倫章の手を握った。

「いくぞ、倫」

「………ッ!」

倫章の瞳から、大粒の涙が飛び散った。

「大丈夫か？　倫章」

もぞり…と毛布の下で身動ぎした倫章が、拗《す》ねたような声を漏らした。

「大丈夫じゃない。腰が抜けた。マジで」

大袈裟ではなく、本当に起き上がれないらしい。真崎は苦笑し、倫章の髪を指で梳《す》いた。

シーツは目も当てられない状態だ。恥を忍んで交換を頼むしかない。

「一緒にシャワーを浴びよう。体、洗ってやるよ」

「…スケベ」

「なにをいまさら」

静かな会話が心地いい。胸のあたりが温かくなる。幸せだと…しみじみ思う。

「真崎…」

「なんだ？」

「今夜、ここに泊まってく？」

微笑ましいおねだりに、真崎が頷きかけた、そのとき。

「鳴ってるぜ、真崎」

ピコピコ…と音がした。モバイルが呼んでいる。

「え？　ああ……」

とてもイヤな予感がする。しばらく躊躇していると、倫章に促されてしまった。

「仕事じゃないのか？　遠慮しないで出ろよ」

気が進まないままに立ち上がり、床に放置したままのジャケットを拾い上げ、内ポケットからモバイルを取り出した。ディスプレイの表示を見て、真崎は眼を閉じ、深呼吸した。なにげない素振りでベッドから離れ、倫章に背を向け、通話をオンにする。

聞こえてきたのは、若きクライアントの声だった。

『僕のこと忘れてないよね？　フミヒコ』

「……どういったご用件でしょうか」

クックッと、ニコルが喉で笑っている。

『ムッシュ・ミズサワ、そこにいるの？　もしかして、ロマンスの最中だった？』

「…その件でしたら、明日、社で伺います」

わざと業務の態度を装っているのは、倫章に気取られないためだった。倫章が、まだフランス語を完全には理解できないとしても、真崎の口調や顔色で、なにかを感じとってしまうのでは…と、そう思ったからだ。

それを察知してか、ニコルがさらに真崎を追い詰める。

『自由時間は終わりだ。そろそろアパルトマンに戻る時間だよ』

「…今日は、そちらにはお伺いできません」

『そんな冗談、聞きたくない。わざわざ迎えにきてあげたのに』

「え？」

『僕がいま、どこにいると思う？　覗き穴で確認してみれば？』

まさか…と真崎は言葉を飲み込んだ。そろり…とドアに近づき、小さなレンズをおそるおそる覗き込んだとたん、立ちくらみを感じた。

片手にはモバイル、もう片手にはカードキィを翳《かざ》したニコルが、外の通路に……この部屋のドアの前に立っていたのだ。

バーロックはしてある。施錠は完璧だ。なのに悪寒に襲われる。

『言ったよね？　後悔するよって。これで僕の本気がわかった？』

確か倫章が言っていた。この部屋を予約したのはニコルだと。

CCボトラーズの政治力は計りしれない。会長の孫だと名乗れば、マスターキィなど簡単に手に入る。ニコルはこのドアを開けようと思えば、いつでも開けられるのだ。

たとえ、セックスの最中であっても。

『せっかくの再会だから、一時間だけ目を瞑《つぶ》ってあげたのにな。フミヒコがそんな態度を貫くなら、僕にだって考えがある。いますぐこのドアを開けて、あの夜のことを…』

「わかった」

とっさに畳みかけていた。真崎が敗北した瞬間だった。

背後では、まだ倫章がベッドに横たわっている。火照る素肌を毛布で覆い、真崎がベッドへ戻ってくるのを待っている。

もう少し触れあいたい。もう少しだけ肌を重ねたい。……だが。

「……わかりました。いまから伺います」

そう返すしか、なかった。覗き穴の向こうにいる悪魔が、ニヤリと笑ってカードキィを内ポケットに収めた。

『呑み込みの早い男って、好きだよ』

ニコルがせせら笑う。そして、

『ロビーで待ってる。五分で来てよね』

と、プツリと通話を切ってしまった。

足音が遠ざかり、消え、真崎はようやく全身の力を抜いた。汗ビッショリだ。

ニコルが恐ろしいわけではない。倫章にバレることが怖いのだ。倫章の怒りを買うことに、こんなにも怯《おび》えているのだ。

それはひとえに、倫章を悲しませたくないから。

ドアの前から動けずにいる真崎の背に、倫章が呼びかける。明るい声で気遣いながら。

「仕事か？」

ああ、と返そうとしたが声にならない。真崎は倫章を振り向き、無言で肩を竦めた。

「そっか。なら仕方ないな。飯は？　一緒に食える？」

「……明け方まで、かかるかもしれない」

かすかに倫章の顔が曇った。それでも「大変だな」と労ってくれた…のだが。

倫章が身を起こし、ベッドサイドに腰掛けた。シャツを拾って腕を通し、ふいに顔を上げて言った。

「俺も行くよ」

え？　と真崎は目を瞠った。シャツのボタンを留めながら、「お前のサポートに来たんだから、お前だけを働かせておくわけにはいかない」と嬉しいことを言ってくれる恋人の手を摑み、その隣に腰を下ろして、真崎はやんわりストップをかけた。

「打ち合わせだから、ひとりで大丈夫だ。先方と……その、いろいろと詰めなきゃならないことがあるんだ。だから…」

すまない…と頭を下げると、倫章が不思議そうに微笑んだ。

「謝る必要はないけどさ。でも……うん、わかった。じゃあ、頑張って働いてこい。俺のことは気にしなくていいからさ。これでも少しはフランス語、上達したんだぜ？　ひとりでディナーも悪くないよ」

「すまない」

「だから、真崎が謝ることないって。それより俺……やっぱり日本には帰らないから」

え、と真崎は目を丸くした。気合い充分の大きな瞳が、真崎を覗き込んで笑っている。

「フランス語が堪能じゃないから、実用的なことでは使い物にならないけど、メンタル面ならサポートできるかもしれないし。たぶん、今回はそれが一番重要なんじゃないかなって気がしたんだ。気づくの遅くて申し訳ないけど」

「倫章……」

「こんなこと俺の口から言いたくないけど、する前と後では、お前の顔つきがガラッと変わったからさ。だから今回は俺のこと、充電器代わりにしていいよ」

と、照れながら譲歩してくれた。

その献身さがたまらない。気づいたときには倫章の肩を抱き寄せ、噛みつくようにキスしていた。そのままベッドに押し倒して唇を貪ったら、苦笑いで拒否されてしまった。

「仕事、待ってるんだろ？　早く行けよ」

押しのけられて、我に返った。そうだった。行かなくては。

「すまない」

「だからもう、謝るなって」

ひとつ頷き、立ち上がり、名残惜しさにもう一度だけ唇を盗んで衣服を整え、後ろ髪を引かれる思いでドアを開け、倫章を振り向いた。

「ルームサービスに、シーツを取り替えるよう伝えておく」

「サンキュ。ほら、いいから急げ」

優しい励ましに笑みを返し、真崎は静かにドアを閉めた。


「遅かったね。三十秒の遅刻だ」

真崎がロビーに降り立つと、ニコルがソファから立ち上がり、ゆっくりとした足取りで近づいてきた。

「ネクタイを結ぶ余裕もなかった？」

真崎の前で足を止め、微笑む。首にひっかけただけの真崎のネクタイに、馴《な》れ馴《な》れしく手を伸ばしてくる。真崎はそれを払いのけたが、ニコルは馴れた手つきで真崎のタイを結び直し、スーツの埃《ほこり》を丁寧に払った。

「浮気して帰ってきた夫を、寛大に迎える妻の図だ」

「浮気などしないし、妻なら、いま部屋にいる」

「じゃあ僕は、なに？　あれだけ激しく愛し合った夜を、もう忘れた？」

なにを言っても無駄だと知って、真崎は無言を決め込んだ。ニコルが目を吊り上げる。

「言いたいこと、あるんでしょう？」

「言う気も失せる」

「そ。なら言わなくていいよ。でも…」

と爪先立ち、ネクタイをグイッと引っ張られ、唇を押しつけられていた。

「お前……っ！」

油断していた。真崎はニコルを突き放し、手の甲で口を拭った。反射的に周囲を盗み見ると、日本人の観光客が、驚いた顔でこちらを指している。

「あーあ、見られちゃったね」

「お前なぁ……っ！」

公衆の面前で、こんな真似をするなんて。

真崎は怒りを押し殺した声で、口早に訴えた。

「なにを考えているんだ、お前は！　自分の立場を少しは自覚しろ！」

そんなセリフが、自然に口から飛び出していた。

似たようなことをエディにも言われたが、自分の本音は、どうやらそこにあるらしい。

言葉にしてみて、ようやくニコルへの感情に気がついた。真崎もまた、マサキ・コーポレーション代表の長男という重苦しい立場にある。だから、他人のような気がしないのだ。

だが、ニコルと真崎が異なるのは、後継ぎかどうかという点だ。真崎はすでに家業を捨てた。父も父で、あんな放蕩《ほうとう》息子に家業を継がせるつもりはないと公言している。

だが、ニコルは違う。すでに専務に着任し、運営に関わる身だ。何年か先には、世界各地にいる何万人もの従業員の生活を支えるという重責を負うのだ。

会長と同じように、いずれニコルも世界のトップに立つ日が来る。誰もがニコル・ウェルシュの名を耳にし、その発言に左右される日が来る。

そんな立場にある人間が、自らゴシップネタを提供すべきではない。国によっては、ゲイは批判の対象にもなる。その国では間違いなく不買運動も起きるだろう。哀しいことだが、同性同士の性的接触は、そういう危険をも孕《はら》んでいるのだ。

「お前の行動のひとつひとつが、ＣＣボトラーズ社全体のイメージを左右するんだ。後継者を名乗るなら、もっと自分の行動に責任を持て！」

「持ってるよ」

「持っていないから忠告しているんだ！」

苛立ちながら吐き捨てると、ニコルが下唇を噛んだ。

「…僕はフミヒコが好きなだけだ。いけない？」

「ニコル。俺は個人的感情について話すつもりはない。お前の会社の将来を…」

「会社なんて関係ない！　僕は僕だよ！」

真崎は天を仰いで溜息をついた。二十三歳にして、このわがままぶりは一体どうしたものか。もはや手に負えない。と言うより、子供は苦手だ。大の苦手だ。

真崎はニコルの腕を摑んだ。怒りや憤懣《ふんぬ》はすでにない。それよりもニコルの、人間関係を踏み荒らしていく破壊願望的な性格が心配だ。これで企業のトップに立てるわけがない。周囲の悪意に振り回され、陥《おとし》れられ、早々に潰されるのは目に見えている。

乗りかかった船だから…というわけではない。自分はそこまで優しくない。だが、倫章のお人好しが移ったような気はしている。

ブルートパーズの瞳を覗き込み、真崎は真剣に訴えた。人は変われるはずなのだ。真崎が倫章によって変化したように、ニコルもきっかけさえあれば、もしかしたら。

「ニコル。お前の意志や希望に拘わらず、お前の行動の責任は、すべてCCボトラーズ社が背負うことになる。組織とは、そういう仕組みで出来ている。それはわかるな？」

一転して説得口調になった真崎が気に入らなかったのだろうか。

ふいにニコルが一歩離れ、真崎を睨みつけたのだ。

「フミヒコまで、ジャンみたいこと言うんだね」

「ジャン？」

ジャンといわれて真崎が思いつくのは、ジャン＝ポール・ベルモンドに、ジャン・レノ。ジャン＝リュック・ゴダール、ジャン＝ポール・ゴルティエ。そして……。

「あ……！」

物腰柔らかな銀髪の紳士が、真崎の脳裡《のうり》をサッと過った。

ジャンとは、ニコルが降格させたCCボトラーズ社の元マーケティング・ディレクター、ジャン・ルーベンス氏のことではないのか？

問いただそうとして真崎が口を開くより先に、ニコルが声を震わせた。

「僕は…僕だ。会社のために生まれてきたわけじゃない。跡を継げ、しっかりしろと生まれたときから言われ続けて、僕だってもうクタクタなんだよ…！　僕は車を走らせるガソリンじゃない。時計を動かす歯車じゃない。僕の人生は僕のものだ。会社のものじゃないはずだッ！」

「ニコル…」

真崎は息を呑んだ。幼稚な思考だと笑い飛ばすには、自分の経験とあまりにも重なりすぎていた。真崎の場合は、跡を継げと執拗《しつよう》に言われた記憶はないが、無言のプレッシャーを感じながら生きてきたのは確かだった。

言われもしないのに、重圧から逃れることばかり考えていた。だとしたら、言われ続けているニコルのストレスは、一体どれほどのものだろう。

そう考えれば、ニコル独特のわがままさえも、意図的なものという気がしてくる。自分はこんな人間だからトップに立つ器ではないとわざと振る舞い、演じているように思えなくもない。

穿《うが》ちすぎだろうか。だが、見当違いではないような気もする。

「社の看板で生きているような僕は、地位を無くしたらクズ同然だ。クズなんて誰も相手にしない。だから僕は、CCボトラーズが大嫌いなのに逃げられないんだっ！」

ニコルの頬を一筋の涙が滑り落ちた。

「あんな会社、潰れてしまえばいい。そしたら僕は自由になれる。自由に……好きな人に好きだと告白できるんだ！」

真崎は無意識に、ニコルの頬に手を伸ばしていた。

「触るなっ！」

真崎の腕を打ち払い、身を翻《ひるがえ》し、ニコルがロビーを駆けてゆく。

「ニコルッ！」

ニコルは振り向きもせずロビーを突っ切り、夜のパリ街に飛び出していった。

「待て、ニコルッ！」

なりふりかまわず名を叫び、真崎はニコルを追いかけた。

柱の影から、一部始終を目撃していた人物がいたことも知らずに。

倫章は、そこから一歩も動けなかった。

見てしまったのだ。最愛の恋人・真崎史彦が、彼のクライアントであるニコル・ウェルシュと、公衆の面前でキスをした瞬間を。

ほんの十分ほど前まで、倫章は真崎に抱かれていた。たっぷり一時間かけて、誤解や思い込みやすれ違いの修正を図ったばかりだった。

それなのに真崎は情交の火照りを残したままの唇を、ホテルのロビーという公の場で、あっさりニコルに与えたのだ。

そして理由はわからないが、口論の末、ニコルは逃げるように去ってしまい、そのあとを真崎が必死の形相で追いかけていった。それが、この眼で見た全容だ。

倫章は、真崎がベッドの上に忘れていったモバイルを握りしめた。届けてやらなければと急いで身支度し、追いかけてきた自分が滑稽《こっけい》でならない。

「急な仕事って、これかよ」

自分の漏らした呟きが、あまりにも惨めで笑うしかない。

真崎はいつも言ってくれた。愛しているのは倫章だけだと。一生涯、倫章だけを愛し抜くと。母親の前で、土下座までして誓ってくれた。そのはずだった。

真崎を信じていないわけじゃない。でも、見てしまったのだ。実際に、この目で!

モバイルを床に叩きつけようとして腕を振り上げたとき、ピコピコ…とそれが鳴った。ブチ切れそうな怒りのまま、倫章は通話をオンにした。鳴っている電話を無視できないのはサラリーマンの性だ。倫章は半ばヤケクソで応対した。

「もしもしっ！」

『アロー、E★t●e◎Fumihiko☆◆t△a？』

早すぎて聞きとれないまでも、フミヒコだけは理解できた。ファーストネームで呼び合うのはフランス人の常識なのだろうか。今日訪れた支部でも、何人かが真崎をフミヒコと呼んでいた。そう、あのニコル・ウェルシュも……と思い出したら、脳天に血が上ってしまった。

「フミヒコはいませんっ！」

日本語で放った怒声は、なぜかしっかり伝わってしまったようで、

『あ、pardon…ゴメンナサイ』

…と、翻訳つきで返された。

倫章は耳を澄ませた。柔らかな響きを帯びた、聞き覚えのある声だ。分析力と記憶力は、相手のほうがわずかに早く作動した。

『えーと、リンショウですね？』

「あの、エディ……さん？」

ああ…と互いを確認し、同時に安堵《あんど》の溜息をついた。沸騰していた頭の中が、急速に萎

えてゆく。

倫章は遠慮がちにモバイルを握り直した。いくら恋人とはいえ、これは真崎史彦の所有物だ。人の通話を堂々と受けてしまった自分に、後ろめたさにも似た羞恥を覚える。倫章は自分のモバイルを取り出し、翻訳アプリを起動させながら釈明に走った。

「驚かせて、すみませんでした。真崎なら、いままでここに…あー、SJホテルにいたんですけど、急な仕事が入って、それで…モバイルを忘れていったんです」

あれが業務かどうかは別にして…と、心の中でちゃっかり毒づくことは忘れない。

倫章のたどたどしいフランス語をなんとか理解してくれたエディが、一語一語を明確に発音しながら、単純な単語を並べてくれた。

『OK。彼はいない、わかりました。仕事で、彼に確認したいことがあります。いま、どこにいるかわかりますか?』

「場所はわかりませんが、ニコル・ウェルシュさんと一緒です」

プルコワ！　とかなんとかエディが叫んだ。なぜだ！　という意味らしい。それは倫章が訊きたいくらいだ。

『リンショウがパリに来ているのに、どうしてニコルと!?』

「どうしてと言われても……仕事だと言われれば、止める理由はありません」

やけくそで答えたら、その微妙なニュアンスまで伝わってしまったようだった。

『わかりました、リンショウ。いま、SJホテルですね。オフィスからとても近いです。

すぐ行きます。五分で』

「あの、エディさん。俺なら大丈夫ですから…」

『日本人、すぐ気を遣います。でも、気にしないでください。勝手に心配しているだけです。とにかく、そこにいてください。いいですね？』

「あ……、はい。ありがとうございます」

通話をオフにしたとたん、膝がカクンと折れてしまった。張りつめていた神経がプッツリ切れる、あの感覚だ。

ロビーの柱を背にズルズルと座り込んでしまった倫章のもとへ、ドア前で待機中のベルボーイが驚いて駆けてきた。

ベルボーイの手を借りて、倫章はなんとか中央のソファまで移動した。彼がクセの強い仏語を話しながら、倫章の顔を覗き込んでくる。大丈夫か、宿泊客か、など、そういうことを訪ねているのだろうが、イントネーションが強くて聞き取れない。そうこうしているうちにフロント係のホテルマンまでやってきて、宿泊客かと問いかけてくる。

アプリを使って会話すればよかったのだが、そういう一連の動作をするだけで泣いてしまいそうで、だから倫章はI'm OKだけをひたすら繰り返した。

こんなときの優しさは、よけいに哀しみを誘うばかりだ。鼻の奥が熱くなる。優しくされたい人には裏切られ、他人からはこんなにも丁寧に扱われて、気持ちが乱暴に揺さぶられる。耐えていた涙が零れ落ちそうになったとき、正面ドアが大きく左右に開かれた。

心配そうな面持ちで飛びこんできた金髪碧眼の美青年が、周囲をキョロキョロ見回している。エディだ。

「エディ！」

声を振り絞ると、エディは、ホテルマンたちに囲まれている倫章の元へ迷うことなく駆けてきた。倫章に付き添っていたホテルマンに二言、三言なにか告げ、チップを渡して下がらせる。そしてフロアに膝をつき、ソファに座る倫章を見上げ、「もう大丈夫ですよ」と微笑んでくれた。

先ほどまでとは異なる切なさが、胸の奥に込み上げる。

「急いで来ました。あなたが泣いているのではないかと思って…」

「エディ…」

エディが倫章の頬に手を添え、もう心配いりませんと何度も頷く。

「僕は知っています。彼よりリンショウのほうが数倍…いえ、百倍チャーミングです」

真崎にも似たクサいセリフをサラリと言われ、ようやく倫章は笑みを浮かべた。笑ったとたん、耐えていた涙がボロボロとみっともなく零れてしまったけれど。

エディが倫章の頭をそっと抱き寄せ、泣き顔を隠してくれる。

「すみません……」

「謝る必要ありませんよ、リンショウ。泣きたいときは泣くべきです。あなたの恋人は、本当に、なんというのか……ワイルドすぎます。いろいろな意味で」

涙を肯定してくれるエディの優しさが、胸に沁《し》みた。

不思議なもので、優しくされると少しばかり気持ちが弱くなるものの、だが確実にゆっくりと冷静さが戻ってきた。それを見計らってエディが言う。

「思いきり泣いて、悲しみが外へ出ていったら、僕たちも外へ出ませんか？」

「外へ…？」

はい、とエディが眼を細めて頷いた。

「フミヒコのアパルトマン、行きましょう」

「……え？」

一転して困惑顔になった倫章の弱気を払い退けるように、エディが力強く言った。

「忘れ物、届けましょう」

ね？　と促され、倫章は握ったままのモバイルに視線を落とした。仕事だと言い訳して出て行った真崎の、裏切りのキスシーンがリアルに蘇り、鼓動が再び大きく乱れる。

「あいつなら、きっと留守です。本命とデートの最中ですから」

「…ノン。その言い方、とてもよくない。彼はあなたの恋人ですよ、リン」

「エディ…」

「リンが遠慮するの、おかしい。堂々と乗り込むべきです」

きっぱり言われて、腹が据わった。

「待つんだ、ニコル！」

どれだけ走らされただろう。やっとのことで真崎はニコルの手首を掴んだ。

ようやくニコルが立ち止まり、真崎を振り向く。三月の冷たい外気で、互いの息は真っ白だ。

ふたりが立つワグラム通りの真正面には、エッフェル塔に次ぐパリの象徴・凱旋門《がいせんもん》が聳《そび》えている。凱旋門を中軸にして、半径一二〇メートルもある円形の広場からは、十二本もの大通りが放射状に伸びているため、この広場周辺では車の行き来が絶えることはない。

目映《まばゆ》いばかりにライトアップされたシャルル・ド・ゴール広場が目の前に広がっている。横断歩道のない車道を、カメラを首からぶら下げた観光客が、凱旋門に向かって突っ切ろうとする。広場を旋回している車の群れは、そのたび急ブレーキを余儀なくされ、クラクションで歩行者を威嚇し、追い散らそうとやっきになる。

「離せよっ！」

振り払おうとして暴れるニコルの手を捕らえ、真崎は厳しい声で一喝した。

「いい加減にしろッ！」

周囲に声が響かぬよう配慮したつもりが、すでに注目を浴びている。真崎は自分を楯にして、好奇の視線からニコルを隠した。なんと言ってもニコルはＶＩＰだ。人前で、みっともない口論をしたくはないし、させたくもない。

「言いたいことがあるなら聞いてやる。だから落ちついて話そう。俺のアパルトマンへ行こう。必要なら、ジャン・ルーベンスも呼んでやる」

「よ……、呼んだって来ないよ、あんなヤツ！」

再度、真崎の手を振りほどき、ニコルが挑むように真崎を睨みつける。

まだ三月で寒さが残るとは言え、観光でパリを訪れる人の数は多い。言葉がわからないまでも、真崎とニコルのやりとりを興味深げに盗み見ている者も少なくない。だからこそ真崎はニコルをここから移動させたいのだが、当のニコルは足を踏んばり、頑《かたく》なに動こうとしない。

「ジャンが来るわけない！　あいつが必要としているのは、ＣＣボトラーズ会長の孫という肩書きを持つ僕だけで…」

「ニコル、もう少し声を落とせ…」

「僕個人には、まったく感心も興味もないんだからっ！」

「……え？」

真崎の意図とは異なる方向へ放たれたセリフの真意に、やや遅れて、真崎は気づいた。額に手を当て、そのまま髪を掻き上げる。そして、ポリ…と頭を掻いた。なんだ、そういうことか……と、ようやくニコルの不安定な感情の原因に気がついたのだ。

ニコルは、恋をしている。

もちろん真崎にではなく、ジャン・ルーベンスにだ。

自分では認めたくないようだが。

「はは……」

「なにが可笑しいんだよっ！」

よけいニコルがムキになる。それがまた可笑しくて苦笑が漏れる。馬鹿にされたと勘違いしたのか、ニコルが真っ赤になって憤慨した。

「笑うなんて失礼じゃないかっ！」

「ああ、悪い。つい……。悪かった」

今度は謝罪がお気に召さなかったようだ。プイッと顔を背けたニコルが、勝手に立ち去ろうとする。待て、と真崎はその手を摑んだ。今度は振り払われずに済んだものの、当のニコルは唇を噛み、俯いてしまった。

「そうイライラするな、ニコル。可愛い顔が台無しだぜ？」

極力優しく語りかけるが、いまはなにを言っても響かないだろう。

「…可愛くなんかないよ。僕は、ちっとも」

「可愛いぜ。外見はな。俺の恋人に瓜ふたつなんだ。可愛くないわけがない」

だろう？　と片眉を吊り上げると、ニコルが呆れ顔で見上げてきた。

「言ってて恥ずかしくない？　フミヒコ」

「恥ずかしいセリフをサラリと使いこなすのが、超一流のディレクトールだ」

断言すると、戦意喪失の顔つきで、あのさ……とニコルが口ごもった。

「どーしてフミヒコって、そんなに自分に自信があるわけ？」

真崎は目を丸くした。そんな質問をされたのは初めてだ。

確かに、自信過剰気味な発言をする場合が多いと自覚している。だがそれは、己の士気を高めるため、意識的にしていることだ。言ったからには実現し、責任をとろうと思うからこそ強くなれる。自分の目標を一歩先に据え、自身を鍛える術《すべ》に他ならない。

言葉には力がある。言霊《ことだま》が心に及ぼす影響と威力を真崎は固く信じている。夢を唱え続ければ、いつか必ずそれを手中にできるとも思っている。

逆に、願わなければ得られない。自分に限界を定めたり、出来ることだけをこなすようになった瞬間に、人は成長を止める。それだけのことだ。

「俺だって、不安で眠れない夜もあるさ。だが、逃げても悪戯に不安を長引かせるだけだ。逃れたければ、一刻も早く不安を乗り越えることだ。それしか解決の道はない」

真崎は自嘲し、目を細めた。なぁ…とニコルに呼びかける。

「自分を粗末に扱うな。自分を安売りするな。そんな真似を続けていたら、誰もお前を大切に扱わなくなるぜ？　逃げ続けているほうが楽だと思うなら、それは錯覚だ」

ニコルの手首を摑み、引き寄せ、ブルートパーズの瞳を見つめた。怯えているのだろうか、ニコルの大きな目が揺れた。

「お前のやり方は、幼い子供の甘えと同じだ」

「幼い……子供？」

「そうだ。お前は俺にわがままをぶつけることで、誰かの気を惹《ひ》けると思っているのかもしれないが、残念ながら同情にも値しない」

「僕は別に、誰かの気を惹こうなんて思ってないよ！」

「お前がなんと言おうと、誰かの目を気にしているようにしか見えない。……お前は俺を好きだと言ったが、それも単に、他人のオモチャが欲しくて泣き喚くガキと大差ない。とにかく、他人を巻き込むな。自分が本当に欲しいものはなにか、よく考えてから行動しろ」

「ぼ――僕を子供扱いするなっ！」

「そうやって、人の忠告に耳を貸さない態度がガキの証拠だと言ってるん……」

パァン、と真崎の頬が鳴った。

「僕はフミヒコのクライアントだ！　クライアントに向かって大きな口を叩くなッ！」

「この…っ」

想像以上のわからずやだ。真崎はギリギリと奥歯を軋ませた。本来なら有無を言わせず殴り返してやるのだが、相手はクソガキだ。手を上げるなら、どんな場合でも自分と対等以上の相手と決めている。

「クライアントなら、クライアントらしくしてみろ！」

「うるさい！　フミヒコなんて大嫌いだっ‼」

身を翻し、ニコルが車道に飛び出した。

「ニコルッ！」

とっさに真崎は腕を伸ばした。

だが、制止は間に合わなかった。

黒いスポーツカーが、猛スピードで滑り込んでくるのが見えた。まるで観光客の群れを蹴散らそうとするかのように。

「戻れ！　ニコルッ！」

真崎はニコルのあとを追った。

けたたましいパッシング、急ブレーキの音。

反射的に、真崎はニコルを突き飛ばした。


視界が、赤く染まっている。

血の色…らしい。

ニコルが縋《すが》りついている。脇目も振らず泣きじゃくっている。通行人たちが、ニコルを落ちつかせようと懸命になっている。また他人に迷惑をかけて、どうしようもないクソガキだ……。

「フミヒコ、死なないで、フミヒコッ！」

懇願されて、真崎はなんとか上半身を起こそうとした。頭の芯がグラグラする。側頭部を打ったようだ。ニコルがケガをしている様子はない。……よかった。

「フミヒコ！　ねぇ、血が出てるよ、フミヒコ！」

「……るさい」

「誰か救急車を呼べっ！　早く救急…」

「うるさいッ！」

　怒鳴りつけると、ニコルがヒクッと息を詰め、目を丸くした。心配顔で取り囲んでいる観衆を、大丈夫ですから…と営業スマイルで追い払い、手足の状態を自己分析しながら立ち上がった。跳ねられた瞬間、無意識に受け身をとっていたらしい。武道を嗜《たしな》んでいたことが幸いした。

　真崎を掠めたスポーツカーは、すでに現場から姿を消している。だがナンバーはしっかり網膜に焼き付けてある。車道へ飛び出したこちらに非はあるが、逃げたのは褒められた行為ではない。ゆえに通報は当然の報《むく》いだ。

　警察に通報している真崎の様子を見て、安心したのだろう。周囲を取り囲んでいた人垣が散っていった。真崎の手にハンカチを押しつけて去っていく老婦人にメルシィと礼を言い、とりあえず手の血を拭った。

「フミヒコ、死んじゃったかと思った」

「勝手に殺すな」

「だって、額から血が出てる。ねぇ、痛いよねフミヒコ。ごめんフミヒコ…っ」

再び泣き出すニコルに、真崎は困惑した。

気が進まないまでも、そっと髪を撫でてやる。泣きじゃくる子供をあやすには、叱るより慰めるほうが有効だ。こっちが早々に折れるしかない。

「大丈夫だ。この程度の怪我など、痛くもなんともない。心配かけて悪かった。だからもう泣くな」

髪をくしゃっと乱してやると、安心したのか、ニコルがしがみついてきた。もう倫章と見違えることはなくなったが、切なすぎる泣き顔だけは……やはり酷似している。抱きしめて、口づけたい衝動に駆られる。

「ねぇフミヒコ。せめて僕に手当てさせて」

震える声で懇願され、胸が苦しくなってしまった。その顔で、そんな苦しげに泣かないでほしい。その顔だけは見ていられない。

「ごめんなさい、フミヒコ……」

真崎は首を横に振った。悪いのは俺だ、と。

お前は一言多いんだと、よく倫章にも叱られた。正論を吐くときは相手の四方を固めるな。それは時として、相手を追い詰めるだけなのだから…と。

だからニコルは逃げ出したのだ。原因は、真崎の配慮が欠けていた、その一言に尽きる。ニコルを責める権利などない。自分だって、まだまだガキだ。倫章がいないと、歯止めの掛け方まで忘れてしまう。

「倫章がいないと、すぐに昔の自分に逆戻り……か」

クッと自嘲した真崎を、ニコルが不安げに見上げてきた。

「大丈夫？　フミヒコ」

大丈夫だ…と軽く苦笑し、真崎はニコルの手を借りて立ち上がった。


アパートに到着すると、早速ニコルが洗面器に湯を張り、タオルを浸し、真崎をリビングのソファに座らせ、慣れない手つきながらも丁寧に傷口の血を拭いてくれた。

右側の額を石畳に擦りつけてしまったらしい。白いタオルが血ですぐに汚れてしまう。こんなに出血していたとは。ニコルが狼狽《ろうばい》するはずだ。

「メルシィ、ニコル。あとは自分でやる」

そう言って立ち上がると、真崎は洗面所へ赴いた。顔に付着している血をザバザバと洗い流している後ろで、「うわぁ、痛い！　滲《し》みる！」と、ニコルが騒いでいる。…痛いのも滲みるのも、真崎なのだが。

洗った患部をガーゼで軽く押さえ、日本から持参していた消毒液をたっぷり吹きつけ、滅菌ガーゼを当てた上から包帯を巻いて処理をした。手際の良さに、おおー！　とニコルが感心している。

「怪我、慣れてるの？　フミヒコ」

「日本人は器用なんだよ」

「でも、病院へ行ったほうがいいよ、フミヒコ」

「切ったなら縫合が必要だが、見たところ擦過傷《さっかしょう》だ。応急処置で十分だ」

「でも、痕が残るかもしれない…」

真崎は鼻で笑った。女じゃあるまいし、痕くらい残っても構わない。

血を見たせいか、ニコルはすっかりしおらしくなっている。さっきから涙腺が緩《ゆる》みっぱなしで、一言なにかしゃべるたびにポロッと涙を零す始末だ。

包帯を巻き終えた真崎の手を引き、ソファへ誘導してくれながら、ニコルがポツリと本音を零した。

「ホントは僕ね、嬉しかったんだ」

なにがだ？　と真崎は返した。うん…とニコルが恥ずかしそうに頷く。

「フミヒコに言われたこと。すごく腹が立って、悔しくてたまらなかったのに、でもなぜだろう、それと同じくらい嬉しかったんだ。言葉に嘘も飾りもなくて…ビックリした」

複雑な表情で、ニコルが続ける。

「僕ね、親も含めて、人から叱られたことがないんだ。褒められた記憶もあんまりないけどね…。使用人は大勢いたよ。命令には従うくせに、命令以外のことはなんにもしないロボットみたいなヤツばかりが。でも、それが当然だと思ってた。人間はみんな、僕の言うことを聞くロボットだ…って」

他人とは思えない生い立ちには同情するが、違いは明確だ。真崎の家ではハウスキーパーも運転手も、みな真崎には温かく接してくれた。その彼らをロボットなどと思ったことは一度もない。そう思わずにいられたのは、きっと彼らのおかげだ。

後悔の滲む笑みを漏らして、ニコルが言う。

「…だけど、大学生になって周囲がいきなり変わったんだ。自分の力でベンチャー企業を立ち上げたり、企業にプランを持ち込んだりする級友が増えて、彼らか僕か、どちらがより優れているかは…比べなくても明らかだった。だから余計に、親から離れるのが怖くなったんだ。会社の後継ぎという以外、僕にはなんの取り柄もないから…」

「気づいただけでも進歩したじゃないか」

茶化したわけではない。褒めたのだ。恨めしそうに真崎を横目で睨んだニコルが、一転切なそうな表情になり、真崎の包帯にそっと手を伸ばした。

「フミヒコと出会って、よくわかった。たぶん僕は、誰かに必要とされたかったんだ」

グスッとニコルが鼻を啜《すす》った。真崎の頭に手を添えて、切ない嗚咽を漏らし始める。

「ジャンはマーケティング部のディレクトールだけど、僕の家庭教師も兼任していた。CCボトラーズ社の歴史や経営学の、専門知識を教わったよ。ジャンだけは、僕を本気で諭《さと》してくれた。それはいけません。それは違います……って、うるさいくらいに」

「そういう人物は貴重だ。大事にしろ」

「もっと早く、その言葉が聞きたかったよ。大事にするどころか、気にかけてくれるのが面白くて……嬉しくて、わざとジャンを困らせてしまった。それでもジャンは側にいてくれた。匙《さじ》を投げなかった。それなのに……」

　ニコルが溜息をつき、涙を零した。

「僕が専務に着任したとたん、ジャンは僕を見捨てたんだ」

「見捨てた…？」

「僕がなにをしても、叱ってくれなくなったんだ」

　理由は？　と訊くと、ニコルは目に一杯涙を溜めて首を横に振った。

「たぶん、僕が上司になったからだと思う。それで、思ったんだ。熱心に接してくれたのも、会社のためだったんだと…わかっていたけど、やっぱり傷つくし、淋《さび》しかった。もう一度彼に心配されたくて…怒られたくて、わざと降格させたんだ。なのにジャンは顔色ひとつ変えずに従ったよ。はい、わかりました…って。あのロボットのような使用人たちと同様にね。そのときの僕の絶望が、わかる？」

　経験上、身勝手な思考は誰よりも理解できる。黙って頷くと、ありがとうと礼を言われてしまった。どうやら、かなりの似たもの同士だ。

「そんなとき、フミヒコと出会ったんだ。フミヒコは僕が会長の孫だって名乗っても、全然態度を変えなかった。最初から僕を突き放したよね。ショッキングだったけど、スリリングでワクワクしたよ。フミヒコは、なにがあっても僕のロボットにはならないって直感した。だから、フミヒコの側にいるのが楽しかったんだ。フミヒコに抱かれたときも、思った。過去のボーイフレンドたちとは比較にならないって。みんなは僕に奉仕していた。

でもフミヒコは違った。あれほどストレートに愛情を注いでくれた人は、他にいない」

「だから、あれは…」

倫章と間違えたんだと何度も訂正しているのに、そこだけは耳に入らないらしい。

「そしたら、フミヒコの恋人が羨ましくなって……それで彼に意地悪したんだ。でもその結果、フミヒコをこんな目に遭わせてしまって……」

ごめんねと、ごめんね、またニコルが悲しい顔で謝るのだ。今日は何度、その顔を見せられたことだろう。ごめんねと、本当にごめんなさい…と、ニコルが再びポロポロと涙を零している。

そして、こんな切ないセリフを口にするのだ。真崎の額に優しいキスを灯しながら。

「フミヒコは怒るかもしれないけど、僕ね、フミヒコの一番になれたらいいなって……そしたらジャンのことなんて忘れられるって、少しだけ、本気で夢見てたんだよ…？」

涙と共に下りてきた唇を、拒むことはできなかった。

ニコルの懺悔《ざんげ》の口づけを、真崎は黙って受け入れた。


これと同じシチュエーションが、前にもあったような気がする。

窓の向こうで繰り広げられているキスシーンを目の当たりにし、倫章はインターホンを押しかけた手を止めた。隣にいるエディも、今度ばかりは声を失っている。

真崎のアパルトマンのリビングは道路に面しており、窓は少々高い位置に配されているのだが、覗こうと思えば容易に中の様子が窺《うかが》える。

ニコルと甘い口づけを繰り返している真崎の頭には、包帯が巻かれている。怪我をしたようだ。なぜ？　この短時間の間に、一体なにがあった？　訊きたい。訊いて、たいしたことじゃないと笑ってほしい。そして、その怪我も、ロビーでのキスも、いま行われている裏切りもなにもかも、全部たいしたことではないのだと——真崎の口から聞かせてほしい。

「すみません…リンショウ。あまりにもタイミングが……」

エディが釈明の言葉を探している。倫章は首を横に振った。これはタイミングの問題ではない。それに、エディが詫びる必要はない。悪いのは……。

悪いのは、誰だろう。

「……リン？」

悪いのは、自分かもしれない。

わざわざ日本へ会いに来てくれた真崎を、ひどい言葉で罵《ののし》り、追い返した。

真崎はいつだって言葉や態度で、受け止めきれないほどの膨大な愛情を注いでくれるのに、自分は真崎になにを返した？　真崎の行為に甘んじるばかりで、その十分の一も…いや、百分の一も返していない。誰よりも大切にされて当然なのだと、いつしか天狗《てんぐ》になってはいなかったか？

愛される努力を、したことがあったか？

「泣かないでください、リン」

言われて初めて倫章は、自分の頬に伝う涙に気づいた。

こんなにも淋しい涙を流すのは、何カ月ぶりだろう。真崎がフランスへ転勤すると決まったとき以来のダメージだ。

あのときは、なんとか持ちこたえることが出来た。倫章だけを愛すると、真崎が懸命に信じさせようとしてくれたから。

でも、今度ばかりは無理だ。もう真崎には、他の誰かが出来てしまった。

捨てられてしまうのだ、真崎に。

もう二度と、必要とされないのだ。

引き絞るような嗚咽が、唇から漏れてしまった。倫章はとっさに笑い声に変え、誤魔化そうとした。でも顔は、無様に引きつってしまっただけだった。

「パードン、エディ。いつも、みっともないとこばかり見せちゃって、恥ずかしいな」

ははは、と笑って誤魔化そうとしたけれど、エディは笑ってくれなかった。神妙な面持ちで倫章を覗き込み、勇気を出せと背を押してくる。

「フミヒコと話しましょう。キスの理由を訊くべきです」

倫章は苦笑し、首を横に振った。同じことを、以前も真崎に言われた覚えがある。エディとの仲を疑ったときだ。確かあのときは、真崎に怒鳴られたのだった。なぜ俺に直接問いただささなかった、俺はそんなに信用できない男か、と。

問いただしたい。信用したい。でも出来るわけがない。いま見たとおりの答えを真崎の口から聞かされると思うと、真崎との対話は恐怖でしかない。

真崎が誰かのものになるという現実を受け入れられるかどうか、自信がない。

「――どうかされましたか？」

穏やかな声がして、エディが背後を振り向き、アッと声を放った。

「ムッシュ・ルーベンス…！」

涙を拭い、倫章も背後に首を回した。と、優しい笑みを湛《たた》えた紳士が帽子を取り、会釈した。プラチナ・ヘアのせいで年配に見えるが、実際は四十半ばくらいだろうか。

「おや、伝通のレディキラー、エディ・MJさんではないですか」

「ルーベンスさん、どうしてここに？」

ルーベンスと呼ばれた紳士が、エディの隣に立つ倫章を見て目を丸くした。しばらく倫章を見つめたあと、これはこれは…と破顔した。

「驚きました。私の主君に、非常によく似ていらっしゃる」

目元にしわを刻んだジャン・ルーベンスが、慈しむような目で倫章を見つめた。


ようやくニコルの唇が離れた。

綺麗な瞳が不安げに問いかけてくる。怒らないの…？　と。

真崎は片頬を吊り上げた。意図的にそうしたわけではない。右顔面が痛む、それだけだ。

「同情しているの？　僕に」

切ない顔で言い当てられて、真崎は返答を省略した。慰めのキス。和解のキス。寂しい心を癒すためのスキンシップ。なにか理由が必要なら、そういうことになるだろう。

真崎が口を開こうとしたとき、インターホンが鳴った。ニコルを押しやり、痛む頭に手を添えながら玄関へと赴いた。

ドアを開けると、銀髪の紳士が中折れ帽を片手に立っていた。なんと、ジャン・ルーベンスだ。

「突然押しかけてしまい、申し訳ございません」

そう挨拶するルーベンスの後ろに立つふたつのシルエットに、真崎は息を呑んだ。

見えないバリアを張り巡らせているエディと――――倫章。

「倫……！」

ごくりと真崎は息を呑んだ。

なぜこんなバッド・タイミングで現れるんだ…と、包帯の下で汗が流れた。

役者がリビングに勢ぞろいした。

まるでミステリー小説ラストの定番、犯人当ての光景だ。

真崎の隣に座するニコルの表情は険しく、怪我の手当てをしてくれたあのしおらしさは微塵《みじん》もない。だが、向かいに座るルーベンスをチラチラと盗み見ているあたり、もう遊びは終わりと首根っこを摑まれた猫のようでもある。

いつしか部屋に増えているニコルの荷物を見て、倫章はおそらく、悪い誤解をしているに違いなかった。なにを置いても真っ先に倫章に説明したいところだが、人前で痴話ゲンカを披露するわけにもいかない。部屋に入れたのは、もしかすると失敗だったか…とも思ったが、場所を移せば間違いなく疑いを増幅させ、ますます亀裂を深めるだろう。

唯一の頼みの綱・エディは、すっかり倫章の騎士気取りだ。憎らしくも、ぴったり倫章の隣に寄り添い、背に腕まで回しているから気にくわない。

今回ばかりは真崎も先手が打てずにいた。口火を切ってくれたのは、最年長のルーベンスだ。

「その頭は、いかがされましたか?」

ピク、と倫章が反応するのを、すかさず真崎は目の端で確認した。倫章の動揺を素直に喜んでしまうあたり、少々自分が哀れに思える。

真崎が答えるより早く、腐れ顔でニコルが返した。

「僕を庇《かば》って、車に跳ねられたんだよ」

ルーベンスが眉を寄せ、エディがエッ! と身を乗り出す。倫章は……と言えば、ようやく真崎の目を見てくれた。その表情には戸惑いと怒りと不安と切なさが複雑に入り乱れ、感情が激しく乱れているのがわかる。そんなにも心配してくれるのだと改めて認識できたおかげで、真崎の自信も少しばかり回復する。

「それで、お怪我のほうは?」

倫章を安心させるために、真崎はルーベンスの問いを軽くあしらった。

「跳ねられたわけじゃなく、足が滑って転んだだけです。単なるかすり傷ですよ」

と言いつつも、右の額には大きなガーゼ、その上からは包帯が巻きつけてあるのだ。こんな様では、軽傷とは言い難い。倫章が来るとわかっていたら、無理にでも絆創膏《ばんそうこう》で我慢したものを。

「ニコル様をお救いくださり、心より感謝いたします。そのお体では、なにかとご不便でしょう。身の回りのお世話に、美しいナースを派遣しましょう」

ルーベンスの提案を、真崎は即刻辞退した。これ以上、倫章を不機嫌にする種を蒔《ま》かれてはたまらない。

「それには及びません。もとはと言えば、非は私にありますので」

社交辞令ではない。ニコルの気持ちを追い詰めるような言い方をした真崎が蒔いた種だ。心底それは反省すべき点だと思っている。

ふと、倫章と目が合った。なにげに避けられていると知りつつも、歩み寄るきっかけが欲しくて目で問いかけた。こちらの紳士を知っているのか？　と。倫章は無表情ではあったものの、小さく頷き返してくれた。どうやら自己紹介済みらしい。

「…それで、倫章。どうしてエディと一緒にいるんだ？」

と訊ねているのに、エディに口を挟まれて、倫章と会話するきっかけを奪取された。

「明日のアポ、一件時間変更になったことをフミヒコに連絡したら、リンが応答してくれたんだ」

いつの間に軽々しくリンなどと略して呼ぶ仲になったんだという突っ込みはさておき、エディの声音の固さに不穏な空気を感じ取った。なぜか、かなり怒っている…らしい。

「そこでなにがあったのかは、いまは言わない。とりあえず渡しておくよ、忘れ物」

言って、エディがモバイルを無造作に突きつけた。…まったく気づいていなかった。が、忘れてきた場所なら思い当たる。SJホテルの――倫章の部屋だ。

「あ…、ありがとう。わざわざ、すまない」

モバイルを受け取りながら、真崎は心音を乱していた。なぜ倫章は顔を伏せたままなのか。雰囲気からして、照れているわけではなさそうだ。真崎を避けているというより、拒絶の気配が遥《はる》かに濃厚。

まさか、見られてしまったのだろうか。さっきのキスを。もしくは、ロビーでのキスを。

……どちらにしてもキスシーンだ。目撃されたのだとしたら、説得は容易ではない。

だとすれば、いま真崎はピンチに直面していることになる。額どころか、背筋にまで汗が流れる。真崎の狼狽を知ってか知らずか、エディが攻撃的に突っ込んできた。

「こんな大切なものを忘れていくなんて、フミヒコらしくないね。そんなにも大切な急用があったとは知らなかったな。アシスタントの僕にも言えない仕事だったんだね」

エディがチクチクと刺してくる。この野郎…と思いつつも攻撃を背中で回避して、真崎は最も害のない相手、ジャン・ルーベンスに視線を移した。

「あ…と、ルーベンスさん。彼は私の日本の同僚で、リンショウ・ミズサワです」

なぜいまさら…と、倫章が戸惑いに憤慨を滲《にじ》ませている。だが人前であることを意識して、とりあえず素直に応じてはくれた。こういうところは律儀な男だ。

「改めまして、水澤です。先程は大変失礼いたしました」

「いいえ、こちらこそ。しかし、見れば見るほどニコル様と似ていらっしゃる。驚きました」

発音はまだまだながら、倫章のフランス語を頼もしく思いつつ、真崎はソファから腰を上げた。倫章の背後に腕を回し、その肩に手を添える。もちろん倫章の背中に回されていたエディの手は、当然払い退けてやった。

客人の前でのスキンシップに、倫章の表情が瞬時に強ばったのが見て取れたが、構わず真崎は笑顔で言った。

「じつは、この水澤倫章は、私のライフ・パートナーなんです」

「真崎っ！」

驚いて腰を浮かせた倫章が、真っ赤に憤慨して真崎を睨みつけてくる。睨んでいるのはニコルもだが。

目を丸くしたルーベンスが、ありがたくも復唱してくれた。

「ライフ・パートナー…ですか。そうでしたか」

「ええ。互いの親も認める仲です。倫章とは、近々結婚を考えています」

「は……」

ルーベンスの眉尻が下がった。唇を噛んで震えているのはニコルだ。エディはと言えば、肩が震えている。笑いを堪えているのだ。…よかった。許してくれた証拠だ。

だが肝心の倫章は、顔面蒼白で固まっている。

紹介内容を正しく解読するまでに多少の時間差はあっただろうが、他人を前に関係を暴露されたことと、そのあとに続いた爆弾発言に、面食らっているのだろう。

じつは、言った真崎自身も驚いている。だが、そういう手もあったなと、気づいてしまった喜びのほうが大きい。日本では不可能な同性婚も、フランスでなら法的に可能だ。

とにかくもう、なにがなんでも、切っても切れない既成事実を成立させてしまわなければ。こんなバカバカしいことで倫章に見限られたら、死んでも死にきれない。

「ということで、美しい看護人は恋人ひとりで充分です。ですが、先ほどから、どうも恋人が誤解しているようですので、急で申し訳ないのですが、今夜すぐにでも御社の専務の荷物を、ここから引き上げていただきたい」

「フミヒコッ！」

あくまで社用の態度を崩さない真崎に、ニコルが抗議の声を放った。だが真崎にとっていま最も重要なのは、倫章の誤解をとくことだ。ゆえに、倫章が怒ろうがニコルが喚《わめ》こうが、ここは強引に押し切らせてもらう。

「倫章もホテルに滞在するより、この部屋のほうが落ちつくと思いますので」

「おい、真崎……」

抗議の声を上げる倫章の肩に両手を置き、言った。

「早くふたりで、ゆっくり過ごしたいんです。御社の専務に申し上げます。これ以上、私の邪魔をしないでいただきたい」

「待てよ、真崎ッ！」

「……わかりました。すぐ手配します」

「そんなこと、この僕が許さない！」

今度はニコルが声を荒らげた。テーブルを回り、ルーベンスに食ってかかる。

「お前の承諾なんて、いらない！　僕のことは僕が決める！　勝手な真似をするなっ！」

「どうお詫《わ》びすればよいものか、本当にご迷惑をおかけしました」

「ジャン！　どうしてお前が謝るんだよっ！」

「じつは、今日はそのためにここへ来ました。これ以上ご迷惑をお掛けするわけにはいきません。今回の件は誠に申し訳なく、心よりお詫び申し上げます」

「――――待ってください、ルーベンスさん」

たまらず真崎は口を挟んだ。人ごとながら、そのセリフは聞き捨てならない。

全員の目が、真崎に集中する。

「…ルーベンスさん。ニコルの言うとおりです。謝るのは、あなたではない。まだ若かろうが、会長の孫だろうが、彼はひとりのビジネスマンだ。失態は自分で拭うべきです」

「ですが……」

フォローに撤するルーベンスを、ニコルが腕で遮った。真崎と倫章を交互に見て、噛みしめていた唇を開いた。

「…悪かったって思ってるよ。フミヒコ」

「俺じゃなく、倫章に謝れ」

「どうしてっ！」

「……そうだよ、真崎。俺は彼に謝ってもらうことなんて、なにもないから」

酷似したふたつの顔が、それぞれの意志で真崎に刃向かう。似てはいるが、印象は正反対だ。最初に相手を威嚇するニコルと、まず相手を受け入れる倫章と。

どちらも魅力的で美しい。惹かれるのも仕方ないとさえ思う。だが、真崎が心から求めてやまないのは……。

真崎は身を屈め、倫章の肩に両腕を回した。倫章が訝《いぶか》しんで顎を引く。

「嫌な想いをさせて悪かった、倫章。俺が至らないせいで、結果的にお前を傷つけて…すまなかった」

真崎は倫章の手を取り、その甲にキスをした。倫章の怒りが戸惑いに変わるまで、何度も何度も口づけた。それを見て、ニコルがあからさまに厭味を吐き捨てる。

「フミヒコ、あなたにはプライドってものがないの？」

「恋人の前では、そんなもの必要ない。本気で人を愛する気のないお前には、理解できないかもしれないな」

「そんなことないよ！　いつだって、僕は本気で………」

言ってから、しまった、という顔でニコルが口を手で隠した。いいタイミングで失言してくれた。真崎はニコルに向かって唇の端を吊り上げた。

「へぇ。それは初耳だ。まさかまた『俺』だって誤魔化すんじゃないだろうな？」

チラリとルーベンスを見ると、彼は微動だにもせず、ことの成り行きを静観している。本心を暴いてやりたいというニコルの気持ちも理解できる。真崎はニコルを眇《すが》め見た。

「いいことを教えてやろう、ニコル。俺は倫章に告白するまでに、十年を費やしたんだ」

「え……？」

ニコルが眉をひそめる。ややあって言葉を理解した倫章が頬を染めた。話を遮ろうとして真崎の腕を摑む恋人に、首を横に振って協力を促す。この際だ。言わせてほしい。心配をかけた詫びも含めて、この溢れる想いを倫章にこそ理解してもらいたい。

真崎は言葉を噛みしめながら、胸の内を吐露した。

「そんなにも長い間、俺は相手が気づいてくれるのを、ただひたすら待ち続けていたんだ。馬鹿だろう？　もしその間に、物理的な別離が発生したら……例えば今回の事故で、俺が命を落としていたら…」

倫章の瞳がサッと曇った。後半は余計な一言だったか。真崎は倫章の肩に回した腕を軽く揺さぶり、かすり傷だと笑ってみせたが、倫章は苦しげに表情を歪め、真崎の腕から逃れ、隣のイスに移ってしまった。余計なことを！　とエディが目を吊り上げている。真崎は肩を竦めた。一言多いこの口は、いまさらながら猛省の嵐だ。

「…さっきの悪例は別として、要するに、いつまでも相手が側にいてくれるとは限らないと言いたいわけだ。まして、お前の想い人は御歳四十五だ。とっくに身を固めていてもおかしくない年齢だぜ？」

「フミヒコッ！」

いきなりの暴露に、ニコルが逆上した。イスを倒して立ち上がり、真崎に右手を振り上げる。反射的に倫章が立ち上がり、真崎を背に庇った。その倫章をエディがガードする。

「相手は怪我人ですよ？　ニコル様」

落ちついてください、とルーベンスに叱咤《しった》されたニコルが、全員の視線を浴びて我に返り、しどろもどろで手を下ろした。

「フミヒコ、妙なこと言わないでよ！　僕は、そ…そんなっ」

「そうです。私は四十五ではありません」

さらりと唱えられた異議に、全員が耳を疑った。顔色ひとつ変えずに、ジャン・ルーベンスが丁寧な口調で訂正する。

「正しくは四十四です。お間違えなく」

「…って、ジャン、お前」

愕然とするニコルに、ルーベンスがこっくり頷いた。真崎ですら感服するほどの、堂々たる微笑みで。

「ニコル様より多大なご好意を寄せていただいておりますことは、このルーベンス、かねてより存じ上げておりました」

「それって、知ってて黙ってたってこと？」

あの勝ち気なニコルが唇を震わせる様は、見ていて辛いものがある。だが、真崎は止めなかったし口も挟まなかった。溜まった感情は吐き出したほうがいいのだ。真崎のように十年も沸々と溜め込んでしまうと、最初は純真だった愛情も、熟成と発酵を繰り返し、歪《いびつ》な怪物のごとくに育ってしまう。

「どうにもならないから、だから黙ってたわけ？　黙ってて、面白がって、陰で笑っていたって言うのか！」

いいえ、とルーベンスが否定した。笑ったりするものですか、と。

「ニコル様。貴方は我が社の未来を担う大切なお方です。どうか立場をお考えください」

「わかってるよ、そんなことは！　だから言えなかったんじゃないか！　だからお前に八つ当たりして、降格なんかさせちゃって……全部、僕が悪いんだ。だけどっ！」

「降格は、私自身が至らぬせいです。ニコル様のせいではありません」

「そうじゃなくてっ！」

ニコルの悲痛な叫びを前にしても、ルーベンスの態度が崩れる様子はない。いや、決して崩してはならないと、自分に強いているのかもしれない。だからこそ未来の社長の教育係に任命されたのだ。

彼はずっと、この穏やかな視線でニコルを慈しみ、守り続けてきたのだ。これからも、愛の形は変わらないのだ。

真崎は自嘲した。倫章を好きで好きで、たまらなくて、騙《だま》しうちのようにして抱いたあとも十年、自分の本心を隠し通した。本気で「愛している」と迫れば、倫章を困らせ、失うだけだと思ったからだ。途中、なぜ気づいてくれないのかとイライラして、激高しかけて何度も倫章に辛く当たった。過去を思い返すたび情けなくなる。

ニコルと自分は、よく似ている。プライドばかり高くて、好きな相手には不器用で。だからこそ真崎はニコルを本気で突き放せないのだ。

「これからも私はいままでどおり、貴方にお仕えいたします。ニコル様」

断言されて、ニコルの瞳が絶望に揺れる。

「それは僕を、そういうふうにしか見られないってこと…？」

答えないルーベンスに、たちまちニコルの表情が崩れる。どうしようもない苛立ちに、両手で髪を掻き毟《むし》る。真崎を見、倫章を見、エディを見、そしてルーベンスを見て、抑えきれない哀しみと憤懣《ふんまん》を涙に変えて。

恋い焦がれすぎて、灼《や》けつく寸前の激情を、ついに体内から溢れさせて。

「好きなんだよ、ジャンのことがっ！」

瞬きもしないルーベンスに、ニコルが感情をぶつけた。

「今日からお前の家庭教師だよって、父さんから紹介された十八のときから、ずっとジャンに恋してた。ジャンは僕に、いろんなことを教えてくれたよね。僕のことだけを考えて、いつも側にいて、守ってくれて…。僕はいつしか、お前が側にいてくれるのが当たり前だと思っていた。これからもずっと、いてくれると思ってた…！」

ニコルの告白を黙って受け止めるルーベンスの眼差しには、深い情が充ちていた。ニコルのすべてを抱擁し、許容する想いの深さが窺える。おそらくルーベンスも、ニコルを愛しているのだ。愛の形までは不明だが、大切な存在であるのは明らかだった。

ニコルが嗚咽を絞り出し、懸命に言葉を紡いでゆく。

「それなのに僕が上司になったとたん、お前は変わった。ジャンが喜んでくれると思って、僕は専務を引き受けたのに、まさか離れていくなんて」

顔をくしゃくしゃに歪めて、ニコルが続ける。

「降格させたときだって、顔色ひとつ変えなかったよね。フミヒコと暮らしたいって言ったときもだ。御意、御意。いまのジャンが僕に言うセリフといったらそれだけだ。僕の側にいたのは、ただの人事異動で、単なる業務に過ぎなかった…！」

「……貴方はもう、私の上司です。いままでどおりというわけにはまいりません。それに、真崎さんなら安心だと判断してのことですので…」

「は！　どこが安心だよ！　僕はフミヒコとセックスした！　それでも安心？」

利那、部屋の空気が凍りついた。

倫章の顔から、表情が消滅した。フミヒコ＋セックス。その二語で、ニコルの暴言を瞬時に判読してしまったのだろう。

真崎は怖々倫章の肩に手を添えた。が、スルリと冷たく躱《かわ》された。額の傷が痛いかも……と、なにげに同情を誘ってみるが、倫章はスタスタとキッチンに赴《おもむ》き、お茶の用意を始めてしまった。エディが慌てて腰を上げ、真崎の代わりに倫章の機嫌をとろうと無駄な努力を試みるが、貝のように閉ざされた倫章の心が開かれる様子は、まったくない。

どうするんだ！　とエディが無言のジェスチャーで真崎を責めるが、真崎とて混乱している。まさか、こんな場面で致命傷を負わされるとは予測できなかった。

真崎を崖《がけ》っ淵《ぷち》に追い詰めたことに気づかないニコルが、延々と告白を続行する。

「言っておくけど、フミヒコのセックスは獣級だ！　あんなに激しいセックスは生まれて初めてだった！　……でもね、フミヒコがどんなに逞しくて精力的でも、僕が欲しいのはジャンの心だけだって、彼に抱かれて、よくわかったんだ！」

「あ、この紅茶フォションだ。いい香りだなぁ」

我関せずと、倫章がリーフをチョイスする。カップを用意しますねと顔を引き攣らせるエディに、血走った目に笑みを張りつけて倫章が頷く。その背中には、もう、なにを言っても鎮火することのない怒りのオーラが轟々《ごうごう》と燃え滾っている。

こんなことなら車に撥ねられたまま逝ったほうがマシだった……と、真崎は片手で顔を覆った。断崖絶壁で背中を押され、荒れ狂う海に向かって墜落中の気持ちだ。

「貴方は未来の社長です。ニコル様」

「社長の前に、僕はひとりの人間だ」

「もちろん存じております。ニコル様」

「だったら僕を、まず人間として見てほしい。そして、出来ればフミヒコみたいに……僕が壊れるくらい強く、求めてほしい」

だめ？　と目に涙を溜めてニコルが言った。ルーベンスが、ひとつ大きく深呼吸する。ほんの少し切なげな笑みを浮かべ、じつは…と短く前置きした。

「初めてお話しいたします。私は、性的に機能しておりません」

突然の告白に、全員が目を瞠った。

驚かれることに慣れているのか、ルーベンスは静かな微笑を浮かべるばかりだ。

「ですが私の人生は、すでに貴方様に捧《ささ》げたつもりでおりますよ。ニコル様」

ぽかんとするニコルに、ルーベンスが苦笑を添えて白状する。

「ニコル様から寄せられる情は、身に余る光栄です。それゆえ感情の抑制が伴わず、冷酷とも言える態度で自分を防御し続けた非礼をお詫びします」

どういうこと…？　と、ニコルが声を震わせる。笑みを浮かべながらジャン・ルーベンスが、さも愛しげに首を横に振る。

「私が貴方をどう思っているか、聞いていただけますか？」

「聞きたい。聞かせて、ジャン」

「では申しましょう、ニコル様。私が性機能不全であることを社長はご存じです。ですから私が教育係に任命されたのですよ。決してあなたに無体を働かないと、この体が証明しておりますので」

知らなかった…と呟くニコルに、ルーベンスが微笑みかける。

「初めてお会いしたとき、貴方は十八歳で……当時から貴方は、内側から光り輝いていらっしゃいました。わがままで奔放で、憎らしいほどに無邪気で。あなたの、その生まれ持ったエネルギーの強さに、私は一目で魅了されました。ダイヤの原石を磨く役割は本当に楽しくて……もちろん社会人としてはまだまだ未熟でしょう。ですがニコル様はこれからです。教えて差し上げたいことが無限にございます。……ただ私は真崎さんのように、貴方と身を交えることだけは出来ません。それでも構わないとおっしゃるなら……本心から私の心だけでよいとおっしゃるなら、どうか生涯お側に置いてください」

「ジャン……！」

ニコルの大きな瞳から、涙が一気に溢れた。ついでに余計な一言までも。

「愛はセックスだけじゃない。そうだよね？　ジャン！　このフミヒコのテクニックを持ってしても、僕の心はジャンから離れなかったんだ！」

ガチャン、と倫章がカップを落としたが、真崎はそちらを見ずに念じた。ニコル、頼むからニコル、詳細を省いて和解してくれニコル……。

ニコルがまっすぐ顔を上げた。なにかが吹っ切れたような、清々しい笑顔だった。

「約束するよ、ジャン。僕は必ずトップに相応しい人間になる。僕が道を誤らないよう、これからもずっと側にいてくれ。一生僕と歩いてくれ……！」

「光栄です、ニコル様。決してお側を離れません」

「あぁ、ジャン！」

「ニコル様……！」

ヒシッと抱き合うふたりの横で、真崎は意識を失いかけていた。ひどく頭痛がする。ガンガン痛む。ストレス・メーターが振り切れている。

助けてくれ、倫章。笑ってくれ、倫章……と、いくら心で縋っても、当の倫章は他者を決して寄せつけないバリアーを全身に張り巡らせながら、グラグラ煮え立つ湯を凝視している。まるで自分が釜茹《かまゆ》でにされているようで、真崎の背中に汗が流れた。

「リン、ねぇ、リンショウ！　ほら、お湯が煮え滾ってるよ。火を止めてもいいんじゃないかな。ね？　ね？」

エディが呼びかけても、倫章は完全に周囲をシャットアウトして微動だにしない。

しっかりと抱き合っている主従ドラマの陰で、真崎は懸命に目で訴えた。倫、こっちを向いてくれ、俺に笑顔を見せてくれ。ふたりが結ばれて良かったねと、このカップルに免じて許してやるよと言ってくれ。頼む、倫。倫章………。

「リン、止めるよ？　ね、止めたからね？　お茶、僕が淹《い》れるから。ね？　ね？」

真崎の祈りも、エディの努力も虚しく。

この夜、倫章が笑みを見せることは、ついになかった。

◇◆◇

「本当に帰るのですか？　リン」

空港までついてきたエディが、さっきから同じセリフを何度となく繰り返している。

倫章は荷物を搭乗便のカウンターに引き渡し、搭乗手続きを済ませた。

「任務は終わりましたから」

振り返らずに言うと、エディが大仰に息を吐いた。

「任務？　僕は伝通のビジネスマンじゃなく、フミヒコの恋人と話しているんです！」

厳しい口調で責められた。売り言葉に買い言葉で、倫章の語気まで荒くなる。

「だったら言わせてもらいます。俺は仕事をするためにフランスへ来た。仕事もないのに、ここへ留まる理由はない。業務の用件なら聞くけど、それ以外は聞きたくない！」

倫章はボストンバッグを担ぎ上げると、エディを振り切って歩き出した。搭乗ゲートに向かおうとする腕を、待って、と摑んで引き止められた。

「リン！　待ってください、頼むから！」

「これは俺と真崎の問題です。そっちこそ、頼むから放っておいてください」

「放っとけないから、ここにいるんだっ！」

怒鳴られて、倫章は足を止めた。振り向いてエディを見ると、エディは唇を固く結び、わなわなと震えている…が、すぐに困惑顔で折れた。

「怒鳴ってゴメンナサイ、リン」

いいえ…と倫章は首を横に振った。エディはなにも悪くない。逆に、私情に巻き込んで申し訳ないくらいだ。こちらこそ…と小声で伝えると、ダイジョウブと笑ってくれた。

倫章は左手の薬指から指輪を抜き、エディに渡した。エディがギョッと目を剥く。

「それ、真崎に渡してもらえますか？」

「なぜ？　それは、リンショウがプレゼントした指輪でしょう？　前にパリに来たとき、そう言っていましたよね？」

「そうですけど、持っている理由がなくなったから」

「それでいいの？　リン、本当に？」

悲しみを湛えた目で、エディに詰め寄られてしまった。倫章は顔を伏せ、エディの視線から逃れた。

「ねぇ、リン。本心を教えて。本音で話そう。……僕が今朝ＳＪホテルに寄らなかったら、誰にも内緒で日本へ帰るつもりだった？」

「支局長には伝えました。電話で」

「そうじゃなくて！　わかっているはずだ、リン。フミヒコにはあなただけなんだ。あなただって、彼だけのはずだ！」

「…かも、しれません」

「だったら、なぜ！」

厳しい声で問われ、倫章は顔を跳ね上げた。言い返したいことはある。あるけれど、こんな論争は無意味だ。なぜならエディは当事者じゃない。それでも言葉は止まらない。

「だからこそ、悔しいんじゃないか…」

「え…？」

摑まれた腕を振り払い、倫章は一歩下がった。

「本当はウェルシュさんも真崎も、ふたりまとめて殴ってやりたかった。でも、できなかった。真崎が怪我をしていたから。車に撥ねられたと聞いて、ぞっとした。永遠にあいつを失わずに済んでよかったって……無事ならいいやって、心底思ってしまったからだ！」

「リン…」

思い出すのも腹立たしい。殴ってやるために握ったはずの拳は、真崎が無事だったことに安堵して震えてしまった。短時間で急上昇したり急降下したり、突き落とされたり踏み潰されたりして頭の中が滅茶苦茶で、いまにも叫び出しそうだった、あのとき。

「永遠に失うくらいなら、どんな真崎でもいい、生きていてくれるだけでいいと思った。……そしたらもう、あいつの悪事を咎《とが》めるのも、どうでもよくなってしまって…」

潤んでしまった瞳を伏せた。気づいたエディが、申し訳なさそうに肩に腕を回して周囲の視線を遮断してくれる。

　倫章は顔を伏せ、小さく鼻を啜り上げた。こんなところで涙ぐむなんて、みっともない。前に渡仏したときも思ったけれど、やっぱりフランスとは相性が悪すぎる。

「フミヒコが死んでしまったら……って、そんなことを考えてたの？　リン」

「考えますよ、しょっちゅう」

　え…とエディが首を傾げた。

「パリと日本で引き裂かれたまま、永遠の別れが来てしまったら…って、ふとした瞬間に考えては、バカみたいに怯えています。だから、本当にそうなっていたかもしれない状況を目の当たりにして、心臓は止まりかけるし、気分は悪くなってくるし……最悪だ」

　倫章は奥歯を噛みしめた。言葉にすれば悔しさまでが鮮明になる。他の男に真崎を奪《と》られても、それでもいいと言ったも同然のセリフにギョッとして、本当にそれでいいのかよ…と自分を責めてしまうのだ。堂々巡りで、ますます気分が重くなる。

「そんなにも愛されているなんて、フミヒコは世界一の幸せ者だね」

　グチまで美化されてしまい、倫章は苦笑で否定した。どうもエディは人が良すぎる。

「そんなんじゃない。俺はただ、臆病なだけです」

　泣いてしまった恥ずかしさが、堪えていた憤怒に拍車をかけた。

「それなのに真崎のヤツは、俺がへこんでいる理由を、ウェルシュさんとキスしたことだとばかり思っていて、アイツの怪我にショックを受けていることだとは察しもしないで、浮気を誤魔化すことばかり必死になっていた。そんなときに結婚がどうとか言われても、感動どころか、薄っぺらなその場凌《しの》ぎにしか聞こえないよ。なんだかもう、アイツとの気持ちのズレがいちいちバカバカしくて、訂正する気も起きなくて、そうしたらもう怪我なんかした間抜けな真崎自身に、だんだん腹が立ってきて……」

「えーと、リン。ちょっと深呼吸しましょう。落ちつきましょう。ね？」

「ここまで俺に心配をかけておきながら、よその揉めごとを解決しているお人好しぶりに腹が立って無性に頭に血が上って、ウェルシュさんと関係したことがバレた瞬間、真崎の顔色が急に変わったことにも超ムカついて、殴ってやろうかと思いながらも、殴る価値すらないバカ野郎だと自分に言い聞かせて我慢して……！」

「リン、ほら、ひとまず息を吸って！」

「あの場で弁解のひとつもできない腑甲斐《ふがい》ない男が恋人だなんて…やっぱり相変わらず信用できない下半身だったこともショックで、本当に心底情けなくて、そんな身勝手な男に、いまだに振り回されている自分は、なんて学習能力皆無なんだろうと情けなくて……」

「リンッ！」

ガシッと肩を摑まれて、ハッと倫章は我に返った。機関銃のように感情を吐き出しまくっていた倫章より、エディの顔は数倍赤い。ロビーを行き交う人々が、ふたりを遠巻きに眺めている。ヒソヒソと交わされる声には、痴話ゲンカという単語が混じっていた。

パードン…と倫章は謝った。耳まで赤面しているエディが、ふいにプッと吹き出した。

しばらくクスクス笑ったのち、はぁ…と溜息をひとつ落とし、わかりましたと顔を起こした。その顔には「降参」の文字が浮かんでいる。倫章の頑固さに閉口したらしい。

「リン。あなたの気持ちはよくわかりました。じゃあ僕はもうリンを引き止めない。でも、これだけは言わせて。確かにフミヒコは、ニコルさんと関係した。でもそれは、彼をリンと勘違いしたからなんだ。あなた恋しさのあまり、フミヒコは判断を誤った。不可抗力だったんだよ」

「不可抗力…？」

そうだよ、とエディの目に力がこもる。

「弁護するわけじゃないけど、あの日フミヒコは体調が悪くて熱もあった。トラブル処理で疲れ果ててもいた。あれこそが事故だったんだ、リン。あなたを想う気持ちが強すぎるからこそ起こってしまった不慮の事故だ」

エディの必死の説明に、倫章の心は揺れ動いた。でも、それでもやはり疑問は消えない。事故は事故として処理すればいい。だが、問題はそのあとだ。

「だったら、なぜ真崎はニコルさんとキスしていたんだ？　それについては、不慮の事故や不可抗力という言葉では説明できないよね？　ホテルのロビーはいざ知らず、アパルトマンでの口づけは……エディも見ただろう？　あれは明らかに真崎の意志だ」

「………う」

怯んだエディの視線が泳ぐ。エディだってわかっているのだ。完全にはフォローできないことを。わかっていながら、それでも真崎を庇おうとする友情には頭が下がる。

「だから…エディ。もういいんだ。現に真崎は、俺以外の誰かと関係を成立させられる。それがわかっただけで、充分だ。…なかなか会えない俺に対して神経を砕く時間があったら、さっさとパリでそういう相手を見つけたほうが、真崎自身も楽になれるはずだ」

エディが悲しそうに首を横に振っている。言葉が出てこない代わりに、違う、そうじゃないと必死になって目で訴えている。わかるけど……今回ばかりはどうしようもない。

「ねぇ、リン。もう一度だけ言う。あの日フミヒコは、リンショウ・ミズサワを抱いたんだ。それだけは信じてあげて。本当はフミヒコこそが、そう信じたいはずなんだから。そのあとのキスは……ただの、傷の癒し合いだ。絆創膏や包帯と同じだよ」

エディが肩で息をついた。ゆっくりと倫章から手を離し、一歩退く。言いたいことは言ったとばかりに肩を落とす彼に、ひとつだけ訊ねてみた。

「どうしてそんなに、真崎を信じられるんですか？」

一瞬目を瞠ったエディが、自信ありげに破顔した。

「だって、同じ穴のムジナですから」

「は？」

「日本のことわざでしょう？　大切な仲間の例えだと教わりました」

「あ、うーんと……」

正しいようで微妙に違う。どう訂正すればいいのやら…と頭をグルグルさせている間にも、他にも知ってますよ～と得意げにエディが並べ立てる。

「同じカマの主を掘った仲間、小尻に入らずんばこじあけられず」

一体誰に教わったんだ……と青くなっている倫章に向かって、エディが軽く両腕を広げた。慈しむように微笑んで、倫章を優しくハグしてくれる。

「会えて嬉しかった、リン。今度は是非プライベートで来てください。指輪はそれまで僕が預かっておくから。ね？」

「エディも、いつか日本へ遊びに来て。どこへでも案内するから」

「ワォ！　本当に？　スシー、カラオケー、ヤマトナデシコ！　楽しみです！」

喜ぶエディにつられて、ようやく倫章も笑みを零した。

搭乗を促すアナウンスが管内に響く。エディの友情に対する多大な感謝と、謝罪を込めて、倫章はエディの手を握った。

「メルシーボクゥ、エディ」

「こちらこそ、ありがとう。また会いましょう、リンショウ。必ず」

「ええ、必ず」

もう一度しっかりと抱き合って、倫章は搭乗口へ足を進めた。

◇◆◇

時は過ぎ、六月下旬。今年の梅雨は長引くらしい。

その高温多湿の国・日本で、倫章は相変わらず多忙な日々を送っている。

「水澤くぅん、お手紙来てるわよぉん」

「あ、どうも」

その日の午後、打ち合わせ先から帰社したばかりの倫章は、背後のデスクに鎮座するモスラこと須森《すもり》女史からエアメールを受けとった。宛名は……すぐには解読できない。でも、真崎ではないことは確かだ。

須森女史の細い瞳が、なにかを察してキラリと光る。

「もしかしてぇ、新しい恋人からのラブレターだったりしてぇ」

「なにバカなこと言ってんですか」

倫章はデスクに向かって腰をおろし、エアメールの封を開けた。背中に張りついている須森女史が、肩越しにしつこく囁いてくる。

「だってぇ、三月のパリ出張から戻ってきて以来ぃ、水澤くんたらずっと元気がないんだものぉ。指輪だってしてないしぃ。まさか……別れたわけじゃないわよねぇ?」

社内で倫章と真崎との関係を知っているのは、先月付けで退社してしまった受付嬢の松尾美沙《まつおみさ》さんと、営業局の同僚・鈴木《すずき》、そしてこのモスラ…もとい、須森女史の三人だけだ。みな好意的で助かるけれど、中でも須森女史は好奇心旺盛で、ふたりの私生活をあれこれ聞きたがるのが難点といえば難点だ。…でも。

「別れたわけではないですけど…」

「なにその気弱な言い方ぁ。…まぁ、繋がってるならいいけどぉ。あなたはすぐに退《しりぞ》こうとするでしょ？　退いてから後悔するタイプだからぁ、自分から切っちゃダメよぉ？　本当に切れるときはぁ、向こうが切ってくれるからぁ。だから絶対慌てちゃダメぇ」

「……はい」

こんなふうにアドバイスは的確だから、相当頼れる先輩ではある。

倫章は手紙を開いた。倫章の肩に顎を乗せて覗き込んでいたモスラが、奇声を発する。

「なによこれぇ！　読めないぃ！」

「なんだよ、これ…」

なんと全文フランス語だ。解読には時間がかかりそうだ…と肩を落とすと、モスラが倫章の手から手紙を奪った。あっという間にスキャンして、翻訳ソフトで日本語に訳したデータを倫章のパソコンに転送してくれた。

「おみごと」

パチパチと手を叩くと、早くファイル開いてよと睨まれた。

届いたファイルを開こうとしたとき、山田部長がマーケティング局に入ってきた。お疲れ様です、と声を掛けると、禿《は》げた頭を掌で撫でながら、倫章のデスクへやってきた。

「お、きみのところにも届いたかね、水澤くん。ということで、明日発つぞ」

「はい？」

読んでいないのか？　という顔をされ、倫章はコクコク頷いた。と、山田部長がニッコリ微笑む。

「今年のカンヌは明後日から開催だそうだ」

「カンヌ？　ですか？」

「クリエイティブ・ディレクターの佐野《さの》くんと日高《ひだか》本部長、あと、営業局の羽柴《はしば》くんの三人は、一足先に審査員として現地入りしているよ」

「はぁ…」

まだ事情が読めない倫章の肩を、いきなりモスラがバシバシ叩いた。さっき転送したデータを勝手に開けて読んでいる。

「ちょっとちょっと水澤くぅん！　これってぇ、カンヌからの招待状じゃないのぉ！」

えっ？　と驚くと、もっと驚くセリフを部長がサラッと口にした。

「カンヌ国際広告祭だよ。真崎くんが作ったＣＦがね、フィルム部門のグランプリにノミネートされたんだ」

「グラン…プリ…？」

倫章は、ポカンと目と口を開け放ってしまった。

グランプリとは、要するに最高賞だ。

直後にウオー！　と歓声が湧いた。聞き耳を立てていたあちこちのデスクで、資料が飛び交い、宙を舞っている。室内に拍手が湧き起こる。当の本人は不在だというのに、みんながら真崎を讃えている。倫章は胸元を掴んだ。心が震える。熱くなる……！

これまでも国内外の数々の広告賞に輝いている我が伝通でも、コマーシャルフィルム界の最高峰といわれるカンヌ国際広告賞に入賞することは容易くない。金賞は幾度か掴んだものの、もう一歩のところで頂点を極められずにいた。それなのに、真崎が作ったコマーシャルが、グランプリにノミネートだなんて……！

「ほんとですか…？」

恐る恐るの半信半疑で確認したら、部長が笑顔で頷いた。隣ではモスラが奇声を上げて悶絶《もんぜつ》している。

「授賞式は三日後よぉ！　ステキステキステキぃ〜！」

「そうなんだ。よって、明日の午後には渡仏するから頼んだよ」

ポンと肩を叩かれてもまだ、夢を見ているような気分が拭えない。

「いやぁん、真崎くんったらぁ！　カンヌよぉ！　ニースよぉ！　地中海沿岸のフランス最南端っていえばぁ、かの有名なコート・ダジュールよぉ！　私もプロヴァンスの風に吹かれたぁい！」

悶えるモスラに、「俺の代わりに行きますか？」と振ってみたら、キッと睨みつけられてしまった。

「なに言ってんのよぅ！　彼が一番駆けつけてもらいたいって思う相手は誰かを考えたらぁ、冗談でもそんなこと言っちゃだめでしょうがぁ！」

ぴしゃりと言われ、倫章は一旦目を閉じた。深呼吸し、回れ右してパソコンと向き合い、モスラが翻訳してくれた招待状に目を通してみた。

確かに末尾の差出人は、カンヌライオンズ・国際クリエイティビティ・フェスティバルと記されている。間違いなく正式な招待状だ。わざわざ倫章個人宛に届いたということは、真崎が指示でもしたのだろうか。

あれ以来、倫章は真崎を無視している。真崎が多忙で帰国できないのをいいことに、業務以外のメールはすべて無視し続けている。

「それにしてもぉ、かなり強引なご招待よねぇ」

「招待以上、強制連行未満です」

「どんなに圧倒されてもぉ、ついていけないって思ってもぉ、絶対に自分から退いちゃダメよぅ？　繋がってる糸はぁ、ときには自力でたぐり寄せないとぉ」

見透かされすぎて気が抜ける。笑い返そうとした口元は、なぜか小刻みに震えてしまった。倫章はとっさに唇を噛んだ。最近、涙もろくていけない。

真崎が呼んでくれている。こんなにも強引なやり方で。

三カ月ぶりに、真崎に会える。

「行くでしょ？　水澤くぅん」

「これを無視したら、どんな目に遭わされるかわかりませんので、行ってきます」

「はぁい、よく言えましたぁ。気をつけて行ってらっしゃいねぇ」

倫章の肩を揉みながら、モスラがエールを送ってくれた。

会えるのに、感情がマイナス方向へ揺れてしまう。

会いたくてたまらないから、会うのが怖くて不安になる。

◇◆◇

部長と共に審査会場へ到着したときには、一万人を収容する広い館内の座席はすでに、各国の参加企業や招待客らで埋め尽くされていた。

高級ホテルの建ち並ぶクロワゼット通りも同様で、広告祭に集結するプロフェッショナルたちに自作品を観てもらおうと、あちこちでセミナーが開かれていた。さすがは世界のクリエイターが集結する大イベントだ。

国際色豊かで華やかな光景に気圧されたのか、部長が禿げた頭を何度もハンカチで拭っている。つい倫章は笑ってしまった。

「部長が壇上にあがるわけじゃないんですから」

「いや、わかってるけどね、なんせほら、自分の部下がこんな晴れの舞台で、果たして堂々とスピーチできるのかと思うとね」

「まだ受賞と決まったわけじゃないですよ、部長」

「あ、ああ、そうだな。まだノミネートだ。受賞じゃない。なにもグランプリじゃなくても、金賞を獲得できればたいしたものだ、うん」

自分のセリフに安堵したのか、部長が何度も頷いている。じつはカンヌ広告祭での日本企業の作品は例年評判が良く、今年の審査員も半数が日本人で占められている。伝通のライバル・白報堂《はくほうどう》も、カンヌに数人の審査員を送り込んでいる。それほど日本人のクリエイティブ力は高く評価されているのだ。

ただ、日本人審査員の多さが有利かどうかと問われると難しいところで、アジア贔屓《ひいき》を回避するため、却って日本の作品はグランプリを受賞しにくいという声もある。だからといって、じゃあ今回も金賞止まりかと言われれば、反発したくなるのは道理というもの。

倫章は部長を横目で見、わざと神妙に呟いた。

「でも今回のＣＦはパリ支社からの出展ですし、なんといっても真崎ですから、もしかすると、もしかするかもしれませんね」

「う…っ」

部長の頭皮に、再び汗の粒が浮いた。余計なことを言ってしまった。倫章は慌てて座席を探すふりをした。

「あ、部長。我々の席、このあたりですよ」

見つけた座席に腕を伸ばし、通路側に座っていた人物の肩に触れてしまった。

「あ、パードン…」

とっさに謝った倫章は、振り仰いだその顔に目を丸くした。同じように驚きを顔に刷《は》いた相手が、勢いよく立ち上がる。

「来てくれたんですね、リン！」

「エ…、エディ？」

金髪碧眼の美貌が、満面の笑みで両腕を広げた。

「会いたかった、リン！」

「俺もだよ、エディ！」

どちらからともなくガシッと抱きあい、互いの肩に顔を埋めた。しっかりと培われた友情は、三カ月の別離にも、少しも褪《あ》せることはない。それよりもさらに鮮やかに、懐かしさと愛しさが蘇る。

いつまでも抱擁をかわしているふたりの背後で、部長が遠慮がちに咳払いした。倫章は慌てて身を離し、上司にエディを紹介した。素早く紳士の顔に戻ったエディが、涼やかな笑みで山田部長と握手する。ますます汗が噴き出して、部長の頭が輝きを増す。

倫章に向き直ったエディが、安心したように目を細めた。

「招待、断られたらどうしようかと、とても心配していました」

「じゃあこれ、エディが？」

招待状を見せると、コクンと頷かれ、少々複雑な思いがした。てっきり真崎が送らせたのだと思っていたのに……。

「そろそろ始まりますよ。座りましょう」

「えっと、あの……エディ」

「フミヒコなら、一階のエントリー席にいます。今回ノミネートされた仕事は、CCボトラーズ社のCFですよ」

ほら、とエディが階下を指した。その指先は、演壇にほど近い中央を示している。

視線の先には、著名なアーティストの姿もあった。そんな有名人たちと次々に握手をかわし、笑顔で挨拶している美丈夫は、カジュアルなジャケットにオープンシャツというスタイルだ。山田部長と倫章はスーツにネクタイ姿なのに、演壇に上がるかもしれない当人が、あんなにもラフでいいのだろうか。

「なんだか、真崎じゃないみたいだな…」

倫章が記憶している真崎史彦と微妙に雰囲気が異なって見えたのは、知らないうちに変わってしまった髪型のせいかもしれない。

大学三年の年明け、誰もが就職活動に本腰を入れ始めるころ、真崎は長めの髪を切ってシャープなツーブロックに変えた。鋭い目と知的な額がさらに際立つそのショートヘアは、すでに辣腕《らつわん》の企業戦士で、会う人すべてが気圧され、一目で虜になった。

当時真崎は伝通が試験的に興したリサーチ会社でアルバイトをしており、大学生チームのプロジェクトリーダーを務めていたこともあって、面接日には早くも内定が確定していた。その優れた容姿に実力が伴い、たちまち社内外の信頼とチャンスを得、看板プランナーへと成長していった。二十八歳でフランス支社のCFプランニング・チームを統括するチーフディレクターに大躍進を果たし、それ自体が最高の栄誉だと思っていたのに。

最高どころか、いま真崎は、カンヌに立っている。

「少し若返ったみたいだな…」

倫章は、微笑みながら呟いた。サイドを軽く掻き上げただけの、ソフトなヘアスタイル。額の右半分が前髪で隠れているぶん、見た目の印象が以前より優しくなった。触れれば切れるような、研ぎ澄まされた感じは消えている。

遠くの一団を眺めて、エディが言う。

「行かないのですか?」

倫章は、黙って横に首を振った。

「まだ、許せない?」

「そうじゃなくて、真崎、忙しそうだから」

「でもフミヒコは、リンを待ってるよ」

それでも倫章は苦笑で断った。意地になっているわけではない。ただ、いまは会わなくていい。そう思っただけだ。

ここから見つめるだけでいい。

「立派になったなぁ…」

まるで我が子を讃えるように、山田部長がポツリと零した。目尻に光っているのは、汗ではなさそうだ。そんなにも温かい目で真崎を見つめてくれる山田部長に、倫章は心の中で両手を合わせた。

「…そろそろ始まりますね。座りましょう。あ、部長さんは奥へどうぞ」

エディに促され、倫章は部長と並んで腰を下ろした。

『…以上、フィルム部門の金賞授与に続きまして、いよいよグランプリの発表です！』

ＭＣの声に、華やかな音楽が重なる。場内の座席で発表のときを待つ候補者たちが、次々にスポットライトに浮かび上がる。

受賞を諦めているわけではないが、不思議と倫章に緊張はなかった。真崎もおそらくリラックスしている。その証拠に、演壇のマルチビジョンに映し出された真崎の姿は、ガストン局長と穏やかに談笑している。

「エディは一階にいなくていいの？」

「僕は目印だから、ここでいいです」

は？　と訊くが、エディは口を閉ざし、あとは微笑むばかりだ。

倫章は再び一階席に視線を落とした。真崎の隣には、以前よりいくぶん表情が穏やかになったニコルと、彼の側近、ジャン・ルーベンス氏の姿もあった。どうやら良好な関係を築き上げたようだ。

プレゼンターが、審査員から手渡された封筒にペーパーナイフを入れた。

「いよいよだよ、水澤くん。ドキドキするね」

部長が小声で言った。言われて自覚させられたら最後、倫章も手に滲む汗を何度も腿《もも》で拭った。

「金賞に呼ばれなかったってことは……どうなんだろうね」

「ゼロか百か、どちらかということでしょうね」

「どっちだと思う？　水澤くん」

「とりあえず発表を待ちましょうか、部長」

心臓が止まりそうだ…と頭の汗を拭う部長を、あと五秒耐えてくださいと励まして、倫章は舞台を見据えた。

プレゼンターが中から一枚のカードを取り出し、会場を見渡す。そして、もったいぶってそれを開いた。

部長も、倫章も、エディも、胸の前で固く両手を組んで祈った。

懸命に、祈り続けた。

『カンヌ国際広告祭、本年度のフィルム部門グランプリに満場一致で輝いたのは……十数秒の映像の中で、溢れる叙情を見事に描いた、この作品です』

輝く笑みを会場に向けたプレゼンターが、声高らかに発表した。

『CCボトラーズ社提供、伝通フランス支局パリ支部CFプランニング・チーム制作、F・真崎氏監督による〈祝杯〉に決定しました！』

ワッと歓声が上がり、場内が大きく揺れた。

スタンディング・オベーション、満面の笑み、拍手喝采。そんな中、見事に栄冠を手にした真崎史彦が、ゆっくりと腰を上げたように……倫章には感じられた。

じつは倫章は、真崎を見ていなかった。見えなかったのだ。

立つことさえ出来なかったから。

真崎を讃《たた》える人々に視界を遮られて、なにも見えない。

あまりの驚きと、衝撃と、感動と、割れるような歓声に包まれて、どう喜びを表現していいのか、わからない。

ただ全身が熱くなり、激しく震えた。

「C'est formidable! C'est incroyable!」

すごい、信じられないと、エディが狂喜している。すっかり腰を抜かしてしまった倫章を強引に引っぱって立たせ、ステージへと進む真崎を指した。

「ほら見て、リン！　フミヒコだよ！　フミヒコがやったんだよ！　世界一だッ！」

世界一。真崎が……？

隣では、山田部長が泣いている。メガネを外し、ハンカチで顔を覆い、おぅおぅと声を上げて泣いている。一緒になって泣きたくとも、倫章は声も出なかった。いま自分が、自分の足で立っていることすら不思議なのだ。目を開けたまま気絶できるとすれば、まさにその状態と言えるだろう。

真崎が壇上に姿を現した。さらに拍手が大きくなる。審査委員長と握手をかわし、トロフィーを受けとる。

受賞スピーチの真崎に先立ち、審査委員長から受賞理由が簡潔に述べられた。内容は、至極納得のいくものだった。

近年ＣＧグラフィックスの技術を駆使したものや、奇抜なアイデアばかりが氾濫しているＣＦ界で、真崎史彦の作品は、じつに素朴に純粋に、視聴者の心に沁み込んだという。

コーラ離れの著しい年代からも「家族を思い出す」や「郷愁を誘う」などの声が聞かれ、大きく支持された実益に加えて、秀逸なフランス映画を観たあとのような、静かな感動が胸に残るといった、ドラマとしての完成度の高さも評価された。見終わったあと、ＣＣボトラーズ社のブライト・コーラを飲みたい衝動に駆られると評判になり、一部では、名高い映画監督が名を偽って制作したのではないかという噂も囁かれていたという。

『ムッシュ真崎。ぜひ次回は、映画部門での挑戦をお待ちしておりますよ』

手放しで賞賛する審査委員長が、真崎にマイクを渡した。

軽い咳払いののち、真崎が客席に目を細める。遠い二階席を捕らえたような気がして、倫章の鼓動が大きく乱れる。

しばらくの間を置き、真崎が口を開いた。

「…映画を作りたい。それが私の、幼いころからの夢でした」

そんな唐突なセリフで、真崎は心情を語り始めた。

「いつか映画監督になって、心に残る風景を一本のフィルムに収めたい。そんな夢を見ていました」

それは倫章も知っている。大学時代の真崎はフランス映画が大好きで、気に入りの監督の名ゼリフを、よく引用していたものだった。

「…私が広告業界に入った理由は、映画制作を断念したからではありません。元来が欲張りですので、ひとつのポジションに納まることが出来なかったのが最たる理由です。CFという短時間のフィルムに、ドラマを凝縮できると気づいたことも大きかった。なんと言っても映画よりはるかに短時間で数多く制作できますし、膨大にかかる予算も、スポンサーから拝借すればいい。こんな楽しい商売はありません」

会場から爆笑があがる。倫章もつられて苦笑した。部長は……茫然としている。感動しているわけではなく、フランス語が理解できないらしい。通訳してやってもいいのだが、真崎の一語一句を聞き逃したくない。部長に申し訳ないと思いつつ、倫章は真崎のスピーチに全神経を集中させた。

「…それに、そのころすでに私は、映画以上に心を奪われる存在がありました。世界に認められるより、ただその人を感動させたい。それが私の、すべての原動力でした。十年以上経ったいまも、気持ちは変わりません。その人を楽しませたくて、その人を喜ばせたくて、その人の喝采が欲しくて、そのためだけに、俺は今日まで歩いてきたんだ……」

突然、真崎がマイクを置いた。そしてステージから飛び降りた。慌てるMC、追うスポット。ざわめく観衆。ふいにエディが手を上げ、叫んだ。

「ここだよ、フミヒコ！」

倫章はエディと真崎を交互に見た。真崎は周囲の慌てぶりなどお構いなく、エディ目指して……隣に立つ倫章を目で確認して、客席をまっすぐ突っ切ってくる。

「もしかして、目印って……」

そういう意味だったのか、と気づいたときにはもう、真崎は二階への階段を、ふたつ飛ばしで上がっていた。

真崎史彦が足を止めた。水澤倫章の、目の前で。

肩で大きく息をついている。階段を一気に駆け上がるのは、真崎であっても動悸《どうき》が速くなるものらしい。もしくは緊張がそうさせるのか……と冷静に分析している倫章も、すでに心臓がはち切れそうだ。倫章の隣では、状況をまったく把握できない山田部長がポカンとしている。エディはと言えば、自分の場所を真崎に譲り、通路に下がって微笑んでいる。

会場にいる全員の目が、ふたりの日本人に注がれていた。

すまないとでも言いたげな表情で、真崎が口を開く。

「こんな俺に愛想がつきたか？　倫章」

名を呼ばれ、倫章の緊張は嘘のように解けていた。珍しく真崎が緊張しているものだから……たぶん倫章に対してビクついているのだと思うけれど、感情の揺れが伝わってきたからだ。真崎がこんな状態なのに、意地を張っている場合ではないと、脳が最良の判断を下したのだろう。

生まれついての相棒だとつくづく思い、そう感じられる喜びを噛みしめた。

「…倫。お前は俺にとって唯一の存在だ。どんなに愛想を尽かされても、パリで他の誰かを探せと見捨てられても、俺はお前にしがみつく。泣いてでも土下座してでも、水澤倫章に縋りつく」

倫章は黙って目の前の長身を見上げた。相手に正論をぶつけるときは四方を固めるなと、倫章がどれほど口酸っぱく教えても、それだけはいまだに不得手らしい。真崎は相変わらず、倫章に逃げ道を与えてくれない。

だが、名誉と栄光を手にした男が、プライドを捨ててここに立っているのだ。どれほどこの状況から逃げ出したくても、目を逸らすことだけはしたくなかった。

一語一句を確かめるように、真崎が語る。

「今回の作品は、感情の抑制が利かないまま、お前を想って制作した。あのときは目の前のトラブルを片付けることに必死で、お前がなにに対してショックを受けたのか想像もしてやれず……ただ一方的に傷つけた。本当にすまなかったと反省している」

日本語で続く告白がもどかしいのか、周囲がざわつきはじめた。真崎はそれを一切無視して訴えてくる。いつもの口調と、いつもの言葉で。倫章が唯一愛する男の姿で。

「この三カ月、俺はお前からの連絡を待ち続けた。こんな俺でも必要としてくれるなら、きっと許してくれるはずだと。だが、もう限界だ。どうやら俺は、お前なしには、一日も正気じゃいられないらしい」

真崎が苦笑した。瞳がライトを小さく弾いた。……いや、光ったのは、真崎らしくない涙だろうか。

公衆の面前で、俺にはお前だけなんだと縋る、みっともない男。倫章は苦笑した。真崎の受賞作と、あまりに似すぎたシチュエーションだ。

真夏のポンヌフ。旅の女が、手にしていたブライト・コーラを飲もうとして、誤ってランニング中の男に引っかけてしまう。詫びる女に、「勝利のシャンパン・ファイトかい？」と男が笑う。

男はサッカー選手、女は世界を飛び回るキャリアウーマン。ふたりは恋に堕ち、男児を授かる。クリスマスに乾杯、ビーチで乾杯。バースディには家族で乾杯。夫の試合に、妻は息子とコーラ片手に声援を送った。家族の思い出は、いつもブライト・コーラと一緒だった。

だがある日、夫は選手生命に拘わる怪我を負う。スタジアムへ向かう夫を妻が止め、口論となる。男は試合強行を決めた。そして女は観戦を拒み、ひとりバーのカウンターへ。

ＴＶモニターで放映される試合風景。男はベンチで声援を送る幼い息子に励まされながら必死にプレーを続行する。交代の要請も拒絶した男は、土壇場で執念のゴールを決めた。シャンパン・ファイトで仲間から祝福を受ける男。父に駆け寄る息子の手には、ブライト・コーラ。

男は息子を抱き上げ、カメラに向かって叫んだ。「俺にはお前が必要なんだ！　お前がいるから戦えるんだ！　乾杯しよう、ジュテーム！」…仲間たちの手にもブライト・コーラが握られていた。頭から浴びせられ、男は満面の笑みでブライト・コーラを突き上げた。

ＴＶ観戦で盛り上がるバーの店内が、大歓声に包まれる。バーテンダーが、女のグラスに祝福のシャンパンを注ごうとする。それを断り、女は笑みを浮かべて言った。『ブライト・コーラくださる？　乾杯はこれって決めてるの』。

そして浮かび上がる文字。『ブライト・コーラ。人生のパートナーに乾杯』――――。

そんな恋愛映画のようなＣＦを、真崎は地で行ってしまった。

「…倫章。俺はいままで何度となくお前を泣かせた。心配もさせた。傷つけたことも潔く認める。だが、この賞にかけて誓う。もう、決して裏切らない。……お前に必要とされたい、認められたい、倫章が愛するに足る男になりたい。俺の元へ戻ってきてほしい……これはプロポーズだ、倫章。お前に告白するためだけに賞を狙った。だが、俺など不要だとお前が言うなら、こんな賞には意味がない」

言って、真崎がトロフィーを倫章に突きつけた、ふたりの様子からおおよその意味を解した観衆がざわめく。日本語ではあったけれど、真崎の告白は、すべてＴＶカメラが捕えてしまった。もう隠すことはできない。誰にも。

「最っ低だな、お前は……」

倫章は口の中で吐き捨てた。こんな場所で、こんな状況に人を晒しておきながら、賞などいらないと吐き捨てる度胸に恐れ入る。

その上、倫章が人前で真崎を突き放せないことまで計算済みで、わざとこんな罠《わな》をしかけてくるのだ。

「そんな理由でグランプリを狙うなんて、どういう神経してるんだよ。そんな態度で、どうして最高賞を受賞できるんだよ。俺なんか、どんなに頑張っても手が届かないのに…」

倫章は拳を固めた。殴っても蹴っても突き放しても、それでも真崎は息がかかるほど側にいて、倫章に思い知らせるのだ。なにがあっても離れられない現実を。

「お前はいつだって勝手すぎるんだ…」

責める声が震えてしまった。世界一バカな男の、世界一バカげたプロポーズに、ついていけない。なのに口元は笑み崩れている。真崎のバカが伝染したとしか思えない。

「時と場所を考えろ。部長にも会社にも…俺にも、こんな大恥かかせやがって」

「倫……」

縋る視線に耐えかねて、倫章は視線をもぎ離した。閉じた目の端から、ボロボロと大粒の涙が零れる。倫章は慌てて顔を拭った。

「…あのあと妻は、夫と息子の待つ家へ戻る。勝利のメダルを夫から贈られてハッピーエンドだ。……だから、倫。この賞は、お前に捧げる」

改めて手渡されたトロフィーは、ずっしりと重かった。

「俺のところへ帰ってきてくれ。お前のパートナーだと認めてくれ。俺を見捨てないでくれ。この先も、いつまでも俺と一緒に人生を歩いてくれ…倫章」

頷けずにいたら、だめか…？　と真崎が弱音を吐いた。そうじゃなくて…と苦笑し、倫章は顔を上げた。

「これは、もらうわけにはいかない」

真崎が世界に認められた証。その勲章の重さと輝きに胸打たれながら、倫章は静かに辞退した。そして、

「だけど、飾らせてもらうよ。俺たちの家に」

自分でも照れるほど晴れやかな声で、言えた気がした。

真崎が目を丸くし、みるみる安堵の表情になり、天を仰いで長々と息を吐き出した。

「よかった……！」

受賞の瞬間をはるかに凌《しの》ぐ史上最高の満面の笑みで、真崎が両腕を差し伸べてきた。

ノーネクタイの真崎の首には、ネックレスが光っていた。真崎がネックレスなんて珍しい。でも、抱き締められて間近で見れば、その正体に笑うしかなかった。三カ月前の帰国の日、エディに預けた倫章の指輪だ。これを倫章に見せるために、倫章に気づかせるために、真崎はノーネクタイで授賞式に臨んだのだろうか。

本当にバカな男だ。バカを通り越して、愛おしい。倫章は真崎の胸に顔を埋めた。

間近で拍手が鳴った。エディだ。そして、階下からはニコルとジャン・ルーベンス。やがて観衆に広まったそれは、瞬く間に割れんばかりの歓声に変わった。

世界各国の人々の祝福の拍手の中、真崎が唇を求めてきたけれど、それだけは頑なに拒

絶した。いくらなんでも公衆の面前で、これ以上のスキンシップは勘弁してほしい。

拍手が穏やかになったころ、ようやくMCが締めてくれた。

『今年度、栄光のグランプリに輝いた作品は、CCボトラーズ社提供、伝通フランス支局パリ支部CFプランニング・チーム制作、F・真崎氏監督による〈祝杯〉でした。このあとはサイバー部門の発表です。どうぞ皆様、引き続きお楽しみくださいませ……』


コンコンと、ノックが響き、倫章はソファから腰を上げた。

胸に手を当てて心を落ちつかせ、ドアの前に立ち、ノブを引く。

「ただいま」

「お帰り」

まるで新婚家庭のような恥ずかしいセリフのやりとりで、倫章は真崎を部屋に迎え入れた…と言っても、ここは真崎が宿泊しているコテージ風のスイート・ルームだ。

明るい場所で真崎の顔を見るのが照れくさくて、倫章は窓辺に赴き、バルコニーに出た。

地中海からの潮風が運んでくるのは、薔薇《ばら》の香りだ。ここから臨む庭園には、咲き誇る薔薇のオブジェがいくつもあり、ほどよい配置で置かれた白いガーデンテーブルには、豪華な食事とたくさんのシャンパンが用意されている。

聞こえてくるのは華やかなバイオリンの三重奏だ。円形の噴水と楽団を囲み、人々がダ

ンスに興じている。

「いいのか？　真崎」

倫章は背後に首を回して訊いた。なにが？　と他人事のように返されて、思わず脱力してしまう。

「なにがって、パーティーだよ。主役が抜けてきちゃマズいだろ？　さっきだってイタリアの映画監督さんと、親密に話し込んでいたじゃないか。行かなくていいのか？」

手すりに両肘を預けて訊くと、真崎がジャケットを脱ぎながらやってきた。

「あれはベッド・インのお誘いだ」

「げ、マジ？」

「ああ。だから速攻で逃げてきた。あとはクライアントに任せてある」

口ぶりには、ニコルに対する信頼が溢れていた。嫉妬を感じないかと問われると、やや自信に欠けるが、それよりも真崎がパリで理解者を増やし、一層生き生きと活躍している事実こそが、なにより嬉しい。

「ウェルシュさんとは、うまくいってるみたいだね」

「お前のおかげでな」

クスクスと笑い、真崎が腰に腕を回してきた。背後から抱き締められ、うなじに唇を這わされて、これには倫章も狼狽えてしまった。

「ちょ、待てよ真崎！　庭園から丸見えだって！」

本気で倫章が拒んでいるのに、真崎は至って冷静だ。

「公然の仲なんだ。いまさら照れるな」

「いまさらでもなにも、俺は人前でベタベタするのはいやだっつーのっ！　あんな恥ずかしい思いは、授賞式だけでたくさんだ！」

「よし、わかった。だったら寝室でベタベタしよう」

と、いきなり唇を求められてしまった。だから庭園から丸見えだと言うのに！

腕を突っ張らせて抵抗したら、軽々と抱き上げられてしまった。バルコニーから寝室に移動し、キングサイズのベッドに放り投げられ、数回大きくバウンドする。

「でも真崎、俺、ずいぶん緊張して汗もかいてるし……」

「シャワーなら必要ない。そのままのお前が一番いい」

いつも言ってるだろ？　と顔を近づけて囁かれ、うん…と返し、観念して目を閉じた。閉じた瞼《まぶた》に、羽毛のような優しいキスが降り注ぐ。額に、こめかみに、頬に、鼻に、そして唇に……。

三カ月ぶりのキスにうっとりしている間に、シャツのボタンを外されていた。倫章も、真崎のシャツに手をかけた。チュッ、チュッと軽やかな接吻の音に耳を傾けながら、互いの肌に掌を這わせてゆく時間が、なんとも言えず懐かしくて安心する。真崎の胸板は相変わらず厚みがあって、固くて重量感がある。掌を当てると、真崎の心音が伝わってきて嬉しくなった。弾む動悸は、いつもより少し早いだろうか。それはきっと、倫章もだ。

「緊張してる？　真崎も」

訊くと、真崎が苦笑した。そして倫章の胸に顔を下ろし、乳首にそっと口づけてくれた。

「お前を抱くときは、いつだって緊張しているさ」

嘘つけ、と笑うと、本当だと真顔で反論された。

「俺はいつだって、お前に浮かされている」

「浮かされている？」

「ああ。いつも微熱に浮かされている気分だ。お前に出会った瞬間から、ずっとお前に恋し続けている」

恥ずかしい告白を誤魔化すように、真崎が胸の突起を啄んできた。くすぐったくて浮いてしまった腰を、真崎が優しく抱えてくれる。

真崎の手が、倫章を、生まれたままの姿に変えてゆく。


「ん………、ぅん、あ……っ」

いつもながら、倫章の声は心地いい。

今夜、真崎はいつものように早急に求めることはしなかった。たっぷり時間を費やして、倫章と愛を確かめ合った。

真崎のものを締めつけて、美しい肢体が妖しく揺れる。きつく眉を寄せ、苦しそうに唇を噛みながら。シーツを摑み、全身にうっすら汗を浮かべ、荒い呼吸を繰り返して。

その息づかいに誘われて恋人の唇を封じると、ふいに前髪を掻き上げられた。

「ヘアスタイル…」

「ん？」

「単なる気分転換かと思ってた」

傷のカモフラージュだとばれて、真崎は苦笑した。火傷のように濃い痕が、額の右側に残っているのだ。真崎自身は傷など気にもしていないが、セレモニーの場で披露して歩くこともないかと思い、前髪を下ろしてみたのだ。

「変か？」

「いや。似合うよ、とても」

「傷は？　気持ち悪くないか？」

まさか…と笑った倫章が真崎の頭を両腕で抱き、そこに唇で触れてくれた。あの日の痛みと苦い記憶が、一瞬で甘い疼《うず》きに変化する。やっぱりだ…と真崎は感嘆した。倫章が優しく触れてくれさえすれば、痛みも苦痛も苦悩も消え、傷さえも癒えてしまう。

キスの心地よさに身を任せながら、真崎は訊いた。

「以前、俺がルーベンスに言ったことを覚えてるか？」

腰を揺らしつつ訊くと、返事ともつかぬ吐息を漏らして倫章が身をくねらせた。

「結婚を考えていると言っただろう？」

「ああ……」

クスッと倫章が笑った。笑われた腹いせではないが、乳首を強めに抓《つね》ってやったら、倫章の頬が赤く染まった。照れながら口づけながら、真崎はそれを告白した。

咎める表情が、たまらなく愛しい。腰を揺らし、胸を攻めつつ口づけながら
「フランス国籍を取得しようと思っている」

「……え？」

「フランスの法の下で、本当の夫婦にならないか？」

真崎は倫章の腿に手を這わせた。形のいい尻を撫で回しながら、結合部分に指で触れ、交わりの深さを確かめる。

もう何度目になるだろう。こうして倫章と結ばれるのは。そしてこれからあと何度、ふたりは一体になれるのだろう。

腰を退くと、倫章が身震いした。その倫章の両膝を裏から持ち上げ、再び深々と自身を穿つ。ううう…と苦しげな息を断続的に吐き出しながら、倫章が睫《まつげ》に涙を滲ませる。

なぜこれほどに愛しいのだろう。こんなにも長く一緒にいるのに、どうして焦がれてやまないのだろう。これほど情を注げる相手と巡り会えたこと自体が不思議でならない。

「俺と結婚してくれ、倫章」

そう告げることに、なんの戸惑いもなかった。

「結婚しよう、倫。もう…それしかない。そうさせてくれ、頼む」

真崎はゆったりと出し入れしながら、愛する恋人の美しい顔を両手に包んだ。真崎の両掌に、すっぽり入ってしまう小さな顎。肌理《きめ》の細かい美しい肌。整ったその容姿にふさわしい、優しくて真っ直ぐな心。

いつも真崎は思っていた。倫章は、真崎など足元に及ばないほどの包容力を備えていると。本人は自分を必要以上に過小評価しているため、決して認めてはくれないだろうが、倫章のおおらかさと柔軟さに、どれだけ救われてきたことか。このおおらかさは天性のものだ。倫章だけが持つ才能だ。

愛しくて、愛しくて、何度も首筋にキスしていると、ふいに倫章の目尻から涙が伝った。その一粒すら、シーツに染み込ませるには勿体《もったい》ない。唇を添え、そっと吸い取るが、涙はあとからあとから溢れてくる。顔中にキスしながら真崎は訊ねた。

「どうした？　倫」

訊くと、お前って本当にバカだよな…と、泣きながら笑われてしまった。

「結婚するためだけに、国籍を変えるのか？」

「…そうだ。いけないか？」

「よくないよ。それに、いまだって事実婚みたいなものだし…その言葉だけで充分だ」

「言葉だけではお前の不安を拭えないから、なんとしても形にしたいんだ、俺は」

「だから、大丈夫だよ。信じるよ、真崎を」

切なすぎる微笑で断られ、愛しさと焦れったさが鬩《せめ》ぎ合う。反論したいのに言葉が出ない。だから真崎は言葉の代わりに、折れるほど強く倫章を抱きしめた。

実際にフランス国籍を取得するとなれば、いろいろと障害や弊害が生じる。間違いなく親は猛反対だ。かといって日本人のままでは、同性婚は不可能だ。親を巻き込んで兄弟になるなり、本人同士で養子縁組するなりしても、不安の種は尽きない。なぜなら将来、日本でも法的に同性婚が認められた場合、養子縁組などで親子関係にあった者同士は、いったん離縁して別籍になったとしても婚姻が認められないというのだ。

とすれば、任意後見契約という手が最も現実的だろうか。真崎に万が一のことがあった場合、倫章に財産管理の一切を任せるという法的な関係が成立する。だがそうなれば、やはり真崎家の親族たちから受ける軋轢《あつれき》は計り知れない。倫章に多大な負担がかかるのは目に見えている。

真崎はすでに、遺産相続の放棄を父に伝えてある。だが、父がそれを承諾しているわけではない。ひとり息子を見限ったような口ぶりでありながら、対外的には近い将来、マサキ・コーポレーションの幹部に迎えるとの考えを匂わせ、密かに準備を始めているという噂も聞く。

もちろん真崎はそんな要請に応じるつもりはないし、いまさらマサキの重役たちが、素直に首を縦には振らないだろう。

一族の醜い争いごとに、倫章を巻き込みたくはない。それだけは、してはならない。ならば自分が水澤家の一員になれるかというと……倫章が憤慨するのは目に見えている。

『お前は真崎家の一粒種なんだぞ？　もっと親の気持ちを考えろ！』と頭ごなしに怒鳴られるのは確実だ。

とにかく現状のままでは、正式な婚姻関係を結ぶことは難しい。だからこそ真崎は、現状を変えることで可能性が生まれることを、倫章の耳に入れておきたいと思ったのだ。

今回の騒動で、気づいてしまったから。

もし自分が先に死んだら、最も愛する倫章に、なにも残してやれない現実を。

生涯かけて幸せにすると倫章の母親に誓っておきながら、その幸せは口約束でしかなく、なんの社会的効力も保証もないことに、改めて気づいたからだった。

例えば、あの三カ月前の事故で真崎が命を落としていたとする。その場合、真崎の葬儀に倫章は親族ではなく、友人として参列を余儀なくされただろう。倫章はそれでいいと言うだろうが、真崎にしてみれば不満だらけだ。一番身近な人間は、いまや親ではなく倫章だ。墓まで骨を運ぶ役までも、倫章の手に委ねたい。

現世で最後に触れる人間が、水澤倫章。じつはそれが真崎の究極の夢だったりする。よって、倫章の手で納骨してもらわないことには心残りで成仏できない。

死んだあとのことまで…と失笑されても、そこだけは譲れないのだ。死後であっても、倫章を手放すつもりはさらさらない。倫章を縛りつけるし束縛もする。堂々とだ。

逆もしかり。倫章が先に逝った暁には、火葬の際に骨粉を持ち帰り、プラチナに練り込んで指輪を作るつもりでいる。肌身離さず身につけて、そしていつか自分が寿命を全うする際、指輪と共に棺桶《かんおけ》に入って成仏すると、勝手な筋書きを立てている。

「…あれこれ考えなくていいからな、真崎」

「どういう意味だ？」

「俺はこのままで充分幸せだ。前にも、そう言っただろ？」

真崎の心を見透かしたように倫章が微笑んだ。真崎に穿たれながら、真崎の不安を癒そうとしてくれる愛しい人。

「お前が生きてるだけでいいよ、真崎」

「倫…」

「それだけで、いいから」

倫章が身を震わせした。心底気持ち良さげに息を吐き、真崎を優しく締めつけてくれる。その妖艶さに心を奪われながら、真崎は優しく出し入れした。いつもより穏やかな行為に、倫章が頬を染めている。唇を舐め、淫らに喘ぎ、切なげにシーツを乱す。いまにも泣き出しそうなそれに手を伸ばし、扱いてやると、すぐさま反応を示してくれた。

「あ……ぁっ」

「いけそうか？」

訊くと、コクコクと首を縦に振った倫章が、真崎の背に指を食い込ませた。

「もう、イく………っ」

倫章の髪を梳きながら、真崎は無言で頷いた。静かなフィニッシュも、たまにはいい。

緩やかに、だが大胆に真崎が腰を引いた直後。

ピコピコピコ！　とモバイルが鳴った。ビクッと飛び上がった弾みで、勢いよく突き上げてしまった。

「ア――――――……!!」

倫章が悲鳴を放った。真崎は腰を引こうとしたが、予想外の強烈な一撃で倫章が固まってしまったものだから、これでは真崎も動けない。それどころか、食いちぎられてしまいそうだ。だがモバイルは、まだしつこく鳴っている。

「すまん倫章。そのまま耐えてくれ」

「く……っ」

悶える倫章に申し訳ないと思いつつも、真崎はモバイルに手を伸ばした。

『アロー、フミヒコ。お取り込み中だった？』

その通りと即答して、真崎はニコルに厭味を返した。

「もう十秒待っていてくれれば、気持ちよくフィニッシュできたものを」

ひたすら歯を食いしばり、声が漏れないよう耐えている倫章が憐れだ。そんな倫章の髪を指で梳いてやりながら、真崎は言った。

「相変わらずバッド・タイミングだな、お前は」

『そう？　僕にはジャスト・タイミングだ。どうぞイッて。聞いててあげるよ』

返す言葉も憎らしい。御目付役のルーベンスは、仕事はできるが教育者としては失格だ。

結局のところは甘やかし、目の中に入れても痛くないという状況では話にならない。おかげでCCボトラーズの後継者は、一層自由奔放に育ちつつある。それでも以前と比べると、ずいぶん人当たりは良くなったのだが。

『経験者の立場から言わせてもらうと、フミヒコとのセックスは体力勝負だ。精気を全部吸い取られてしまう。早く昇天させてあげないと、大事なリンが倒れちゃうよ？　それでなくともあの大観衆の前で、捨てないでって縋ったんだからさ。愛想を尽かされないよう、たまには手を抜いてあげたら？』

そうそう、と誰かが賛同している声がする。すっかりニコルのお気に入りと化したエディらしい。

フミヒコって仕事もプライベートもフルスロットルだから、絶対早死にするよ…と縁起でもない話題で意気投合している。真崎は憮然と髪を掻き上げた。やはり前髪を下ろして優男《やさおとこ》ぶっている場合ではない。ここはビシッと髪を上げ、ひたすらクールに徹しなければ。

真崎史彦を舐めていいのは、世界広しと言えども水澤倫章ひとりだけだ。

『…ということで、ふたりの服を届けさせたから。それに着替えて中庭まで降りてきて』

「なに？」

話の途中を聞いていなかった。が、すでに通話は切れたあとだった。

なんなんだ…と困惑しつつも、真崎はようやく腰を引いた。解放されてホッとしたのか、倫章が大きくひとつ身震いした。憂いのある表情に、熱醒めやらぬ濡れた瞳。かなり満足してくれたらしい……と思ったら、恨みがましい目で睨まれた。

「今度、したまま通話したら締め殺す」

締められるのは首ではなく下だと理解し、すみませんでしたと素直に謝罪した。

名残を惜しみながらも、真崎は話の内容を手短に伝えた。

「クライアントからの緊急要請だ。お前も」

「俺も？」

「服が届くから、それを着て中庭へ下りて来いとさ」

と話している最中に、コンコンとドアがノックされた。うわ！　と倫章が飛び上がり、寝具を被って身を隠す。真崎はローブに腕を通し、ドアを開けた。

「ニコル・ウェルシュ様より、お届け物です」

ホテルマンが運んできたのは、リボンのかかった大きな箱だ。受け取ってドアを閉め、もういいぜとベッドの倫章に声を掛け、箱を開けた。

「タキシード……？」

訝しみながら箱から取り出し、広げてみた。黒と白が一着ずつだ。白薔薇のブートニアまで添えられている。

「晩餐会《ばんさんかい》でもあるのかな」

「かもしれないな」

気乗りはしないが仕方ない。真崎は倫章に手を貸し、起こしてやった。

「授賞式で注目を浴びちゃったから、できれば人前に出るのは避けたいんだけど…」

と、倫章がしきりに照れている。恥ずかしそうな倫章を見ていると、もっと追い詰めたくなるから、我ながら困った性格だ。数秒前は「晩餐会など面倒くさい」と感じたはずが、いきなり行く気満々のフルチャージだ。なにより倫章のタキシード姿を拝めるのだ。こんなチャンスは滅多にない。

「クライアントからタキシードを贈られたのに、無視できるか？」

「……出来ないね」

「だろう？　だったら腹を括れ」

手を引いてシャワールームへ向かい、体の火照りを一緒に冷まして、タキシードに身を包んだ。

純白のタキシードを纏《まと》った倫章は、神がかり的に美しかった。思わずピュウと口笛を鳴らしたら、真っ赤な顔でクルリと背を向けられてしまった。

それにしても、似合う。似合いすぎる。背中に天使の羽まで見える。もちろん一点の汚れもない、ピュアホワイトの華麗な翼だ。

しばらく無言で見惚れていると、ちらりと肩越しに振り向いた倫章がプッと笑った。

「お前、ドラキュラみたいだな」

「ドラ……」

その言われようには納得しかねる。

「困った」

「なにが？」

「いますぐお前の血を吸いたい」

「…は？」

「俺に必要なのは晩餐会ではなく、献血だ。もちろんベッドで」

ノってやっただけなのに、バカか！　と頭ごなしに怒鳴られてしまった。

「バカなこと言ってないで行くぞ、変態ドラキュラ！」

憤慨丸出しで倫章がくるりと踵を返した。相変わらずの相棒ぶりが嬉しくて、真崎はクスクス笑いながら従った。

バルコニーから中庭へと続く外階段を下りながら、眼前に広がる地中海に目を投じた。波間に浮かぶのは観光船か。

中庭に降り立つと、芝生の感触に心が華やいだ。ガーデン・ライトが中庭の木々を優しく照らし、海から届く爽やかな風は、薔薇の香りを纏って真崎の頬を撫でてゆく。

見わたせば、夏の夜の饗宴は終了していた。

「晩餐会…じゃなさそうだね」

倫章が足を止め、不思議そうに呟いた。そうだな…と首を捻りながら返し、真崎はあたりを見回した。

人々が引き上げたあとの庭園は、薔薇のアーチやオブジェが主役に返り咲いている。中央の噴水の前で真崎たちを待っていたのは、ニコルとエディ、そしてジャン・ルーベンスと、こちらに向かって大きく手を振る山田部長の四人だけだ。

「おお、真崎くん、水澤くん。早く来い」

ずいぶんシャンパンを呑んだのだろう、部長の頭皮は夜目にもわかるほど赤く染まっていた。倫章もそれに気づいたようで、笑みを必死に噛み殺しながら頭を下げている。

「部長、おひとりで大丈夫でしたか？　場を離れて、すみませんでした」

「いやいや、エディくんの話す日本の諺《ことわざ》がユニークでね。さっきから笑いっぱなしだ。うちのコピーライター顔負けのユーモアセンスだ。一度日本に招待しなくては」

ワォ！　とエディが目を輝かせた。行きます、絶対行きます！　と部長の手を取って飛び跳ねている。盛り上がりに水を差すようで悪いが、真崎はコホンと咳払いした。

「で？　ふたりきりの時間を奪ってまで呼びつけた理由はなんだ？　ニコル」

「こら、真崎っ！」

倫章が慌てるが、いまさらだ。隠さない真崎に、ニコルが嬉しそうに目を細めた。

「ねえフミヒコ。あれ見える？」

言われて真崎は、指された方角を眇め見た。

噴水の向こうには、芝生が起伏している程度の小高い丘がある。そして真崎の目は、そこに建つ白大理石の……一体の天使の像を捉えていた。

エディが天使像の前まで進み、振り返る。いつの間に用意したのか、手には聖書を携《たずさ》えていた。

「…どういうことだ？」

訝しんで訊くと、ニコルが眩しげに眼を細めた。

「結婚式、してあげるよ」

「結婚式？」

「いまこそベスト・タイミングだ」

エディが手を叩き、ルーベンスが微笑んで頷く。山田部長の目は、なぜか赤く潤んでいる。倫章はといえば、ポカンと口を開け放っている。

「もう世界に公表したんだから、とりあえず誓いだけでも立てちゃいなよ。プライベートが満たされないと、フミヒコは無自覚な殺人鬼に変貌するから」

「無自覚な殺人鬼…って、どういう意味ですか？」

わかんない？　と、ニコルが倫章に向かって偉そうに解説する。

「リンショウが日本へ帰ってからの三カ月、ブライト・コーラ・チームはとばっちりを食らって大変だったんだ。辛い思い出を払拭するために、仕事に心血を注ぐのは結構だけど、何事も限度ってものがある。血眼になってフルスロットルで仕事されたら、こっちが先にダウンするよ。過労死寸前で生命の危機に直面したメンバーが続出しても、フミヒコのペースは落ちないんだ。まさしく無自覚な殺人鬼だよ」

そうそうそうと、このときとばかりにエディが賛同する。

「マイナスのエネルギーを石炭に変えて、根性という名の炎で燃やして走り続ける蒸気機関車のようだった。線路がなくても走り続ける日本人の国民性を、僕はフミヒコの姿に見た。ついでに三途の川も見たよ！　フミヒコが天狗のように大きな黒い翼を生やして、こっちこーい、こっちこーいって僕を手招くんだ！　あの川を渡ると、カッパに足を掴まれて、沈められてしまうんだよ！」

「……その斜めに大きくズレた日本の知識を、お前は一体どこで仕入れたんだ」

真崎は大仰に顔をしかめた。この三カ月の体たらくは己が一番よく知っている。ギヤの掛け方を忘れてしまい、自分のペースに周囲を巻き込んでしまったことは大いに反省している。申し訳なかったと心から謝罪したら、倫章にクスクス笑われてしまった。

「俺がいたら、ギヤを入れ替えてやれたのに」

「まったくだ。お前がいないと、俺は調整不能の暴走機関車にされてしまう」

「だからこそ、プライベートの安定が必要なんだよ、フミヒコには」

真崎の左肘に倫章の右手を絡ませ、ニコルが天使の像へと顎をしゃくった。

真崎は気づいていた。倫章の体の震えに。真崎は倫章の手を腕から外し、しっかりと手を握った。対等なパートナーだからこそ、腕ではなく、手に手をとって歩きたい。

ふたりの足元には、真紅の薔薇の花びらが敷きつめられている。ニコルたちが気を利かせてくれた、手作りのバージンロードだ。

「ここは教会じゃないから正式なセレモニーは出来ないけど、神の代わりに天の使いがふたりを祝福してくれるから、それなりに効力はあると思うよ。ね？　ルーベンス」

「ニコル様のおっしゃるとおりです。グランプリを獲得したこのカンヌで、もうひとつの輝きを手にされてはいかがですか、真崎さん」

見て、とニコルが天使の像の足元を指した。像の台座に埋め込まれた銀のプレートに、一編の詩が刻まれている。

『海より授かりし尊き生命。創造主は生ける者みな平等に愛を捧ぎ、その魂を祝福する』

…性別も国籍も関係ない。真崎はそう理解した。隣に立つ倫章を見れば、固く唇を引き結び、突然のことに声を無くしている。

「いい言葉だよね。あれはなんて書いてあるんですか…って部長さんが質問してくれたから、閃《ひらめ》いたんだ。ここで結婚式をしようって。ね？　エディ、ジャン」

ニコルの言葉に、ふたりが微笑む。山田部長も、何度も頷く。

感無量で胸が熱くなる。真崎は心を込めて恋人の名を口にした。

「倫章」

倫章がピクリと反応した。真崎はもう一度、呼びかけた。

「どうする？　倫章。俺と結婚式を挙げてくれるか？」

返事はなかった。それでも倫章の手は、真崎の手をしっかりと握り返してくれた。

目線よりやや低い、その小さな白い彫刻に向かって、真崎は一歩踏み出した。倫章も、それに続いてくれる。

他愛ない余興。饗宴《きょうえん》の余韻…そんなものだ。それなのに、どうしてこんなにも敬虔《けいけん》な気持ちにさせられるのか。どうしてこんなにも背筋がピンと伸びるのか。

熱い感動が、塊が、次から次へと込み上げてくる。

ふたりの前に、エディが聖書を差し出した。真崎も倫章もクリスチャンではないが、儀式としては申し分ない。

倫章の手は、やはり小さく震えている。真崎はそこに倫章の手を乗せてやり、自分の掌を上から重ねた。

「ふたりとも、偽りなく宣言してくださいね。言葉はないが、感動なのだと解釈したい。ＯＫ？」

神父役らしからぬ軽い調子に、ルーベンスと部長が失笑しながら拍手している。見れば倫章も苦笑はしているが、目もとが赤い。倫章の涙を前に、真崎は心を引き締めた。

コホンと咳払いし、エディが唱える。

「えー、フミヒコ・マサキ」

はい、と真崎は速やかに答えた。口調に漂う真摯さに、周囲が静まり返る。

「あなたは、ここにいるリンショウ・ミズサワを、生涯の伴侶とし、病めるときも健やかなるときも、永遠に慈しみ、愛し抜くことを誓いますか？」

「誓います」

真崎はきっぱり宣言した。迷いなど微塵もない。なにがあろうと倫章を愛し、守り抜く。もう何度も自分自身に誓い続けた言葉だ。

満足そうにエディが頷く。そして、倫章にそっと呼びかけた。

「……リン、大丈夫？」

俯いていた倫章が、そっと顔を起こしてエディに微笑む。やけに視線が親密だ。なんとなく妬ける。真崎は倫章の手を強く握った。そして、改めて気を引き締める。

「リンショウ・ミズサワ。あなたはフミヒコ・マサキを生涯の伴侶とし、病めるときも健やかなるときも、永遠に慈しみ、愛することを誓いますか？」

色が失せるほど噛みしめていた唇を、倫章が解く。そして掠れた声で、真崎の想いに応えてくれた。

「はい、誓います」

言ったとたん、倫章の大きな瞳から涙がぽろりと一粒零れた。泣いた本人が、自分の涙に目を丸くしているのが可笑しい。

だが、見れば部長も泣いている。メガネを外し、ハンカチで目元を押さえている。しきりに頷くルーベンスと、生意気なニコルのニヤニヤ顔。だが真崎とて、感動で言葉もない。視界が滲む。嗚咽が漏れそうになる。こんな感情は初めてだ。

「リン。フミヒコから指輪を返してもらったら？」

その言葉に促されて、真崎は自分の首からネックレスを外した。倫章がエディに預けていった結婚指輪。事情をエディから聞かされたとき、今度こそ倫章を失ったと真崎は絶望し、悲嘆に暮れた。だからこそ奮起したのだ。必ずこれを、倫章の指に戻してみせると。

「填《は》めてもいいか？　倫章」

遠慮がちに訊くと、倫章が黙って頷いた。ありがとう…と礼を言い、真崎は倫章の手をとり、その薬指の根元に指輪を戻した。改めて、実感と安堵が胸に広がる。ようやく、あるべき場所に収めることができた。

「もう二度と外させない」

強気に誓うと、倫章がコクンと頷いた。涙が一粒ぽろりと零れる。たまらなくて、真崎は倫章を抱きしめた。人前でのスキンシップに、とたんに倫章が慌てふためく。構わず真崎は倫章の顋に手を添えた。いざ夫婦の契りのキスを……と顔を寄せたとたん、

「ちょっと待て！」

と、全力で拒絶された。…が、もちろん腕の力は弛めない。がっしりと倫章をホールドしている。

「お前、その、いくら何でも、キスはちょっとっ！」

耳まで真っ赤に染めた倫章が、腕を突っ張らせて抵抗している。

「照れるなよ倫章。いまさらだ」

倫章の抵抗を切って捨てると、一転、目を吊り上げられてしまった。

「山田部長の目の前なんだぞっ！　羞恥心というものがないのか、お前にはっ‼」

「いや、水澤くん。私のことはその、ははは……気にしなくていいよ」

いまさらだし…と部長がこそっと呟いたものだから、倫章の頑なさに拍車がかかってしまった。だが、怯むつもりはない。これは結婚式なのだから、誓いのキスは絶対だ。

「そう、いまさらだ。照れているのはお前だけだぜ、倫」

「だとしても、さっきも言ったばかりだろうが！　あんな恥ずかしい思いは二度とゴメンだって！　授賞式で世界に恥を晒しまくって、死ぬほどみっともなかったぞっ！　この結婚式だって、ホントはすっごく照れくさいんだからな！　でも純粋にみんなの厚意が嬉しいから、だから俺は……！」

「あぁ、わかったわかった。そう興奮するな」

倫章の腰に両腕を回して引き寄せ、宥《なだ》めようと努めるが、一旦心に楯《たて》を構えた倫章は、なかなか真崎を懐に招き入れてくれない。

「とにかくお前の行動は、いちいち常識外れなんだ！　少しはその一方的で自分本位な性格を、なんとかしろっ！」

溜まっていたのだろう憤懣を一気にぶちまけた倫章が、肩で大きく息をつく。さっきの涙はなんだったんだと呆れつつも、真崎はまだ、しつこく倫章の唇を狙っていた。

誓いの言葉はもぎ取ったわけだから、倫章が泣こうが喚こうが、これで名実共に夫婦と言える。あとは証人たちの目の前で、確約の口づけをば……。

「というわけで倫章。文句はあとで聞いてやる。とにかくキスだけ済ませようぜ」

「済ませようぜって、お……お前ってヤツはっ！」

適当すぎる！　と懸命に逃げ惑う倫章の横から、なぜかニコルの腕が伸び、そして。

「じゃ、僕が代わりにしてあげるよ」

と、真崎の頭を抱え込み、ちゅううううぅ――――と。

硬直する真崎に、呆気にとられる倫章。とたんに立ちこめる不穏な空気。部長とルーベンスがサッとこちらに背を向け、エディが聖書で顔を隠した。

挑戦的な光をブルートパーズの瞳に湛え、ニコルがフフンと鼻で笑った。

「いつまでもバージンみたいなこと言ってるから、フミヒコも浮気したくなるんだ」

「浮気したくなる、だとぉ……？」

倫章が怒りで総毛立つ。真崎はすかさず釈明に走った。

「騙されるな倫章！　もう浮気はしない……じゃなくて、俺は浮気などしていないんだ！」

倫章の怒りの矛先が、勢いよく真崎へと向かう。

「浮気じゃないなら、いまのキスはなんなんだッ！」

「うっ…」

「こんな至近距離でキスシーンを見せられて、笑って許すバカがどこにいる！」

「だからいまのは、不慮の事故で…」

勢いに押されて後ずさると、強気に一歩踏み込まれた。

「事故じゃない！　言い訳するな！　隙を作るお前が悪い！　それを偉そうに、もう浮気はしないだと？　そのセリフで、いままで何度俺を騙したッ！」

う…と真崎は返答に詰まった。もっともすぎて弁解の余地がない。

「その場凌ぎの言葉は効力に欠けますよ、真崎さん」

「真崎くんは、昔から水澤くんには頭が上がらないねぇ」

「リンは、フミヒコの最大にして最恐のウイークポイントだね」

「ビジネスとセックスは満点なのに、残念だな」

口々に勝手な評価を下されて、さすがの真崎も言葉がない。

さらに盛り上がる一行にクルリと背を向け、広く美しいカンヌの夜空を振り仰ぐ。

そして真崎は、火照る額に掌を当てて溜息をついた。

また熱が出そうだ……と。

いつも人生ブリザード

六本木のホテルの最上階、普段は滅多に足を運ばないような高級ラウンジの窓際席で、水澤倫章《みずさわりんしょう》はひとりソファに座り、ウイスキーのロックを孤独に傾けている。

はるか下方には首都高速。テールランプの連なりと夜空をゆく飛行機の点滅とが相まって、ムードは良好。

そんなふうに物思いに耽《ふけ》っていたとき、斜め後ろから視線を感じた。そちらのほうへ首を回すと、ひとりの美しいホステスと目が合ってしまった。でもここはスナックじゃないから、客が望まないかぎり、女性が隣につくことはない。

倫章は彼女から一度視線を外し、頰杖《ほおづえ》をついて夜景を眺めた。しばらくの間を置いて、再び彼女を振り返る……と、やはり倫章をジッと見ている。

黒いドレスの、深くVに開いた胸元がセクシーだ。波打つようなロングヘアも艶めいている。夜景にも負けない魅惑的な姿を堪能していたら、彼女がモデルウォークで近づいてきた。

「お代わりをお持ちしましょうか？　それとも、別のものにしますか？」

倫章の足元に跪《ひざまず》き、彼女が微笑む。自然、胸の谷間に視線を持っていかれてしまい、気づいたホステスがクスッと笑った。

図らずも鼓動が乱れる。谷間のほくろが色っぽすぎる。

濡れた赤い唇が、呪文のように甘く囁く。

「あたし、あと一時間でここを出られるんです。よかったら場所を変えませんか？」

デコラティブな長い爪に、手の甲を妖しく突かれた。こんな爪を背中に突き立てられたら痛いだろうなと考えながら、倫章は口元を綻ばせた。

「ね？　いいでしょ？」

グロスで光る唇を突き出し、ついでに胸も突き出して倫章の太股に押しつけ、長い睫の下から切れ長の美しい瞳で誘惑を仕掛けてきた。豊かな胸には好奇心を掻き立てられるものの、ごてごてした爪の扱いには苦心しそうだ。

倫章はホステスの誘いを辞退する代わりに、ウイスキーのロックのお代わりを頼んだ。ホステスが顔色ひとつ変えずに立ち上がる…が、こっそり肩を竦める姿が視界の端を掠《かす》めた。ごゆっくり、と微笑んではくれたものの、どうやらプライドを傷つけてしまったらしい。その証拠に、運ばれてきたお代わりは氷が省略されていた。見るからに、濃い。

せっかくの誘いを断ったのは申し訳ないが、今夜は会話を楽しみたい気分じゃない。夜景を眺め、ひとり静かに飲みたくてラウンジに来たのだ。悪いけど放っておいてほしい。

今夜の倫章は捻《ひね》くれていた。別の言い方をすれば、やさぐれていた。どうしてかというと、仕事の流れが滞《とどこお》っているからに相違ない。

じつは今日、大きな仕事が一本終わる予定だった。倫章が手がけた某企業のコマーシャル・フィルムを担当の倉本《くらもと》さんに手渡して、同じデータをＴＶ局に挨拶がてら届ければ、それで完了のはずだった。

なのに、完成ＣＦをモニターで確認した倉本さんの上司・尼ヶ崎《あまがさき》氏が、突然不満を口にしたのだ。インパクトに欠ける……と。

　だがそれは本来、起こるはずのないクレームだった。ＣＦ撮影現場には倉本さんも立ち会っていたし、その場でＯＫが取れている。はっきり言って、プランもコンテも仕上がりも絶賛だった……はずだった。それがまさか、ＴＶ局に持ち込む寸前に、ひっくり返されてしまうとは。

　聞けば「インパクトに欠ける」と呟いた尼ヶ崎氏は、つい最近、他社から引き抜かれたばかりの大物だそうで、新ステージでの自分の地位を確立させようと必死なのだそうだ。

『こんなことになって、本当にすみませんでした。あのニューフェイスには、私たちも振り回されているんです…』と、ひたすら詫びる倉本さんが哀れに思えるほどだった。

　結局、「今回の新ＣＦは流さなくていい。もう一度最初から練り直しだ。それまでは前作を使え」というニューフェイス尼ヶ崎氏の一声で、今回のフィルムはキャンセルの危機に陥った。とたん、「練り直す費用を誰が出すんだ！」「ＯＫを出しておきながら撤回とはなんだ！」と双方の上役同士で意見が衝突し、結局は尼ヶ崎氏が折れた形で場は収まった。

　それでもまだ尼ヶ崎氏は「緊急で作り直すくらいの腕はないのか！」と帰り際に喚《わめ》いていたけれど……信じられない。ＣＦだぜ？　そんな一朝一夕に撮れるものか。

「真崎《まさき》なら、意地でも作るだろうけどさ」

　そう、真崎史彦《ふみひこ》だ。現在パリ支部に赴任中で、カンヌ国際広告祭のＣＦ部門でグランプリを獲得した、エリートの中の超エリート街道独走中のナイスガイは、いまや日本のみならず、世界的なディレクターに成長してしまった。

そんな真崎と、高校も大学も、入った会社も課も同じなる腐れ縁で結束を固めている倫章は、いまだに些細なトラブルに遭遇しては、こんなふうにへコんでいる始末だ。ただでさえ真崎に置いてきぼりを喰《く》らった気分なのに、またしても水をあけられてしまった。ここで奮起するかと言えば、そうではないのが自分の性格のイヤなところで、真崎にグチりたい…などと、情けなくも淋しさを募らせている。

グチりたい思うこと自体が、まず男として情けない。それでも倫章はこんなとき、必ず真崎に会いたくなる。だから、それが一番悔しい。

倫章は項垂《うなだ》れ、髪をぐしゃぐしゃと乱した。勤務先から離れた場所なら、知人に目撃される確率は少ない。そう踏んで、堂々と不快を吐き出した。

「広告会社をなんだと思ってるんだ。文句なら、コンテの段階で言えっての！」

ひとりきりなのをいいことに、強気で文句を声にして、グラスを一気にグイッとやったら、冗談ではなく喉が焼けた。

顔をしかめたまま、もう一杯お代わりを頼むべく、体を捻って手を上げたとき。

「よくない呑み方だな」

振り向いた真正面から、低音が降ってきた。文字どおり倫章は飛び上がり、瞬時に顔を跳ね上げた……ら、さらに心臓が口から飛び出しかけて、慌てて口を手で押さえた。

「……っ！」

「久しぶりだな、倫章。元気だったか？」

反射的に倫章はソファから腰を浮かせた。その声は、その瞳は、いま一番会いたい人のそれに…真崎史彦に、そっくりだったのだ。

真崎ほどではないけれど、倫章を超える長身。髭《ひげ》を蓄えた口元は、いつ見てもダンディーな笑みを浮かべている。広い肩は堂々として、上質なスーツを完璧に着こなしていながら、どこか武士のような風格を漂わせている人物。

本来なら会わせる顔もない人を、倫章は無意識に、こう呼んでしまった。

「親父さん…」

その呼称が嬉しいのか、懐かしいのか。親父さん——真崎史彦の実父・真崎一彦《かずひこ》氏が、おう、とわざわざ頷いてくれて、目尻に深いシワを刻んだ。

真崎の父親を親父さんと呼ぶのは、高校時代からの習慣だ。親父さんも、初対面以来ずっと「倫章」と呼び捨てなのだから、どっちもどっちだ。

唖然としている倫章に苦笑し、親父さんがテーブルのグラスに視線を投げる。

「夜景をつまみに自棄《やけ》酒か。二十八にもなって侘《わ》びしい男だな」

「…すみません」

まともに顔を見られない。視線を宙に彷徨《さまよ》わせたら、親父さんの数歩後ろに控えている影と目が合った。もちろん知っている顔だ。

お久しぶりですと頭を下げると、その影…親父さんの秘書であり、真崎の三歳年上の従兄でもある野瀬高広《のせたかひろ》さんは、銀縁メガネの奥の目を微塵も動かすことなく、儀礼的な会釈をくれた。相変わらず表情が乏しく、生真面目を絵に描いたような人だ。

親父さんが代表取締役社長を務めるマサキ・コーポレーションは、世界各地でマサキグループの名の下に様々な事業を展開している。真崎一族がそれぞれのグループの代表取締役に就いており、親族間の絆《きずな》は厚く、真崎本家への出入りも頻繁だ。倫章が真崎の家へ遊びに行くたび、当時大学生だった野瀬さんをはじめ、従兄弟妹たちを敷地内で度々見かけた。野瀬さんは高校時代に父親を亡くしたため、親父さんが父親代わりになって面倒を見ていたという話も、人づてに聞いたことがある。

あのころも、野瀬さんの笑った顔や怒った顔……表情というものを見たことがなかった。出会ったばかりの真崎のようだと、一度真崎本人に言ったことがある。すると真崎は、「俺はあんな堅物《かたぶつ》じゃない」と憤慨したけれど。

なにかの際に真崎が彼を「高広」と呼ぶのに合わせて「高広さん」と本人に話しかけたら、「野瀬です」と冷たく返されて以来、苦手意識が芽生えてしまった。

わざと相手を萎縮させようとするかのような口調や目つきに慣れなくて、いまだに彼と話すのは苦手だ。

「高広」

親父さんが呼ぶと、野瀬さんは一歩踏み出し、背筋をピンと伸ばして返答した。

「はい、社長」

「私は少し倫章につきあうよ。お前は先に帰りなさい」

「わかりました。では明朝八時にお迎えにあがります」

渋るでもなく、理由を問うでもなく、すんなり親父さんの命令を承諾した野瀬さんは、去り際やはり瞬きせずに倫章を見つめて会釈し、帰っていった。

無意識に息を止めていたらしい。ホーッと肩の力を抜いたら、いきなり血の巡りが良くなって、酔いが回ってしまった。

「座ってもいいか？」

「あ、はい。もちろんです」

向かいの席を勧めると、親父さんが微笑んで頷き、腰をおろした。そして先程の、胸の谷間が美しいホステスを指一本で招き、コーヒーをふたつオーダーした。

鼻の下の艶やかな口髭と、やや深くなった口元と目尻のしわを除けば、表情も仕種も本当に真崎と似ている。親父さんの一挙手一投足すべてが、遠いパリにいる真崎を彷彿《ほうふつ》とさせるから、嬉しい反面切なさが増して困った。

「このラウンジには、よく来るのか？」

似合わないぞと目で語られて、笑ってしまった。おっしゃるとおりだ。

「いえ、じつは初めてです。あの……親父さんは？」

「ここはうちの系列ホテルだからな。視察がてら、ときおり一杯楽しんでいる」

「――――あ！」

言われて、確かに！　と頷いた。

このホテル・カリブルヌスは、マサキ・コーポレーションが世界で展開するホテル・ペンドラゴンの系列だったと、いま気がついた。

ホテル・ペンドラゴンは、香港やシンガポール、サンフランシスコにロサンゼルス、ラスベガス。そしてパリやロンドンにも進出している高級ホテルだ。何年か前に親父さんがＴＶのインタビュー番組で「ホテル・ペンドラゴンのジャパン・ブランドを、別名で展開する用意がある」と話していたのを思い出し、ようやく記憶が繋がった。

「このホテルのことだったんですか…」

「アーサー王の魔法の剣、エクスカリバーのラテン語読みだ。知っているか？」

「はい、いま思い出しました。学生時代に真崎と、円卓の騎士のＤＶＤを観たことがあります」

「ほう。やはり観ていたか」

もちろんですよ、と倫章は頷いた。映画好きの真崎の影響で、大学時代には年に五十本以上観賞している。

「ペンドラゴンは、アーサー王の父親の名ですよね。と言うことは、真崎史彦はアーサー王か…って思った記憶があります。真崎に言うと怒るから黙っていましたけど」

「黙っていたのは賢明だ。あれは私と血が繋がっているのを芯《しん》から疎んでいる。ペンドラゴンなど一生泊まりたくもないと私に刃向かったのは、十五のときだ。生意気な」

どこまでが本音かわからない自虐を口にして、親父さんがニヤリと笑った。実の息子の生意気さを楽しんでいるようにしか見えないから、殺伐さも悲壮感も全くない。

アーサー王が生涯身につけることになった剣が、カリブルヌス。そのカリブルヌスの鞘《さや》を身に携えている限り、どのような深傷を負おうとも一筋の血も流れず死を跳ね返すという伝説だ。考えれば考えるほど、毎日が戦場のような真崎史彦に相応しい剣だ。やはり親父さんは、息子に跡を継いでほしいのだろう。そんな気がする。

コーヒーが運ばれてきた。口元へカップを運び、親父さんが目を細める。

「久しぶりの再会にコーヒーでは無粋かね？　腹は空いてないか？　確かお前は、甘いものが好きだったな」

心地よい響きを含む、低い声。あまりに真崎と似すぎているから、いつまでも耳を傾けていたくなる。

「いつだったか、お前が正月にうちへ来た際、栗《くり》きんとんばかり食べていたと家政婦が笑っていたぞ。ここのパティシエは腕がいい。ケーキでも持ってこさせよう」

オーダーしかける親父さんを慌てて止め、ホステスを下がらせた。

「いえ、コーヒーだけで充分です。夕食をしっかり食べ過ぎちゃって。…あの、親父さん。もしかして禁酒中ですか？」

「ああ、もういい歳だ。少々控えようと思ってね」

「いい歳って、まだ五十八ですよね？　確か三十歳のときに真崎が産まれたって…」

「よく知っているな。そう、二年後には六十になる。社長の座も、あと十二年だ」

そうなんですか？　と目を丸くすると、じつはな…と親父さんが声を潜めた。

「七十になったら会長の座に身を移して、スポーツ界の顧問や委員を楽しもうと思っているんだ」

いたずらっ子のように舌を覗かせた親父さんに、倫章は笑み崩れた。こんな形容が相応しいのかどうかわからないけれど、とてもチャーミングな人だと思う。こうして親父さんの声を聞いていると、まるで真崎が目の前にいるような気がして、嬉しいような切ないような、複雑な気持ちだ。

「そういえば、倫章。半年以上も前の話だが、今年の正月は一度も顔を見せなかったな。やはり敷居が高くなったか？」

親父さんが言わんとしているのは、真崎家が豪邸だから…という意味ではない。男同士で愛し合っている事実を双方の親に知られて、気まずくなったかと訊いているのだ。それには答えず、倫章は姿勢を改め、頭を下げた。

「本当に…あの、驚かれたことと思います。その節はいろいろとご迷惑をおかけして、申し訳ありません」

真崎との恋愛関係を、そんなふうに濁して詫びた。

正月に、倫章と真崎は互いの実家でカミングアウトした。真崎は自分の両親に。倫章は、母親に。

想像していたとおり、両家の母親は猛反対した。倫章の父は、いまだに何も知らずにいる唯一の幸せ者だ。そんな中、真っ先に受け止めてくれたのが、この親父さんだった。ふたりとも、もう立派な大人だ。男同士で生きてゆくメリットもデメリットも十分承知しているはずだから……と、倫章の母親を説き伏せてくれたのだった。

倫章の顔を上げさせようとしたのだろう。親父さんがコーヒーカップを口に運んだ。

「私はこのキリマンが気に入りでね。ほら、酸味に品があるだろう?」

親父さんの配慮に素直に従い、相槌の代わりに熱いコーヒーを味わった。いつも好んで飲むモカよりも口当たりがシャープだ。酔い覚ましに丁度いい。

口髭を指で撫でながら、親父さんがポツリと零した。

「史彦はカンヌで大きな賞を獲《と》ったようだな。連絡は頻繁に取りあっているのか?」

「あ、はい。先日も電話が。プロジェクトにもチームにも恵まれて、すこぶる順調のようです。パリが性に合っているんじゃないでしょうか」

「かもしれんな。まぁ、元気ならいい。あいつは私を毛嫌いしていて、一切連絡をよこさんのだ。ったく、生きているのかどうかも定かじゃない。受賞についても報道で初めて知ったくらいだ」

父親らしいグチが微笑ましい。思わず口元が弛んでしまう。

真崎はカンヌの授賞式途中で倫章に駆けより、もう何度めかになる愛の告白を公衆の面前でぶちかました。でも、内容のほとんどは日本語で、それもマイクなしで語られたおかげで、ふたりの恋愛関係が世界に公表されることはなかった。

日本では、カンヌ国際広告祭よりも映画祭のほうが有名で、広告祭のニュース映像は少し流れただけだったそうだ。新聞でも、「日本人制作のCFが最高賞受賞」という程度の扱いで、詳細も省かれていた。要は、日本人とは言ってもフランス支局の快挙であるため、大々的には喜べないという複雑な感情があるのだろう。

だが個人的には、その程度の報道で終わらせてくれて助かった。もしゲイだと報道されていたら、その善し悪しは別にしても、自分の両親が手放しの満面笑顔で迎えてくれることはなかったと思う。

唐突に襲いかかってきた現実の重さを両肩に載せたまま、倫章は親父さんのセリフを苦笑で引き継いだ。

「似た者同士はソリが合わないって、よく言いますから」

「似ている？　私と息子が？」

本気で驚いている親父さんが可笑しくて、倫章は遠慮なく追い打ちをかけてやった。

「ええ、そっくりです。お互いをリスペクトしている事実をひた隠しにして、互いへの反発心は必要以上に表に出すところなんて、まるで同極の磁石みたいですよ」

遠慮なく言ってやったら、うまい表現だなと親父さんが唸《うな》った。

「同極の磁石か。…そうか」

まんざらでもなさそうに数回頷き、親父さんがキリマンを一口飲んだ。

「ならば倫章は異極だな。私と史彦、双方と引き合う。もちろん意味合いは異なるが」

言われて目を丸くし、意味を理解してボンッと顔から火を噴いた。どうやら真崎との仲を冷やかされてしまったらしい。

「お前は、そうやって自然体でいるのが一番いい」

「……え？」

「眉間にしわを寄せて酒を呑んだところで、悪酔いするだけだぞ」

ふいにそう言うと、親父さんは目元を和らげ、ソファに背もたれて腕を組んだ。

「悩みごとを抱えているんだろう？　史彦だと思ってグチを零せばいい。それに、史彦に相談するより、私のほうが的確なアドバイスを施せると思うがね」

息子への敵対心でオチをつけ、親父さんは頬杖をついて足を組んだ。

グチるつもりなんてない。この人に、弱音を吐くべきじゃない。男同士で人生を歩むと決めてしまった息子に一番心を痛めているのは、本当はこの人なのだから。

日本が誇る大企業マサキ・コーポレーションの、代表取締役社長のひとり息子は、本来ならば親父さんの後を継ぎ、ゆくゆくはグループのトップに立つべき男だった。

それなのに真崎は大学卒業後、親父さんの意向を無視して広告業界に飛び込んだ。あげくに今年、水澤倫章を愛していると……要するに真崎家の血は、真崎史彦の代で絶えるのだと宣言してしまった。

それを耳にした瞬間の親父さんのショックは計り知れない。家業を継がないばかりか、孫も期待できないと言われたも同然なのだ。いくら理解を示してくれているとはいえ、一族経営の柱が折れた要因である倫章が、この人に甘えるわけにはいかない。

視線を落として黙り込むと、「私には言えないか？」と訊かれた。「はい」と率直に返したら、「だろうな」と笑われてしまった。

「史彦も頑固だが、お前も相当な頑固者だな、倫章」

「自覚してます」

「悩みの種は、史彦か？」

いいえ、と倫章は苦笑した。ビジネスですと補足したら、ますます自分が情けない存在に感じられて消えたくなった。親父さんの前で気弱になるのは避けたいのに。

「憂さ晴らしのひとり酒は、悪酔いを招く。呑んでも事態は向上しない。それどころか、二日酔いで苦しむだけの自虐行為だ」

本当に、真崎に言われたかと錯覚した。びっくりした。思考回路が似すぎている。

「…と、史彦なら言うだろうな」

と付け足されて、プッと吹き出してしまった。やっぱり親子だ。

「そのとおりです。すみませんでした。真崎はパリで頑張っているのに、こんなんじゃ、あいつに会わせる顔がない…」

途中まで言って、これはグチだと気づいて言葉を呑み込んだ。と、真崎によく似た深い声が、溜息混じりにぽつりと零した。

「二人三脚とは、ほど遠いな」

……――――ショックだった。

呆れられて当然だった。返す言葉が見あたらず、倫章は唇を噛んで俯いた。まるで真崎に愛想をつかされたような気がした。

「…親というものは勝手なもので、自分の子供には、親が望むとおりの人生を歩んでもらいたいと、心のどこかで願っている。だがあれは物心ついたときから、ひとつとして私の思い通りにはいかなかった。お前の言うとおり、まさに同極の磁石だ」

言わんとしていることを解釈できずにいると、親父さんが意外な労《いたわ》りをくれた。

「ときには親も、子に気づかされることがある。一般常識を論じることに一体どれほどの価値があるのか…とね。ひとりの人間を愛し、守り、信頼し、認め合う。そしてなにより高め合う。私はあれに資産を継がせることばかり考えていたが、あれはすでに、それ以上の財産を手にしていた。どうりで私の意見に靡《なび》かんわけだ」

クックックと親父さんが肩を揺らした。どう答えていいのかわからず、倫章はただ無言で頭を下げた。財産なんて勿体ない言葉だ。そっくりそのまま真崎に置き換えて、親父さんに捧げたい。ご子息のおかげで、いまの俺があるのです…と。

「いいか、倫章。たかが史彦だ。会わせる顔がないなどと、お前が萎縮する必要はない。どんな顔でも堂々と見せてやれ」

でも…と言葉を濁したら、でもと言うな、と叱られた。

「あれと同じ歩幅である必要は決してないぞ。お前にはお前の歩幅がある。ときには立ち止まり、ときには全力疾走することも求められるだろうが、どんな場面に置かれても、自分の立ち位置を見失うな」

熱いものが一気に胸に込み上げてきた。親父さんは真崎とのことを励ましてくれながら、じつはビジネスシーンでの心構えまで説いてくれているのだと気づいた。

やはりこの人は大きい。器が違う。でも真崎はこの大きさと、産まれたときから対峙《たいじ》していたのだ。相当の重圧だったに違いない。この人とまともにやり合ったら、倫章なら、間違いなく自我を喪失する。この人の意のままに動く人形と化すだろう。

だが真崎は、呑まれないよう必死で踏ん張って、この巨大な存在と戦ってきた。だからあれほど個性的な男に育ってしまったのだと、改めて恋人の人格形成のルーツに納得した。

「もっと胸を張れ、倫章。お前があれを選んだのではなく、あれがお前を選んだのだろう？」

思わず目を剥いてしまった。どうしてそんなことまで知っているんだ？

「あの…それ、真崎が言ったんですか？」

「ああ、正月にな。私があれを殴ったときだ。お前はカリブルヌスの鞘らしいぞ」

「カリブルヌスの、鞘…」

どんな激戦の最中にあっても、カリブルヌスの鞘を身につけているかぎりアーサー王は不死身であり、敵を壊滅させるほどの妖力を得る。逆に、鞘を失えば妖力は失せる。カリブルヌスの鞘は、持つ者の生命エネルギーを大きく左右するのだ。

そのカリブルヌスの鞘だと言われて、嬉しい反面、重責も改めて感じた。と同時に、ますます真崎に会いたくなってしまうから非常に辛い。

「私が言わなくともわかっているだろうが……まだまだ世間一般には、同性愛者は異端として扱われる傾向にある。国や企業の体質というものは、そう簡単に変わるものではないのも、また事実だ。同性愛者という理由で、一流企業が社員を解雇した例もある」

はい…と神妙に頷くと、「マサキ関連の企業ではないぞ？」と冗談めかしてくれたのは嬉しかったし、ありがたかった。

「倫章。お前はマサキのことを、どれだけ知っている？」

「それは…御社についてということですか？　家のことを真崎はまったく話してくれないので、一般知識ですけど……真崎の曾お爺《じい》さんが創設したのが、真崎鉄道株式会社で、不動産業とサービス業に発展させたんですよね。そのあとお爺さんが継がれて、その傘下に一族経営のグループを配して、総合小売業や金融、保険などに事業を拡大した、と。そして親父さんの代になってから名称をマサキ・コーポレーションに変更して、主に外資との合併に力を入れて、世界的なマルチマーケット・コーポレーションに成長したと聞いています」

「そのとおりだ。先代亡きいま、私が代表ということになるが、先代の意向を継いで、いまもトップのほとんどを血族で固めている。さきほどの秘書の高広もそうだが、重役ポストはすべて親族という、絵に描いたような一族経営だ。まあ、いままではそれでよかった。だが、ここまで事業を拡大すると、その意を貫くのは困難を極める。さらに一族の独裁体制では、他の有能社員の士気を削《そ》ぐ。だが、かといって真崎一族が築いてきた偉業と資産を、まったくの他人に明け渡すのは、私としても本意ではない」

「はい……」

テーマがいきなり雲隠れした。倫章の困惑を楽しんでいる感さえある親父さんが、ふたりぶんのコーヒーを追加して一息つき、足を組み替えた。

「倫章。私はお前が十五のときから、息子の親友であるお前を見てきた。よって、お前の人格は、お前以上に理解しているつもりだ。親思いで情に厚く、責任感もある。負けず嫌いで努力家の上、良くも悪くも非常に素直だ。なによりお前は人を呼び込む。それは天性の才能だ。聞けば伝通《でんつう》でも、いい仕事をしているそうじゃないか」

「いい仕事…って、そんな話、一体どこから…」

もしかして俺のことを調べてるんですか？　と口走りそうになり、そんなはずはない…と自分を制して、喉まで出かけた言葉を呑み込んだ。愉快だと言わんばかりに親父さんがほくそ笑む。

「お前の評判なら、耳に届いている。ニッソンとネイチャー航空のタイアップ企画に、うちの系列の旅行会社が協賛したはずだが、お前と直接やりとりしたと聞いたぞ？」

「系列…って、もしかしてデイライト・トラベルの、営業の本間《ほんま》さんですか？」

そうだ、と親父さんが頷いた……けど、知らなかった。初耳だ。マサキグループと名刺に書かれていれば、すぐに気づいたはずだが、どこにも明記されていなかった。本間さんも、真崎の名は一度も口にしなかった。伝通勤務の真崎史彦の親戚だと教えてくれればよかったのに…と残念に思っていたら。

「小物に親会社のブランドを着せれば、多少見栄えはよくなるだろう。だが、私は虎の威を借る狐《きつね》は好まん。会社の看板を自分の力と勘違いして驕《おご》る若造は、大嫌いだ。…そうではなく、営業先に怒鳴られるところから経験して、苦労の末に自力で収益を上げたとき、晴れてマサキグループの系列だと認め、堂々と名乗らせることに価値があるのだ」

またしても頭の中を見透かされた。親父さん、人の顔色を読むのがうますぎる。

「それにしても、お前の頭の中は筒抜けだな。みごとに顔に出ているぞ」

「えっ！　出てますか？　俺はてっきり、親父さんに透視能力があるのかとばかり…」

驚いて顔を両手で隠したら、声を立てて笑われてしまった。

「本間…武彦《たけひこ》だが、言っていたぞ。人柄がいいとな。なにやら、ツアーの叩き台を伝通に届けた日、夕立に降られたそうだ。わざわざハンカチを貸してくれて、暖かい茶まで出してくれたと感動していたぞ。それだけではない。叩き台へのアドバイスも的確で、おかげでイメージがどんどん膨らみ、話が止まらなくなったと喜んでいた。マーケティング課の水澤と言えば、お前だろう？」

「ええ、俺ですけど、でも、それって別に、褒めていただくようなことでは…」

「それだけ印象がいいということだ。史彦が吐けば威嚇になるセリフも、お前を通すと柔和になる。同じ珈琲豆《コーヒー》でも、通すフィルターによって味も大きく変化する。お前は余程肌理《きめ》の細かいネルのフィルターなのだろう」

「はぁ……」

一担当者である本間さんの感想を、なぜ親父さんがそこまで詳細に知っているのかという疑問は、「武彦は、私の妻の従弟の甥《おい》っ子だ」と、遠すぎてよくわからない系譜の説明によって解き明かされた。要するに真崎家恒例の親族年始参りの際、本間さんが、初めて伝通に行きましてね…と話出したところから、そういう話題になったらしい。

「デイライト・トラベルのPR関連は白報堂《はくほうどう》に一任しているが、企画によっては伝通と組んでもいいんじゃないかとまで言っていたぞ。たった一度の応対で取引相手にそこまで惚れさせるとは、たいしたものだ」

ちょっと待ってください、と倫章は慌ててストップをかけた。恥ずかしくて、これ以上は聞いていられない。

「すみません。褒められることに免疫がないのと、まったく自覚がないので、いまとてつもなくリアクションに困っています。でも、ありがとうございました。お陰様で、今日の落ち込みが軽減しました。今度会ったら、本間さんにお礼を言わないと」

「かといって贔屓《ひいき》はするなよ？　武彦の成長の妨げになる。近い将来、デイライト・トラベルの総店長になる男だ。下積みのいまが一番大事だからな」

はい、と倫章は頷いた。腿の上で両拳をグッと握りしめる。自分の姿勢を肯定してもらえた喜びは大きい。これで明日も頑張れそうですと笑顔で伝えたとき。

「なぁ、倫章」

「はい？」

「私はお前を、一個人としてもビジネスマンとしても認めている。お前にグループの子会社をひとつ創らせたら、なかなかユニークな事業を展開できると思うんだが、どうだ？」

「…………は？」

話がいきなりジャンプした。

「五年ほど、お前の自由にやらせてやる。基盤固めが出来たら、グループの看板を背負うといい。だが、お前の最終目標は子会社のトップではない。グループの母体であるコーポレーション勤務だ。ポジションは…そうだな、代表取締役社長秘書はどうだ。五年後の就任なら、私も七年はお前を見てやれる」

途中から想像力が追いつかなくて、頭の中が真っ白になった。

開いた口が塞がらないとはこのことだ。まさか、仕事のグチが転職話に着地するとは。

「あの、親父さんの秘書は、野瀬高広さん……ですよね？」

訊きたいのは、そんなことじゃない。転職なんて考えたこともなかったから、話の流れに理解度が追いつかない。

親父さんがキリマンのお代わりをオーダーした。一呼吸置き、倫章の質問に首を捻る。

「五年後もそうとは限らない。高広は大学院卒業後から私に仕えているが、いまひとつ己の意志というものが欠落していてね。意見を求めても賛同ばかりで面白味がない。忠実さは認めるが、あれでは人として魅力がない。魅力のない人間に、人は興味を示さない。企業と同じだ。お前に取って代わられても文句は言えないはずだ」

「あの、お話はありがたいです。というか驚きです。でも転職は考えたことがなくて…」

「いまから考えればいい。単純な話だ」

思わず倫章は腰を浮かせた。

「待ってください。単純だなんて、とんでもない。そもそも親父さんとこんな話をしたことを真崎が知ったら、あいつも混乱すると思うし…」

後継ぎを辞退した真崎の立場を考えたら、マサキ・コーポレーションに関わる話をするのは非常に後ろめたい。それに、どう考えても親父さんの秘書など荷が重すぎる。あまりにも非現実的だ。

「史彦か。混乱どころか激怒するだろうな。だが、お前の人生はお前に選択権がある。重要なのはお前の意志だ。あれの意志ではない」

「でも…ですね、そうは言っても俺は真崎と……えーと、息子さんと……」

人生を共にするわけですから、とは、自分の口から言いにくい。どう伝えようかと困っていたら、そこを飛び越して真顔で畳みかけられてしまった。

「正直に言おう、倫章。私は、お前と史彦の仲を反対する気はない。だが、賛成しているわけでもない」

その言葉は、倫章の胸をざっくりと抉《えぐ》った。

てっきり――――認めてくれていると思っていたから。

「反対はしない。この意味は、わかるな？」

「…はい」

倫章は唇を嚙みしめた。浮かれていた自分が、急に恥ずかしくなってきた。しばらくふたりの好きにさせてやってください…と倫章の母に頼んでくれた親父さんの本心は、「許可」ではなく「経過観察」だったのだと、いま気づいて青くなった。

それなのに倫章は、あたかも親父さんが味方であるかのように、甘えてグチを零してしまった。情けない姿を晒してしまった。…大失態だ。

「…そんなに落ち込むことはない」

「いえ、落ち込んでいません。大丈夫です」

「強がるな。私の言い方が悪かった」

そんなことないです…と笑おうとしたけれど、動かしてみた口元は、笑みの形には遠く及ばなかった。そっと息を吐き、親父さんが言う。

「お前には悪いが、本音では、しかるべき家柄の令嬢と結婚し、家族を持ってほしいと望んでいる。だが史彦は気難しい男だ。あんな男と結婚できる女など、この世に存在するわけがないと、いつからか諦めていたのも事実だ。だからこそ、高橋《たかはし》家との披露宴では人一倍喜びもした。離縁と聞いても、それもまたすぐ納得した。親の私でさえ扱いに困っているんだ。あれとまともにつきあえるのは、お前くらいのものだよ、倫章」

まるで慈しむように、親父さんが微笑んだ。

「あれの良き理解者であるお前には、親として、心から感謝している」

「親父さん……」

真崎の目を通した親父さんの姿は、真崎家に於《お》いて絶対的な君臨者であり、家庭に無関心な冷血漢という悪いイメージしかないけれど、昔から倫章に対しては、笑顔で穏やかに接してくれた。だから倫章は、真崎が親父さんをここまで毛嫌いする理由が、じつのところよくわかっていない。

ただ、どこの親子も同じようなものだとは思う。子が親に反発するのは成長過程に起こり得る当然の事象であって、他人には理解できない確執も、血が繋がっているからこそなのだろう。

「俺のほうこそ、親父さんにはどれだけ感謝しても足りません。申し訳なくて…」

「この正月に、あれからお前とのことを聞かされて以来、お前が女だったらよかったのにと何度思ったことか知れない。社を挙げて盛大に祝ってやったものを。…だが、お前が男だからこそ、史彦は手加減も遠慮もなく本音をぶつけられるのだろう。要するに、あれが結婚に向かんのだ。また、あれをそういうふうに育てたのは私と妻だ。お前たちが悪いわけじゃない。よって、その件については謝罪無用だ」

いいな？　と念を押されて、すみません…と言いかけた唇をグッと嚙んで堪えた。

どちらにしても親父さんは、我が子を深く信頼し、愛していることに変わりはない。世間体より、会社の未来より、息子の人生を第一に考える優しい父親だと確信した。

「親が言うのもなんだが、あれと四六時中行動をともにした時間は、お前の財産になったはずだ。お前には迎合とは異なる、真に優れた適応力がある。器に相応しい大きさに自分を成長させられる意欲も柔軟さも備えている。私はそこを買っているんだ、倫章。いまのお前はもとより、未来のお前にも期待している。お前をこの手で育ててみたいと思うほどにな。だからこそ史彦も、お前に惹かれるのだろう」

敵わない。この人には。きっと生涯、越えられない。

真崎もそれが骨身に染みてわかるからこそ、その悔しさの反動でがむしゃらに自分を奮い立たせ、反骨を原動力にして、自らを鍛え続けてきたのだ。

こんなに大きな壁が、生まれたときから立ちはだかっていた精神的ダメージは大きい。

物心つく前はいざ知らず、思春期は相当きつかっただろう。越えるために戦っても、ゴールは果てしなく高い山の頂にあって、その形さえ見えないのだ。高校三年間を成績トップで卒業したときも、受かった東大を蹴ったときも。他人から見れば大きな栄誉も、真崎にとっては自分への挑戦であり、父親との戦いであり、ただの通過点だったのだ。どれだけ頑張って走り続けても、親の掌の上で踊らされているかのような虚しい悔しい焦燥の時間が、真崎の胸には刻々と流れているのではないだろうか。きっと、いま現在も。

逆に言えば真崎はそれだけ、親父さんを強烈に意識しているということだ。親父など関係ないと、ことあるごとに無関心を装いながら、真崎が本当に心の底から渇望しているのは、父親に認められたい、超えたいという、その一点だけではないのだろうか。

「史彦は、何年パリにいるんだ？」

「二年…の予定です。最短の場合ですけど」

コーヒーを口元に運びながら、親父さんが頷いた。

「ということは、早ければ二年後、お前の上司になるわけか」

「はい、おそらく」

「お前は、それを受け入れるのか？」

どういう意味かと顔を上げると、正面からスパッと切られてしまった。

「史彦の帰国により、お前たちの関係は崩れるだろう」

「なぜ……ですか？」

「言わなければわからないなら、言ってやろう。お前と史彦はライフパートナーだそうだが、同時に伝通の同僚であり、ライバルでもある。だからだ」

なぜ親父さんは、そんな寂しい未来を予告するのだろう。

未来に期待していると励ましてくれながら、なぜ叩きのめそうとするのだろう。

「ライバルという言葉が、気にくわんか？」

「はい、違和感があります。俺は真崎と争う気はまったくないですから」

「では一歩下がって慎ましやかに、内助の功であれを支える役割に徹するのか？」

「前半は……違います。内助の功は、俺だけでなく真崎も俺に向かって発揮してくれています。でも俺たちのどっちも、一歩下がることはしません。学生時代は俺が後ろを追いかけるばかりでしたが、社会人になってからは常に隣を歩いている…と思っています」

「あれが、お前の上司になってもか？」

はい、と頷いたものの、百パーセント自信があったわけではなかった。

倫章は自分の手元に視線を落とした。親父さんの指摘については、考えなかったわけではない。同期として、先を越されて悔しいという気持ちは確かにある。

でも考えてみれば真崎とは高校時代から、ずっとそんな関係だった。

スポーツにしても勉学にしても、いつだって真崎は一歩先を歩いていた。体の関係を結んでからも、真崎は抱く側で、倫章は抱かれる側。女のように真崎に抱かれ、それに対して疑問すら抱かなかった。真崎に敵わなくて当然だと、心のどこかで自分を甘やかし、諦めていた。

でもそれは、あの偽の披露宴を境に変わった。真崎の弱さを見せられて、もっと真崎を身近に感じ、守ってやりたいとさえ思うようになったのだ。晴れて真崎と対等になれたと思えた自分に、誇りすら覚えたのだが。

「職場では上司でも、プライベートでは対等ですから…」

返した言葉は、なんの威力も説得力もなかった。業務の成功がプライベートを満たすことも、プライベートの不満が仕事の質を下げることとも、倫章はすでに知っている。完全に棲《す》み分けることとは、感情の生き物である人間には非常に困難だ。双方を共有する相手となれば、とくに。

倫章は腕時計を目で確認し、親父さんに頭を下げた。

「すみません。明日までに詰めておきたい仕事があるので、今夜はこれで失礼します」

席を立とうとする倫章を、なおも親父さんが言葉で追う。

「過ちもひとつの経験だ。踏み台がひとつ増えたと思えばいい。その上で以前より高みに到達できれば、それはそれで成功だ。違うか？」

それは暗に、真崎を踏み台にしてマサキ・コーポレーションに加われという意味なのだろうか。

そんなことをすれば、完全に真崎と終わってしまう。

「今夜、親父さんと話せて本当に楽しかったです。マサキグループの新事業を創らせていただくというお話も、正直、惹かれないわけではありません。でも、現時点で転職は考えていませんし、ご子息とも別れるつもりはありません」

きっぱり言った自分に、びっくりした。まるで自分じゃないみたいだ。相手は真崎史彦の父親なのに。その人に向かって、こんな挑戦的で生意気な口をきくなんて。

恐れ多いとは思う。でも後悔は全くない。微塵の偽りもない本心だから仕方ない。

一礼して去ろうとしたら、親父さんが夜景に視線を投じたまま、ぽつりと言った。

「気持ちがいいほど正直だな、お前は」

強情な男だと、呆れられたような気がした。

「だが史彦は、マサキ・コーポレーション代表のひとり息子だ。なにがあっても、その事実は変わらない。それだけは肝に銘じておきなさい」

「御社の件と俺たちのことを、切り離しては……もらえませんか？」

「わからないのか？　切り離せないのは、私ではなく史彦だ」

「え…？」

吐き捨てるように言われて、倫章は身を硬くした。なぜお前がわからないのだと叱咤されているのは間違いない。でも、本当にわからない。親父さんの言葉の裏が。真崎がなにを切り離せないのか。

親父さんは教えてくれなかった。ただ夜景に向かって唇を歪めただけだった。

「誰かの息子である以前に、真崎はひとりの人間です。真崎の人生の選択権を持っているのは、真崎本人です。重要なのは本人の意志だ。そう言ったのは親父さんですよね？」

精一杯の抵抗だったのに、鼻で嗤われてしまった。

「本当にお前は面白いな、倫章。…安心しろ。本人の意志を曲げてまでどうこうしようとは思っていない。だが、お前なら史彦だけでなく、我が社のカリブルヌスの鞘になる可能性があると期待はしている」

その期待を裏切るなよと、脅されているような気がして総毛立った。

「返事は急がなくていい。ゆっくり考えなさい」

そう言うと、親父さんは夜景を眇め見て微笑んだ。


その夜、パリの真崎からビデオ通話で連絡が入った。精気の無さが伝わったらしく、苦笑まじりに訊かれてしまった。

『また例のごとく、ひとりで悩みまくっているのか？』

「例のごとくで悪かったな」

どうせ俺は、いつも悩みまくりだよ…と零し、真崎が映っているモバイルをベッドに投げてパジャマに着替え、腰をおろした。再びモバイルを手にとって真崎を見つめ、無意識に溜息をついてしまった。

『倫、大丈夫か？』

「え？　ああ、ごめん。大丈夫だよ。別に、たいしたことじゃない」

そうだった。よけいな心配をかけちゃいけない。勘づかれるわけにもいかない。親父さん絡みとなれば、真崎は絶対ムキになる。それにこれは、倫章が自分で考えて結論を出さなければいけない問題だ。真崎に相談したら最後、いま以上に親子関係が悪化する。

この先も真崎と一緒にいたいなら、真崎の家族問題に自ら関わるべきじゃない。

「浮気はしていないから、安心しろよ」

笑いをとれると思ったのに、裏側を簡単に読み取られてしまった。淡々と真崎が言う。

『俺が異動になったあとのサポート体勢は、整っているのか?』

「新人がひとり入ってるよ。データ管理は全部モスラがやってくれるし」

『ひとり? 足りないな。もうひとり付けてもらえ』

「無理だよ。ひとり抜けて、ひとり加わる。人件費上は、そういう計算なんだからさ」

『たったひとりの補充で、俺の穴を埋められるものか』

自信家ならではのコメントに、笑ってしまった。そしたら笑った反動で、切なさが一気に込み上げて、一瞬で笑みを呑み込んでしまった。

「…なぁ、真崎」

『なんだ?』

「今度いつ日本へ帰ってくる?」

答える代わりに、真崎が深呼吸した。弱音を吐くつもりじゃなかったのに。女々しい自分がイヤになる。やっぱり同棲生活を経験したあとの寂しい独身生活が、精神的に堪えているのかもしれない。

『倫章』

「……ん?」

『会いたいな』

ごめん真崎。お前に言わせてしまったな…。

『するか？』

「なにを？」

『オンライン・セックス』

ははっ…と倫章は気の抜けた笑い声を返した。心身ともに疲れきって、性欲すらない。

「今日は勘弁。気分じゃないんだ」

ごめんな…と伝えて、ふたり同時に溜息をついた。

『側にいれば、有無をいわせず抱くのにな』

これには思わず噴き出した。同意してからにしてくれと返すと、倫章…と切ない声で名を呼ばれた。

「……なに？」

『愛してるよ』

「俺も、愛してるよ」

モバイルに顔を近づけ、キスをして、短い癒しの時間を終えた。


次なる悩みは、三日後の朝にやってきた。

じつはいま倫章は、他の業務と同時進行で、十代をターゲットにしたファッションブランドのシーズンCFの制作を手がけている。予算に糸目をつけないというクライアントの希望により、人気急上昇中のボーイズ・アイドルグループの起用が決まり、マーケティング課全員に祝杯のお菓子やビールが配布されるほど、社内でも盛り上がった。

それが今朝になって、そのアイドルグループの所属するGプロダクションの社長から、わざわざ山田《やまだ》部長宛てに電話が入ったのだ。

『おたくの担当の水澤さん、ゲイなんだって？』――――と。

この一言で、倫章は朝っぱらから別室に呼び出しを食らってしまった。

山田部長は倫章と真崎の仲を知りながら黙認してくれている、懐の深い上司だ。数少ない味方だが、業務に支障が出るような事態になれば、そうも言っていられないのだろう。

「あのね、水澤くん。まず理解してほしいのは、きみのプライベートを批判しているわけではないということだ。ただ今回は、せっかくの仕事を白紙にされてしまった」

「え……！」

驚いて、倫章はデスクに両手を突いた。勢いに押され、部長が仰け反る。構わず倫章は訴えた、

「白紙って、どうしてですか！　もう契約書も発行して、コンテも完成して、カメラマンのスケジュールも押さえたんですよ？　いまさら白紙なんて無茶で無理で無謀ですっ！」

「うん、きみの言い分はよくわかるよ。じゃ、とりあえず録音を聴いてもらおうかな」

そう言って、山田部長が電話のボタンを押した。聞こえてきたのは、タバコの吸い過ぎ

で潰れたような、雑な口調のダミ声だ。

『…あぁ、だから、わかんねーかな。うちの大事なアイドルを、ゲイと一緒に仕事させたら危険だろっつってるんだよ。あんたんとこの水澤なんとかが、うちの商品に手ぇ出さねーって保証ねぇだろ？　妙な噂がたったら誰が責任とってくれるんだ。……え？　担当を変える？　勘弁しろよ。ゲイの会社と仕事するだけでマスコミの餌食になるんだよ、コッチはよ。わかんねーかな？　とにかくよ、今回の話は、なかったことにし…――』

顔を引き攣らせるしかない内容のそれを、部長が途中でぷちっと切った。最後まで聞く価値ないからねと、倫章のショックを和らげようとする気遣いが却って辛い。

それにしても、こんな言われ方をするなんて。ショックが大きすぎて目眩がする。

「手なんか、出すわけないじゃないか…！」

悔しくて悔しくて、倫章は口の中で吐き捨てた。部長が腰を上げ、デスクを回って倫章の隣までやってきて、トントンと背を叩いてくれた。

「ああいった話し方をする人間には、理解を求めるのは難しいね。無理に押して言いがかりをつけられても困るから、今回は素直に引き下がろう。みんなには、私からうまく伝えておくよ」

「すみませんでした、部長。こんなことで白紙なんて……本当に申し訳ございません」

膝に付くほど頭を下げると、いやいや…と部長が首を振りながら起こしてくれた。

「最初にも言ったとおり、プライベートは自由だ。ただ、それが業務を左右する場合、話は別だ。きみの上司として、そこはしっかり話し合いたいと思っている」

はい、と目を見て固く唇を引き結ぶと、うんうんと部長が数回頷いた。

「とくに、今回のように話題性のある仕事を突然キャンセルされたとなれば、業界内で噂にはなるだろう。我々はイメージを創り、売る仕事だ。負のイメージが先行すれば、会社にとって重大な損失になる。もちろん水澤くん本人にとってもだ」

「それは、百も承知です」

そうだよね…と、部長がいったん言葉を切り、うーん…と唸った。

「それでね、水澤くん。話し合いたいことと言うのは他でもない。今後についてだ」

はい、と頷き、姿勢を正した。こんな理由でキャンセルなど、到底納得できないけれど、これを教訓にするしかない。先方から、どうしても担当は水澤でと頼み込まれるまでにならなくては。

「まだまだ日本社会は、こういったことに敏感だ。…いま、仕事は何本抱えている？」

撮影二本とプラン三本、お台場イベント一本ですと答えると、部長が眼鏡を外し、ポケットから出したハンカチでレンズを拭いて、また顔に眼鏡を戻した。

「撮影は、確かタレントが入る予定だったね？」

「はい。棟芝《とうしば》の炊飯器と、もう一本は日新《にっしん》の袋麺のＣＦです。両方とも同じ男性俳優です。先方のスケジュールがかなりタイトなため、一日で二本撮りします」

ふむ、と頭に手を当てて、ペチペチと数回叩いた部長が、間が悪いなと呟いた。

「わかった。イベントとプランだけ残して、撮影は佐々木《ささき》くんに立ち会わせなさい」

「あの…」

采配の狙いが、まったく見えないのだが。

佐々木というのは、真崎がパリへ異動したあと、四月から倫章の下に付いた新人だ。大学を卒業したばかりで現場を知らないうえに、一般常識的な責任感も欠落しており、とにかく残業をしたがらない。だから指導しようにも、その時間を捻出してくれないのだ。だったらせめて業務時間内に、周りの仕事を見て体で覚えてくれと伝えても、メモすら取らず、参考資料のコピーもしない。クライアントから意見を求められても、「まだ入ったばっかで、よくわかんないす」と、面倒をことごとく避けてしまうのだ。

倫章が毎日ヒーヒー言いながら走り回っている状況を招いているのは、はっきり言って佐々木だ。佐々木が十人揃ってようやく、ひとり分の業務をこなせるかどうか。「やる気スイッチ内蔵タイプだから、外から押してやることもできない!」とモスラが激怒したあげく、「不動の佐々木」と名付けてしまった。よってプランニング課の佐々木は、まったく動かないことで社内一有名な新人だった。

その佐々木がメインになれば、業務の停滞は目に見えている。

えーと…と倫章は頭に手を当て、混乱を鎮めようと努力した。

「佐々木に撮影を任せるのは、まだ早いと思いますが…」

ん? と山田部長が眉を上げた。

「任せるとは言っていないよ。立ち会わせるだけだ」

「…と言いますと？」

「消去法だよ。まず、彼に立案は、まだ無理だ。お台場イベントも規模が大きすぎる。万一のトラブルに対応できないだろう。だから、きみがやるしかない。だが撮影は、この噂のタイミングで男性俳優と水澤くんを接触させるのは、正しい判断とは思えない」

「あ……っ」

言われてみれば、そのとおりだ。倫章が現場に顔を出すことで、俳優に迷惑がかかる可能性が一パーセントでもあるのなら、決して拘わるべきではない。

項垂れていたら、でもね、と部長が口調を少し軽くした。

「棟芝なら、コンテを起こしたのは矢坂《やさか》さんだね？　幸か不幸か。いや、今回は幸運だ。仕切りたがりの彼に、全部任せてしまえばいい」

部長の言い種《ぐさ》に、倫章は一瞬目を丸くして、直後にプーッと噴き出してしまった。

「矢坂さんには私からも事情を話しておこう。きみは明日、朝一番で矢坂さんのオフィスに顔を出して、きちんと挨拶をしてきなさい。新人をビシビシ鍛えてください、とね。きみの入社当時のように」

懐かしそうに付け足されて、倫章は笑いを懸命に堪えつつ頷いた。

矢坂さんは南青山にオフィスを構えるトップ・アートディレクターで、国内の賞を総なめにしているどころか、ニューヨークのアート・ビエンナーレでも最高賞を獲っている実力派だ。ただ、感性で仕事を進行させるため、現場でも絵コンテから大きく外れることもしばしばで、カメラマンとしょっちゅう衝突している体育会系アーティストでもある。

真崎と倫章も、入社当時はよく怒鳴られた。カメラマンとのケンカの仲裁に入って殴られたこともある。でもそのおかげで、コンテはただのプロットであり完成形ではないことや、最後の一秒までクオリティを追究する彼の姿勢を間近で学ぶことができた。

彼に佐々木を預けることは、非常にプラスになる。そういうことなら安心だと、倫章は胸を撫で下ろした。

「了解です。佐々木にも、いい経験になると思います」

「よし。では、今回はそれでやり過ごしなさい。いいね？」

「わかりました。……あの」

なんだね？　と部長が倫章を見上げた。その目線より何十センチも低い位置まで頭を下げて、ありがとうございますと感謝を伝えた。その倫章の後頭部をポンポンとリズミカルに叩きながら、負けないでー投げ出さないでー逃げ出さないでー……と調子っ外れの音程で労ってくれた山田部長の人柄に、目の奥が熱くなった。

「ほとぼりが醒めるまで、必死で裏方に徹します」

「必死じゃなくていいよ。分割で有休を取るつもりで、のんびりやりなさい。それと、有休。まだ一日も使っていないんだろう？　休みたかったら本当に休んで構わないから。電話だけは、いつでも受けられるようにしておきなさい」

「はい、ありがとうございます！」

辛いときより優しくされたときのほうが、ダイレクトに涙腺を揺さぶられる。

零れ落ちそうになる涙をグッと堪えて、倫章はもう一度深く頭を下げた。


八階のマーケティング局に戻り、脇目も振らずに自分の席へ直行し、腰を下ろした。お台場の図面をパソコンにアップして、いざ仕事に取りかかろうとして……手が、自分の意志で業務を放棄してしまった。

「…疲れた」

思っただけのつもりが、声になって零れてしまった。

マウスに右手を置いたまま目を閉じると、目の奥がジワッと熱くなり、ほんの少し疲労が和らいだ。

考えてみれば、三日前にも「尼ヶ崎事件」で頭を痛めたばかりだった。真崎の親父さんからは、転職のプレッシャーを背負わされてしまったし。目を閉じて心を無にしようとしても、瞼の裏では光がチカチカ点滅して、頭の中も騒々しい。荒々しい風がビュービュー吹いて、前も後ろも見えなくなって、どっちへ進めばいいのかわからず立ち往生で、まるでブリザードだ。難題とは、次から次へと雪だるま式に増えていくものらしい。

ただ、「ゲイ疑惑」という難関にも、唯一の救いがあった。

それは、真崎との関係が取り上げられたわけではないということだ。さっき部長に聴かせてもらった録音の内容からすれば、ゲイ疑惑の対象は倫章ひとりと思われた。

「……――待てよ」

倫章は目を開け、口元に拳を押しつけた。

「発端は、どこだ？」

そもそも倫章がゲイだと、誰がGプロダクションの社長の耳に入れたんだ？

デスクに両肘を突き、両拳を組み、額を支え、倫章は思考を巡らせた。カンヌでの告白は、倫章の知る限り、メディアには取り上げられなかった。だから真崎の告白の内容は、その場にいた…あの席の周辺にいた日本人もしくは日本語を理解できる者にしか聞き取れなかったはずだ。真崎の後ろにはエディが、倫章の隣には部長がいた。このふたりが、倫章たちの仲を吹聴《ふいちょう》して回るとは思えない。良き理解者である同僚の鈴木《すずき》や先輩の須森《すもり》女史も、口を滑らせるような真似はしないだろう。

「なら、外部の人間が？」

真崎の元奥さん、頼子《よりこ》さん……は除外だ。あの人は裏工作より、銃を構えて真正面から撃ちまくるほうが得意だ。

「まさか、パリのメンバーとか…」

それこそ、まさかだ。パリで火がついたなら、真崎の名前が挙がるはずだ。考えたくはないが、尼ヶ崎氏の逆恨みか。それともライバル社の差し金か、第三者の陰謀か……。

無意識に倫章は舌打ちした。仕事の段取りがついたら、今度は犯人が気になって仕方がない。だが頭を叩いて首を捻ってみたところで、解決の糸口はまったく摑めない。

いったん思考を中断し、コーヒーでも飲んで一息入れようと腰を上げたとき。

マーケティング局内に漂う空気の、微妙な異変に眉を寄せた。

重々しい…というより、そわそわとして落ちつかない、それでいて懸命になにかを誤魔化そうとしているような、ひどく気を使っているような、複雑な感情が飛び交っているような気がして息を詰めた。

なんだ？　と周囲を見渡したとき、ことごとく目を逸らされてしまった…のは、気のせいではなさそうだ。

不審に思いつつ受付前の自販機に向かって踏み出すと、いきなり背後からガシッと腕を組まれてしまった。

「お兄さぁん、お茶しましょうよぉ」

目で確認しなくても、声だけでモスラ…訂正、須森女史だとすぐにわかる。倫章の左腕に両腕を巻きつけたモスラが、グイグイと受付に向かって倫章を引っ張る。そして受付前で足を止めるかと思いきや、なぜかモスラは倫章を、通路へと連れ出してしまった。通路を出てすぐ左手に、コーヒーマシンを三台とお菓子の宅配ボックスを備えた休憩室「オフィス・カフェ」、通称オフィカがある。目指すはそこだろうか。

「須森先輩、自販機のコーヒーじゃダメですか？」

「自販機もオフィカもダメよぅ。隣のビルのサタバでぇ、マンゴーパッションスムージーとぉ、クリームタルティーヌが食べたいんだものぉ」

いつもと変わらないモスラに気抜けして、「いいですよ」と苦笑し、腕を組んだままエレベーターまでエスコートした。


「あぁあ、もぉう、イライラするぅっ！」

サタンバックスの最奥のコーナー席を確保したモスラが、社員の姿が見当たらないのをいいことに、カーリーヘアを掻き乱して咆哮《ほうこう》した。

「ど、どうしたんですか？　急に」

年末のパリ旅行で倫章が買ってきたエルメスのショールを肩から外し、モスラが顔を寄せてきた。

「どうしたのってぇ、どうしてそんなこと言うわけぇ？　水澤くん、知らないのぉ？」

「知らないもなにも、なんのことやらさっぱりです」

「てことはぁ、水澤くんには届いてないのぉ？　だったら無差別メールじゃなくてぇ、水澤くんのアドレスだけ巧みに回避したってことぉ？　確実に計画的犯行だわぁ」

えっと…と倫章は鼻の頭をポリポリ掻いた。モスラのいわんとしていることが、よくわからない。

「念のため訊きますけど、仕事の話ですか？」

と訊くと、呆れた眼差しで睨みつけられてしまった。豪快な放射能…ではなく、溜息を吐き出すモスラは、すこぶる機嫌が悪そうだ。

「半分仕事でぇ、半分は、なんて言うのか……とにかく会社では出来ない話なのぉ」

クリームなんとかを食べたいというのは、倫章を連れ出す口実だったらしい。その証拠に、モスラのぷっくりとした両手に包まれているのは、シンプルにもソイラテだ。

「さっきねぇ、水澤くんが戻ってくるまでぇ、大変な騒ぎだったのよぉ」

「騒ぎ……？」

イヤな予感に鼓動を乱し、倫章はモスラの言葉を待った。モスラは同情めいた視線を投げてからソイラテを一口飲み、カップに描かれているサタンのイラストを指でなぞった。

かなり言いにくいことらしい。

「なにを聞いてもぉ、怒らないでねぇ」

「怒りませんよ」

「今朝ねぇ、私のパソコンにねぇ、悪戯っていうかぁ、中傷メールが届いたのよぉ」

え、と倫章は眉を跳ね上げた。モスラの目が、ますます気まずい色に変わる。

「中傷っていうのはぁ、水澤くんのことなのよぉ…」

ひどく重々しい口調で唇を歪めるモスラに、これ以上語らせるのは忍びなくて、倫章は自分からそれを伝えた。

「もしかして、俺がゲイ……とか？」

モスラの細い目が丸くなった。直後に、おちょぼ口がますます小さくキュッと窄《すぼ》む。

倫章は笑ってしまった。なにもモスラが、そんな悲しそうな顔をしなくてもいいのに。

「…笑いごとじゃないと思うわよぉ？」

「いいえ、話の内容に笑ったわけじゃなくて、先輩が悲しんでくれているのが嬉しくて」

「なにそれぇ。相変わらず歪んでるわぁ、水澤くん。真崎くんとそっくりよねぇ」

言われて倫章は、また笑み崩れてしまった。モスラは局内の不穏なムードを察して、一番イヤな役を買って出てくれたのだ。その配慮と友情が嬉しかった。

「私だけじゃなくてぇ、うちの局全員のパソコンに回ってきたのよぉ。見るぅ？」

パソコンから転送したというそれを、モスラがモバイルの画面で読ませてくれた。

いかにも怪しいメールアドレスからの発信で、文面は、こうだ。『マーケティング局プランニング課のミズサワリンショウはゲイである』…と。たった、これだけ。

「さっき部長に呼び出されたのは、それなんです」

「うそぉ……」

「ホント。Gプロの仕事あったでしょ。あれ、先方の社長から直々にキャンセルされちゃったんです。担当者がゲイだから、うちのアイドルは貸せませんって」

はあぁ？　とモスラが目を剥いた。色白の頬が興奮で真っ赤に上気している。

「ひっどぉい！　そんな理由でキャンセルなんて、おかしいわよぅ」

「仕方ないですよ、アイドルはイメージが大事ですから。俺のせいで週刊誌かなにかに、アイドルグループにゲイ疑惑！　なんて書かれたら可哀想じゃないですか。その後の活動にも影響が出るかもしれませんし、ファンも戸惑うでしょうし…」

「あのねぇ。あのグループにチャオくんっているでしょ？　あの子がゲイなのよぉ。これはファンの間では公然の秘密なのよぉ。要するにGプロはぁ、少しでもそういう噂がある場所にチャオくんを近づけたくないわけよぉ。だからキャンセルは向こうの身勝手な予防線なのよぅ。そう考えたらぁ、とばっちりを受けたのは水澤くんじゃないのぉ？」

ありがと、と諦め口調で微笑むと、モスラは下唇を嚙みしめて俯いてしまった。いつもの有無を言わせない迫力が息を潜めていて、逆にモスラが可哀想になる。

「広告業界はクライアントから苦情が出れば、それに従うしかないです。そう思うと、なんだか悲しい商売ですよね。どんなに自分が、これはいける！　って思っても、先方の好みで却下されることもあるし……って、まぁ、どの業種もそうでしょうけど」

グチりながら、真崎の親父さんの誘惑を思い出していた。もしマサキグループの子会社として好きな業種を一から立ち上げられたら…と、真崎に対するとんでもない裏切り行為に、ほんの一瞬逃げてしまった。

日本最大手の広告会社と言いながら、決定権があるのは発注側だ。ニッソンの国松《くにまつ》さんみたいに、こちらにすべてを任せてくれるクライアントとは、そうそう巡り会えない。その上、今回のようなちょっとした醜聞で、仕事も失ってしまうのだ。

これが、世の中だ。

これが、日本のサラリーマン社会だ。

「ねえ、水澤くぅん」

なんですか？　とモスラを見ると、眉毛がハの字に下がっていた。

「みんなにぃ、説明したほうがいいと思うのよねぇ」

倫章は首を横に振った。モスラの眉の角度が、ますます鋭角になる。

「気持ちはわかるけどぉ、このままじゃどっちも気まずいわよぉ。今回の騒ぎでぇ、女の子たちは水澤くんに同情してるけどぉ、男連中はなに考えてるかよくわかんないからぁ」

「うん…でも、仕方ないですよ」

「でもぉ、放っとくとぉ、あることないこと勝手に言われちゃうじゃないぃ」

「いいですよ、もう」

「なにがいいのよぉ！　よくないわよぉ！」

「いいんですよ、どうせ本当のことなんだから」

「水澤くぅん……」

モスラの声を遠くに感じながら、倫章は温《ぬる》くなったカフェオレを胃袋に流し込んだ。


その日は、仕事にならなかった。

マーケティング局内の、腫れ物に触るような空気感に何度も爆発しかけたものの、質問もされていないのに「ゲイ疑惑があるようですが…」と訊いて回るのもどうかと思う。だから倫章は、頑なに口を閉ざしていた。

ふいに胸元でモバイルが震えた。取り出すと、心なしか周囲が静まり、耳をそばだてる気配がした。なぜかこっちを注目している連中には背を向けて、極力明るく応対した。

「はい、水澤です」

『おぅ水澤倫章。生きてるか？』

「なんの用だよ、鈴木《すずき》」

相手が七階営業局の鈴木だとわかったとたん、あからさまに周囲の緊張が溶けたのが分かった。なんなんだ、この異様な雰囲気は…と視線を巡らせ、ハッと息を呑んだ。

みんな、誰からの連絡だと思ったのだろう。誰の連絡を待っているのだろう。

『……し！　もしもーし！　聞こえてるかぁ？　水澤ぁ』

「え、あ、あぁ、悪い」

まさか、まさか、まさか――――!!

『須森女史から聞いたぜぇ。八階では大変な騒ぎっつーか、騒げないから詮索の渦がとぐろ状態になってるって話だけど、大丈夫か？』

「大丈夫…だよ。いまのところは」

返しながら、ドキドキドキ…と乱れる鼓動を手で押さえた。それでも心臓は暴れるのをやめてくれない。

『変なメールが回ってるそうだな。七階には来てないぜ。八階だけだとすれば、まさに一極集中だ。でも気にすんなよ、そんなの。深刻にならず笑って流せ。どうだ、今夜久々に呑まねーか？　ほら、山猫屋に真崎のヤローのボトルが残ってただろ』

「真崎の……？」

名前を復唱したのは、無意識だった。

とたん、いままで作業に勤しんでいたメンバーたちの手が、止まった。

『そーそー。あいつ名義のブラントン。空になるまで飲み明かそーぜ』

倫章を盗み見る目。隣の同僚を肘でつついて、唇の前に人差し指を立てる人。ヒソヒソ耳打ちを始める後輩。

「わ……――わかった。わかった。OK。うん。じゃあ七時に」

わかった。わかってしまった！　噂されているのは、倫章だけではなかったのだ。

いや、違う。そうじゃない。きっと疑惑の段階だ。倫章がゲイなら、いつも一緒にいた真崎はどうなんだと、嫌疑を掛けられているのだ。

直後、背筋に悪寒が走った。

もしかして、このフロアの誰か――なのか？

考えたくはないけれど、その線が最もリアリティがある。なぜなら、八階全員のアドレスを容易に入手出来る上、Gプロダクションの連絡先も共有しているからだ。

高校時代から親友だった真崎とは、社内でも評判の名コンビだった。真崎がパリ支社に転勤になるまでは、デスクだって隣同士で、同じクライアント相手に、いつもふたりで作戦を練り、成功の喜びを分かち合っていた。

真崎と倫章の仲のよさは、このフロアの誰もが認めていた。ふたりの友情を、羨ましいと零す同僚たちも大勢いた。

水澤がゲイなら、相手は真崎に違いないと、心の中で、みんな笑っているのだろうか。

そして、その噂の発端が、本当にこのフロアの誰かだとしたら。

「…モスラ、ごめん。俺、やっぱり、ちょっと――無理だ」

「え?」

「有休とります。いまから」

言って、鞄を抱えて席を立った。

「えええっ! ちょっと待ってよぉ、水澤くぅん!」

マーケティング局を飛び出した背後で、モスラの悲痛な叫びが響いた。


さっきからもう何時間もベッドで仰向けになり、左薬指を見つめている。

真崎がパリに発った翌朝から、身につけ始めた結婚指輪だ。この春、つまらないことでケンカして、一度は外してしまったけれど、カンヌでの不意打ち結婚式で、再びここに戻ってきた、真崎と倫章の愛の証。

案外これも、噂の後押しになっていたのかもしれない。

「それでもいいと思ったからこそ、填めたんじゃなかったっけ…」

呟いて、ひとり寂しく笑みを零した。心が病んでいるときは、なにをしてもマイナス方向へ流れてしまう。きっといまは、なにを考えてもプラスには転じない。やけ酒は悪酔いすると親父さんに言われたとおりだ。弱さばかりが膨らんで、本来の自分が、どんどん萎《しぼ》んでいってしまう。

外そうか…と試みて、やっぱりヤメた。中傷されるのが辛いからといって、真崎との繋がりを隠すのは間違っているような気がする。かといって、堂々とゲイを宣言したら……今回のように、会社に迷惑をかける場合もある。

「あーあ」

ゴロンと俯せになって、頭を抱えた。目を閉じて、明日のことを考えた。

「ガキのころだって、登校拒否なんかしたことなかったのになぁ…」

明日、会社に行きたくない。同僚たちから、またあんな態度をとられたら、なにを口走るかわからない。

お言葉に甘えてマサキグループに移ってしまおうか。それとも、いっそ起業するとか。そうすれば、冷たい視線やわがままなクライアントともさよならできる…と、冗談でも思ってしまった自分に腹が立つ。

「真崎が好きだーって、堂々と言える世の中だったら楽だろうな…」

誰だって、自分の諸々を認められたいという欲を持っている。でも倫章自身、そうして認められることに怯えているのも事実だった。ゲイという言葉で括られるのには、やはり違和感が拭えないからだ。

真崎だけがいい。他の男と愛し合うなんて考えられない。それに倫章は、どちらかと言えば男より女性のほうが好きだ。ということは、バイセクシュアルなのだろうか？

本人でさえ自分の性癖を説明できないのだから、見物人が寡黙になるのは当然かもしれない。モスラの言うとおり、みんなに説明したほうが早いというのも頷ける。でも……もう、逃げてしまった。

逃げたことで、噂はさらに現実味を帯び、いまごろは酒の肴《さかな》にされていることだろう。

「あ…！」

やばい、忘れてた！

倫章は慌ててモバイルを摑み、鈴木を呼んだ。コール五度目で応答した鈴木の声は、いつになく優しかった。

『…おう、水澤倫章。生きてるか？』

「うん、一応。あのさ、今夜の約束……その、ドタキャンで悪いんだけど」

『いいよ。モスラから聞いたよ。あのあと本部を飛び出したんだって？　たぶんフテ寝してんだろーなと思ったよ』

「ごめんな、鈴木」

『いいって。それよりなぁ、水澤』

ん？　と倫章はモバイルを持つ手を変えて、横向きになった。起きているのも億劫《おっくう》だ。

『こんなときに言うのもなんだけど、お前、もうちょっと毅然としたほうがいいぜ？　こういうのは、当事者の態度が周りに影響するんだからよ。お前さえ気にしなきゃ、噂なんてすぐに消えるよ。それにお前って、社内でも結構人気者だからよぉ。本気でお前を叩こうなんてヤツ、ウチの社には、ひとりもいねぇって』

鈴木の励ましが嬉しかった。それでも倫章にとって、それは解決とはほど遠く、余計に惨めさが増してしまった。

『お前がこういうこと気にするヤツだってわかってるから、みんなもつられて神経質になってるんだよ。これが真崎のヤローなら、鼻息一発で吹き飛ばしちまうぜ。「そう、俺は女のみならず、男にもモテて困っている。誰からも相手にされないお前らが羨ましいぜ」なんて厭味を言いながらよぉ』

鈴木の慰めは的を射すぎていて、苦笑しながら落ち込んだ。

鈴木の言うとおりだ。これが真崎だったら、あっさり十秒で片付けられた問題だ。あいつなら噂を一蹴するどころか、火種への倍返しも容赦なく遂行するだろう。

「でも俺は、真崎じゃない」

『そんなの、わかってるけどよ…』

せっかく気を遣ってくれた鈴木を困らせてしまった。ごめん、と小声で呟いたら、鈴木はちゃんと聞き取ってくれた。

とにかく明日は堂々としていろと、いまの倫章にはもっとも難しいアドバイスをくれて、通話が終わった。…と思ったら。ピコンピコンピコンとモバイルが点滅した。カラータイマー音でのお知らせは、アドレスに未登録の相手から連絡が入った場合に限られている。ディスプレイに表示された見覚えのない番号に眉を顰めつつ、はい、と応答した。

『…マサキ・コーポレーションの、野瀬です』

一転、倫章はベッドに跳ね起き、姿勢を正した。

「の、野瀬さんっ？」

親父さんの秘書から、じきじきに連絡が入るとは。まさか、ゆうべの返事を求められてしまうのだろうか。でもまだなんの結論も出していない。どうしよう…と、緊張で肩に力が入る。

『…先程、水澤さんのお務め先にお電話を差し上げたのですが、本日は午後から有休を取られているとのことで、直接連絡させていただきました。ご迷惑でしょうか』

「いえ、大丈夫です。構いません」

いまは会いたくありませんと喉まで出かかった言葉を、気合いで呑み込んだ。

『じつはいま、水澤さんのマンションの近くにおります。いまからお邪魔しても、よろしいでしょうか』

「は？　でも、あの……」

『社長はおりません。私ひとりです。いけませんか？』

こちらの都合を伺う声は無感情で、わずかな抑揚もなかった。なにを考えているのかさっぱり読めない。躊躇していると、やや押しの強い声で言われた。

『お時間は取らせません。直接お会いしなければ話せないことですので』

そこまで言われたら断れない。覚悟を決めて、「わかりました」と承諾した。


「狭いところで、すみません」

部屋の奥のベッドを衝立で隠し、ダイニングのイスを勧めた。真崎と暮らした三鷹のタワーマンションとは違い、いまはひとり寂しくワンルームだ。もちろん真崎と買ったラブチェアがあるけれど、並んで座って話したい相手ではない。

狭いキッチンを見回したあと、野瀬さんの焦点が倫章に絞られた。眼鏡ごしの、キツい視線が息苦しい。昔から野瀬さんの雰囲気は変わらない。ピリピリとして神経質な感じだ。仕事は……きっと一分の隙もなくこなすのだろう。決してミスを許さないタイプだ。

倫章は手早くコーヒーを作り、どうぞ…とカップを差し出し、正面に腰を下ろした。

それにしても…と、倫章は何度も唾を飲み込んでしまった。こんな間近で野瀬さんを見るのは初めてだ。真崎の従兄だけあって、顔のパーツのひとつひとつが……とくに目が、不機嫌なときの真崎とよく似ている。

野瀬さんもやっぱり長身で、たぶん百八十センチはあるだろう。真崎同様に贅肉《ぜいにく》がまったくなく、顔が小さくて手足が長い。独り者だと聞いているけれど、この威圧するような視線と刺々しい雰囲気がなければ、きっとすごくモテるだろうに。

「それで、ご用件はなんでしょうか」

痺れを切らしたというより、根負けしたというのが正しい。ふたりきりで無言で座っていられる時間は、どう頑張っても一分が限度だ。

野瀬さんは背筋を定規のように伸ばしたまま、機械のように唇を動かした。

「昨晩、社長から伺いました。あなたを我が社に引き抜こうとしたそうですね」

前置きを飛ばして本題を口にされ、心臓がバクンと跳ねた。その淡々とした口調から、倫章は瞬時に察知してしまった。快く思われていない——という事実を。

「ゆくゆくはあなたを秘書にと申したそうですが、それは社長の本心ではありません」

「……はぁ」

会社では居場所を失い、家に帰れば追い打ちをかけられて。きっと今年は天誅殺《てんちゅうさつ》だ。

「そうでしょうね」

調子を合わせて返答だけはしたものの、一気に疲労が押し寄せた。

「あなたが新事業を展開した暁には、あなたのサポートにつくよう社長から命ぜられましたが、私は一彦社長の秘書業務に集中すべく、辞退の旨を伝えました。それに私は、あなたや史彦がマサキ・コーポレーションに関わることを、好ましく思っておりません」

少なからず倫章はムッとした。ただの酒の席……というか、コーヒータイムの戯言だ。それに親父さんから聞いただけの話を、倫章本人に確認もせず一方的に非難するなど、人としても企業人としても、どうかと思う。

「そういうのは、個人の好みの問題じゃないと思いますけど」

「個人？　私は一企業の秘書として、好ましくないと申し上げているのです」

ここまではまだ耐えられた。だが、続くセリフで倫章の堪忍袋がブチッと切れた。

「たかが十五秒のコマーシャルが賞を獲っただのなんだのと騒いでいるような軽薄な人間に、我が社のトップが務まるわけがない」

倫章はコーヒーを一気に飲んだ。カップを置くと同時に顔を上げ、失礼な訪問客を睨みつけた。

「それは、真崎史彦のことを言っているんですか？」

心音は平常。感情も振り切れていない。極めて冷静。だから判断ミスは犯していないと、いまは自分を信じたい。他人に対して、こんなにイライラムカムカするのは久しぶりだ。

「偏《かたよ》った情報で他人を非難するのは、控えたほうが賢明ですよ、野瀬さん。あなたの、人としてのレベルが知れますから」

「……どういう意味でしょうか」

「聞こえたとおりです。それ以上でも以下でもありません」

売り言葉に買い言葉では、話が拗《こじ》れるのはわかっている。でも、こっちにだってプライドがある。人の家まで押しかけてきて、いきなり批判的な言葉を浴びせられたら、話を聞く気にはなれない。自分だけのことならまだしも、真崎の受賞をそんなふうに貶《おとし》めるのは絶対に許せない。

「最初にお伝えしておきます。今回の話は、きっぱりお断りしました。だから、あなたが気に病む必要はありません。……この際ですから言わせてもらいます。人の頂点に立つ人間ってのは、生まれながらにしてその資質を備えているものだと思います。俺は真崎に、いやというほどそれを思い知らされました。だから、どんな人間がトップに相応しいか、俺なりに意見を持っています。また、真崎史彦は軽薄ではありません。筋道を立てて計画し、確実に遂行する実力を備えた、稀《まれ》に見るリーダーの器です」

目を見て言い切ったら、さらに強い目で……憎悪すら滲む視線で挑まれた。

「ということは水澤さんは、史彦が社長の後継ぎに相応しいと思っているのですか？」

「それは……」

異様な迫力に気圧されて、倫章は息を呑み、返す言葉を探した。

相応しいかと訊かれれば、首を縦に振ることは厭《いと》わない。だが、真崎は断固として拒んでいるのだ。だから野瀬さんの問いかけに賛同は出来ない。それは真崎に対する裏切りだと思うからだ。

無表情のまま、目つきだけを一層険しくして野瀬さんが先を口にする。

「史彦は昔から社長に反抗的だった。社長の言葉を、ひとつとして聞こうとしなかった。そのような人間には、社長の城であるマサキ・コーポレーションに足を踏み入れる資格すらない。愛社精神をもって業務を遂行できるとは、到底思えない」

しばしの沈黙のあと、野瀬さんが形のいい唇を開いた。

「なぜ社長が、倫章さんを当社に招こうとしているのか、おわかりですか？」

「ええ、直接言われました。いつか真崎が俺の上司になったら、今後仕事がやりにくいんじゃないかと…」

そこまで言って、ハッとした。真崎との関係を、野瀬さんは知っているのだろうか。慌てて倫章は補足した。

「あの……同僚が先に出世して、男として悔しくないのかと気を遣ってくださったようです。俺と真崎は高校のときから親友で、親父さんも、俺を息子同然に思ってくれているところがあって……」

言葉を途中で切ったのは、表情の失せた野瀬さんの顔に、冷ややかな侮蔑が過ったからだ。倫章の背筋がゾクッと震える。

「あなた、なにもわかっていませんね」

野瀬さんの唇が、かすかに歪んだ。まるで倫章を嘲笑うかのように。

「あなたは、餌なんですよ」

「餌？」

ようやくコーヒーを口にしてくれたと思ったら、野瀬さんはほんの少し唇を湿らせただけで、もう結構とでもいうように、カップを脇に押しのけた。

「あなたは史彦を釣る餌なんですよ、水澤さん。あなたをマサキ・コーポレーションに引き込めば、必ず史彦もついてくる。だから社長は、あなたに子会社をひとつ作らせてやるなどと、甘い汁で呼び込もうとしているのです。ゆくゆくはあなたを秘書に、と申したそうですが、社長はそんなこと、微塵も考えていませんよ」

「……親父さんが、そう言ったんですか？」

「信じるも信じないも、あなたの勝手です。ひとつ言えることは、水澤さんが我が社にいらしても、冷遇は確実です。真崎の親族からは資産を狙う盗人扱い。一般社員たちからは、たかが元伝通平社員のくせに優遇されすぎだと、総攻撃を受けることは必至。あなたは我が社で孤立するだけです」

いまの説明で、わかってしまったことがある。

野瀬さんは、倫章と真崎の関係を知っている。野瀬さんだけでなく、おそらく重役である親族たちもだ。

「水澤さんを守るには、マサキ・コーポレーションのトップに立つのが最善策。社長は史彦に、そう取引を持ちかけるつもりなのです。…十二年後、社長は引退を予定しています。ですから一日も早く史彦に帝王学を叩き込み、すべての権限を委ね、安心して退きたいのです。要するに倫章さん。あなたは社長にとって取引の道具にすぎないのです」

野瀬さんがゆっくり立ち上がる。テーブルに手を突き、バカにしたような目で倫章を斜めに見下し、悪感情を全身に纏《まと》いながら近づいてくる。

「あなたと史彦は、恋仲だそうですね」

ピクンと反応した倫章の肩に、野瀬さんの手が置かれた。

その手はやがて首筋を伝い、うなじを撫で、髪を掻き上げ、乱してゆく。

「あなたは一体どうやって、あの気難しい史彦をたぶらかしたのです？　そしてあの夜、社長にどうやって取り入ったのです？　まんまとマサキ・コーポレーションに潜入した暁には、その可愛い顔を武器にして、我がグループの重役連中を片っ端から骨抜きにしようという魂胆なのでしょう？　わかっていますよ、あなたの手口は」

「なに、を……」

喉がヒクッと鳴った瞬間、ネクタイごと、ワイシャツの襟《えり》を掴まれていた。

とっさに身構えた倫章を、野瀬さんが力任せに引き倒す。激しい音を立てて、倫章はイスごと床に叩きつけられていた。

「な…なにするんですか、野瀬さんッ！」

「この汚らわしいホモヤローッ！」

初めて耳にする野瀬さんの罵声に、まともじゃない…と倫章は恐怖し、震撼した。逃げようとする足首を掴まれ、引きずり戻された直後、頬に激痛が生じた。殴られたのだ。倫章が軽い脳震盪《のうしんとう》に見舞われている間にも、野瀬さんは倫章に馬乗りになり、両頬を何度も殴打する。

終始無言の野瀬さんが自分のネクタイを解き、倫章の両腕を背中に回し、両手首を縛りあげた。乱暴に倫章のワイシャツを引き裂き、ベルトを抜き取る。とたんに倫章は恐怖に襲われ、懸命に息を吸い、自力で目眩を封じ込めて絶叫した。

「やめろーッ！」

その直後、破れたワイシャツを口に詰め込まれ、悲鳴さえも遮られてしまった。

スラックスのファスナーに手をかけられ、倫章は必死で身を捩った。それでも野瀬さんは力任せに倫章の下半身を剥いてしまう。暴れる倫章の足を体で押さえ込みながら、野瀬さんが狂気を吐き出した。

「史彦を手なずけ、トップに立たせ、マサキ・コーポレーションを乗っ取るつもりなんだろう！　そんなことは、この私が許さない！　社長が築き上げた大切な城を横取りするのも潰すのも、私は断じて許さないっ‼」

なにを言っているんだ。

なにを誤解しているんだ。

そんなふうに思ったことなど、一度もないのに。

真崎が好きだから、真崎のそばにいるだけなのに。

「史彦が継承権を放棄したのは誤算だったな。え？　史彦に利用価値がないとわかれば、今度は社長か！　知らなかったような顔をして社長を待ち伏せ、姑息《こそく》な手段で同情させて取り入って…！　私がいままでお守りしてきたのは、会社ではない。一彦社長だ！　その社長が守ろうとしている我が社の未来は、私の夢でもあるんだっ！」

野瀬さんは力ずくで、倫章の両脚を左右に割った。なおも抵抗しようとすると、破れたシャツで、右足をダイニングテーブルの脚に括り付けられてしまった。

顔面と左足を押さえつけられ、足を閉じることすらできない倫章は、惨めな格好を強いられたまま、身を捩るばかりだ。

「どうやって史彦を餌づけした…？」

野瀬さんが笑った。いや…笑ったように見えた。

野瀬さんが自分のスラックスのファスナーを、ゆっくり下げる。

天井を背にした彼の表情は、逆光でよく見えなかった。

でも倫章には、いま彼がなにを考えているのか、手にとるようにわかってしまった。

逃げたいのに、逃げられない。倫章は必死で首を横に振り続けた。

無脊椎《むせきつい》動物にも似た五本の指が、怯えて縮み上がる倫章の性器に絡みつく。恐怖で鼓動が乱れる。口に詰め物をされているせいで、息苦しくて、肺が萎縮し、酸素が体に入ってこない。

「これで、あなたが史彦を？　それとも史彦が、あなたの……ここを？」

「……――――ッ！」

倫章の体に、激痛が走った。

指を押し込まれたのだ。

尖《とが》った指先の、突き刺さるような激痛と不快さに、嘔吐感《おうとかん》が込み上げた。

野瀬さんは空いたほうの手で、自身を扱きにかかった。戒められた手足の不自由さと戦いながら、倫章は懸命に虚しい抵抗を続けていた。

「男同士の淫行など、不道徳極まりない。あなたは真崎家を崩壊に追い込む悪魔だ。真崎家の嫡男を堕落させる淫魔だ！　あなたが史彦を誑《たぶら》かし、社長の敵に変えてしまったんだ！　社長は長年、夢見ていたのに。それなのに……っ」

野瀬さんの怒りは、いつしか悲しみで占められていた。

「こんな形で史彦を奪われ、積年の夢を断たれた社長が、陰でどれほど苦しんでいらっしゃるか、決してわかるまい！　あなたにも、史彦にも、一生わかるまい‼」

野瀬さんは、扱いても扱いても硬くならないようだった。辛そうに、それでも必死で勃たせようとしていた。ただ、社長の仇《かたき》を討つために。

胸が張り裂けそうだった。

野瀬さんの想いが、やっとわかった。

野瀬さんは、自分の立場など考えていないのだ。自分のことなど、どうでもいいのだ。この人は最初から、出世欲を持ち合わせていないのだ。だから忠実に徹するのだ。

高校時代に実父を亡くした野瀬さんは、もしかしたら親父さんに父親の面影を重ね、本当の父親のように慕い、愛しているのかもしれない。だからこそ、どんなに努力しても決してなれない「実の息子」という地位にある真崎史彦を、憎み、恨んでいるのかもしれない。

野瀬さんは、ただ一途に、親父さんの愛を得たいがために悪魔と化したのだ。

「う……っ」

目を閉じたら、涙が溢れた。

倫章のせいで、社長の未来が狂ってしまった。倫章さえいなければ――――そんな野瀬さんの悔しさや悲しみが束になって襲いかかり、いまにも心が潰れそうだった。

「史彦など、一生苦しめばいい！　あなたなど、史彦に顔向けできなくなればいい……！」

まだ硬くもなっていないそれを、野瀬さんが無理やり押しつけて来た刹那。

倫章は、野瀬さんの顔面を蹴り上げた。

グフッという鈍い音を発し、彼が蹲《うずくま》る。

渾身《こんしん》の力を振り絞り、倫章は左足でテーブルを突き上げ、ひっくり倒した。捕らえられている右足を戒めごと引き抜き、ようやく自由を奪取した。

急いで膝を使い、口の布を引きずり出し、両手首を縛っているネクタイを歯で解いた。

ゼェゼェと肩で喘ぎながら壁を頼りに上半身を起こし、床に俯せている野瀬さんを横目で見ながら、落ちつけ……と自分に言い聞かせた。もう大丈夫。もう手足は自由になった。もう戦える。この身は守れる。

心臓はバクバクしているものの、なぜか野瀬さんに対する不可解な苦手意識や恐怖心は、薄らいでいるように感じられた。

彼の怒りの理由と脆《もろ》さを、目の当たりにしたせいだろうか。

野瀬さん、と呼びかけても返事はない。でももう野瀬さんには、倫章を傷つけようという気はなさそうだった。もともと頭のいい人だ。自分の行動に意味がないことは、本人が一番よくわかっているはずだった。

ただ、打ちひしがれて項垂れているその姿は、とても惨めな弱者に見えた。

「野瀬さん。俺は御社を、どうこうしようなんて考えたこともありません」

「…嘘をつけ」

弱々しい声で野瀬さんが呻《うめ》いた。嘘じゃありませんよと、倫章は言い聞かせるように語り続けた。

「あの夜、親父さんと会ったのは偶然です。それと、マサキ・コーポレーションには入りません。俺には、いまの仕事がありますから」

言ってから、そうだった…と思い出した。伝通への入社は、自分で選択した道だった。

あれは、大学一年の夏休み。某リサーチ会社から、真崎宛てに連絡が入ったのだ。某清涼飲料水製造会社のリサーチに協力してほしい、と。

内容は、こうだ。普段どんな種類の清涼飲料水を購入しているか、または飲んでいるか。十代を中心に調査してくれというアルバイトだった。

真崎は倫章をはじめとしたテニス同好会の面々や、他大学に通う友人、高校の後輩や女子大の元彼女など、各所で知り合った人脈やSNSを利用した人海戦術で、たった一日で先方の希望数の倍にあたる二百人のデータを集めた。それだけではなく、購入場所はコンビニか自販機か、その他か。購入の決め手はパッケージか、価格か。また、その商品の満足度は何パーセントか、飲んだ時間帯、そのときとっていた行動など、オリジナルのアンケート結果までも勝手に付け加えて提出し、先方を大いに仰天させた。

ミーティングの席には、倫章も協力者として参加したが、その席で真崎は先方に対し、完全に上から目線で口火を切った。

『最初にお訊きします。これは一体なんのためのリサーチですか？　新商品開発の参考資料ですよね？　であれば、ご依頼のリサーチ程度では収拾する意味がない。もっと目的を明確にしないと、人件費の無駄遣いだ。…私は自分の友人に、無駄働きをさせたくない。だから勝手に情報を加えました。いつどこで、どんなふうに、どうやって。エアコンの効いた屋内か、酷暑の浜辺か。そうした一連の行動をイメージするだけでリサーチ内容にも幅が出る。その肝心の想像力や目的意識が、御社の依頼には皆無でした』

と、あまりにも生意気で挑戦的な言葉を吐き、リサーチ社の社員全員を凍りつかせた。

真崎の実力を認めたリサーチ社は、今度は未公開コマーシャルのリサーチを閲覧者限定の動画にしてオンラインに乗せ、真崎と倫章、そして前回のバイトに関わった主なメンバーに閲覧を依頼してきた。どちらのコマーシャルが印象に残ったかという単純な調査だが、それに対して倫章が、閲覧の最後にユニークなアンケートを付け加えようと提案し、真崎が独自のアンケートフォームを制作し、動画のラストに張りつけた。

アンケートの内容がウケて、あっという間に回答が集まった。自分たちの推したコマーシャルが実際にオンエアされたときの達成感と爽快感は、口では言い表せないほどだ。

半年も経たないうちに真崎はリサーチ社から予算を与えられるほどの信頼を得て、他学部や他大学を絡めたリサーチ・プロジェクト・チームを立ち上げ、リーダーに就任した。

期間限定ではあったものの、最終的には東京駅構内のショップ企画を任され、実際に賞品の見せ方や売り方、賞品アピール用のポスターやショートフィルム制作、媒体効果の利益率など、本格的に社会を体験するチャンスに恵まれた。

フタを開けてみれば、そのリサーチ会社は伝通の子会社だったのだが、倫章も真崎と一緒に走り回っているうちに、様々な異業種と関われる面白さや仕事の幅の広さ、イメージを形にしていく楽しさに魅入られていったのだ。

クライアントが望む漠然としたイメージや夢物語を形にし、イメージアップに繋げ、消費者の購入意欲を高め、感動の域まで運べたら大成功。それが企業に還元され、日本経済に潤いを与えるという循環のポンプ役になれるのだ。

そこに倫章はやりがいを見出し、就職活動を頑張ったのではなかったか？　この手応えがたまらないと、真崎も熱く語っていなかったか？

「真崎が側にいないからって、ちょっと俺、ボケちゃってたかな……」

ハハ、と苦笑したら、野瀬さんと視線が衝突し、倫章は慌てて笑みを消した。

裂かれた衣類を掻き集めて体を隠し、ハ、と短い息をついて現実と対峙した。

「野瀬さん」

呼びかけたものの野瀬さんの顔は蒼白で、ピクリとも動かない。倫章は構わず続けた。

「真崎と俺の件は、もう高校時代からのことです。いまさらあなたになにを言われても、出会ってしまったものは……なかったことには出来ません。それに、いま真崎が歩いている道は、真崎が自分で開拓したんです。カンヌでの受賞も、あいつの努力の賜です。マサキ・コーポレーションの影響力が及ばない場所で懸命に戦って、摑み取った成果なんです。認めてくれなくていいですけど、見下すような言い方だけは、やめてください」

訴えている途中で俯かれ、目線も返事ももらえなかった。倫章は少し躊躇しながらも、やはり伝えることにした。

「野瀬さんには申し訳ないですけど、もし親父さんが本気で真崎に戻ってきてほしいと願っているなら、それは現在の御社に、適任がいないせいだと思います。だから…そんなに親父さんや会社を守りたいのであれば、まず野瀬さんが、親父さんを唸らせる人物になればいいじゃないですか。俺にこんなことをする時間があったら、あなた自身を高める努力に費やしたほうが、あなたも俺も…親父さんも、傷つかずに済むと思います」

野瀬さんの意識がこちらを向いた。やっぱり表情に変化はなかったけど、かすかな驚きだけは読みとれた。

「俺ばかり話して、すみません。でも、もう少し言わせてください。会社って…人の肌に例えるとわかりやすいですけど、中で働く人間が、その会社の細胞のひとつひとつだと思うんです。細胞にハリがあれば、皮膚は若さを保てます。でも、あなたが社長の隣でイライラピリピリしていたら、やがてはその周辺にも悪影響を及ぼして、じょじょに水分を失って縮み、シミやシワになって衰えていくんです。それが、いまの社長です」

「社長……？」

そうですよ、と倫章は強気で頷いた。

「あなたの思考が、社長にも影響を及ぼすという意味です。…これは俺の想像ですけど、後継は必ずしも真崎じゃなくていい。親父さんは、あなたに対しても可能性を抱いていたと思います。だから側に置いたんです。でもあなたは、親父さんに忠実すぎた」

「…私が、史彦より劣ると言いたいのか？」

言いませんよと肩を竦め、倫章は首を横に振った。

「そういうことじゃなくて、あなた自身がトップの座を望んでいないから、親父さんも、無理にそのポジションを与えるつもりはないってことです。……でも、親父さんがあなたの能力を認めていれば、後継者候補として名前が挙がってもおかしくないとは思います」

いま倫章は、佐々木という柔軟性に欠けた細胞と隣り合わせで日夜働いている。このまま放置すれば佐々木細胞は硬く黒く縮こまり、腐ってしまうだろう。

でも部長細胞や矢坂さん細胞、そして倫章やモスラが四方から彼に影響を与え、活性化のきっかけとなる情報や栄養を送り続ければ、いつしか佐々木細胞は活性細胞に成長するはずだ。会社を肌に例えるのは倫章のオリジナルな発想だが、初めて真崎にこれを話したとき、いたく感動された。だから、自信を持って他人に伝えていいと思っている。

「親父さんは、野瀬さんからのアクションを待っているのかもしれない。だから俺と話した内容を、わざわざあなたに伝えたのかもしれない。…やり方を間違えないでください、野瀬さん。親父さんを守りたいなら、敵に毒を盛るのではなく、あなたが力をつけるんです。あなたと真崎が潰し合いを始めたら、誰が一番ダメージを受けるか………」

「真崎一彦、社長……でしょう…ね」

わかってるじゃないですか、と呆れる気持ちを抑え込み、倫章は頷いた。

「真崎が自分で道を切り拓いたように、あなたも自分の力で戦ってください。親父さんを守りたいんでしょう？　だったら、こんなところで間違いを犯している場合じゃない」

倫章も逃げていた。野瀬さんと同じように。自分はしょせん真崎じゃないから、難関に立ち向かえなくて当然だと、なにもしないで逃げ出した。

野瀬さんに言ったことは自分への戒めでもあるのだと、心の中で猛省した。

野瀬さんは、しばらくそのまま動かなかったけれど、やがて黙って立ち上がり、部屋を出ていった。

玄関のドアが閉まると同時に、倫章はズルリと床に崩れた。冷たい板間に横になって、白々とした蛍光灯を瞼に浴びて……いまごろ冷や汗がダラダラ流れる。

「やばかった…」

強姦されるところだった。

もう少しで、真崎以外の男に犯されてしまうところだった。

真崎に会えなくなるところだった。顔向けできなくなるところだった。真崎を裏切ってしまうところだった。一生消えない確執を、真崎と野瀬さんに……真崎一族に、作ってしまうところだった。

「真崎……」

愛しい男の名を口にしたとたん、倫章はプッと小さく吹き出した。

「危なかったよな、マジでさ」

――――なぁ、真崎。

お前いま、なにしてる？

俺がこんな辛い目に遭ったってのに、お前、パリでなにしてる？

こんなときこそ側にいてほしいのに。強く抱きしめてほしいのに。

無視はないんじゃないか？　なぁ、真崎。

「俺、そろそろ限界かも…」

遭難しそうだ……と弱音を吐いて、笑って笑って笑ったら――――。

笑い声と同じくらい、たくさんの涙がボロボロ零れた。

真崎の夢を見ていたらしい。

突然、真崎が帰国する夢。

夢で優しくされたからといって、感激のあまり泣きながら目覚めるなんて、男として、どうかと思う。

それにしても今朝は背中が暖かい。気温が高いのだろうか。天気も良さそうだ。ああ、今日はまだ木曜日だ。会社、行かなきゃ……。

グスッと鼻を啜り、濡れている頬を手の甲で拭った。嬉しすぎた夢の余韻を振り払うべく、ひとつ寝返りを打ちかけて。

「……ん？」

変だ。動けない。

まだ体が目覚めていないのだろうか。でも、なんだろう……腰になにかが巻きついている。それに。

「なんだ……？」

倫章の首の下から、長いものが生えている。

その正体を確かめるべく、枕にしているそれに頬を擦り寄せてみた。やっぱりこれは、どう考えても……。

「腕だよなぁ…」

見慣れた爪の形。長い指。黒いベルトのヴァシュロン・コンスタン…――。

「コンスタンタン――ッ!?」

ガバッと飛び起き、倫章は背後を振り返った。

倫章に腕枕をし、倫章の腰を抱き寄せ、ベッドで熟睡していたのは！

「まままままま、真崎ーッ！」

心臓が口から飛び出しかけた。

どうして真崎がこんなところで、パンツ一枚で寝てるんだっ‼

眠っていても凛々《りり》しい唇。眠っているときだけ穏やかな目元。高い頬骨には、意外に長い睫毛が影を落としている。歪みのない、まっすぐな鼻筋。痛々しい傷跡の残る知的な額。

間違いなく、真崎史彦！

「こら真崎っ！」

倫章は真崎の頭を両手で摑み、揺さぶった。それでも起きてくれないから、頬をバシバシ叩いて、指で無理やり左右の瞼をこじ開けた。

ようやく真崎が唸り声をあげ、顔を歪めながら目を覚ます。

「なんだよ真崎ッ！　お前いつ帰ってきたんだよ！　こないだの電話じゃ、ひとっことも帰るなんて言ってなかったじゃないかっ！　心臓止まるとこだったぞ！　どうして起こしてくれなかったんだよ！」

嬉しさと驚きが爆発した。興奮しすぎてパニックしている倫章へ長い腕を伸ばし、少し落ちつけとばかりに広い胸に抱き寄せてくれて、そして真崎は倫章を宥《なだ》めるように、髪に優しくキスしてくれた。

胸の奥が、きゅうぅっと切なく締めつけられる。寝言のように真崎が言う。

「……連絡受けて、速攻で帰国して、さっき着いたばかりなんだ。もう少し……」

わけのわからないことを言いながら、もう少しだけ寝かせてくれと瞼を下ろしかけた真崎が、ふと目を開いた。

「その顔、どうした？」

「え？　あ……」

ゆうべ野瀬さんに殴られて痣《あざ》になっている頰を、真崎が掌でそっと包む。

大きくて温かい手。触れられたらもう我慢できなくて、倫章は真崎にしがみついた。両腕で頭を抱え、甘えるように鼻先を擦りつけた。夢じゃない。本物だ！

「真崎、真崎、会いたかった、真崎…！」

「待て、倫。痣になっているじゃないか。どこかにぶつけたのか？」

「なんでもないよ。大丈夫」

痣なんて、もうどうでもいい。込み上げてくる愛しさが喉で詰まって言葉にならない。

倫章は真崎の顔中にキスの雨を降らせ、唇を塞ぎ、自分から舌を押し込んだ。

「ん……」

久しぶりのディープ・キス。すぐに息が上がってしまう。それでも、もっとキスしたい。

真崎も倫章を貪りながら、どこまでも舌で追いかけてくれる。

強く吸われ、刺激が腰や爪先にまで伝わって、全身が淡い痺れを帯び始める。

真崎の両手が、パジャマの裾から進入してきた。脇腹を撫で上げ、親指で乳首を弄ってくる。指の腹で優しく捏《こ》ねられて、倫章の心臓のずっとずっと奥のほうから、どうにも切ない感情が込み上げてきた。

「今日は、何時に出勤だ？」

キスの合間に訊ねられたから、真崎の唇を甘噛みしながら、うっとり返した。

「矢坂さんのオフィスに直接行けばＯＫだから、あと四十分は大丈夫…」

そうか、と声を弾ませた真崎が、ゆっくりと身を反転し、倫章を腹の下に巻き込む。

「では、目覚めの一発といきますか」

「一発だけ？」

訊くと、真崎がニヤリと唇を曲げた。

「二度も三度もイかせてやるよ。それならどうだ？」

最高…とキスで答えて、真崎のパンツを足でスルリと脱がしてやった。


真崎が入っている。出ていって……また入ってくる。

そのたびに倫章は、悶えながら嬌声を放つ。

引く感触が、寒気を伴うほど恐ろしいのに快感だった。押し込まれる圧力は、気が変になりそうなほど苦しいのに、まるで天国かと思うほど恍惚《こうこつ》となった。

だから倫章は、涙ながらに懇願するのだ。

もっと欲しい……と。

真崎の髪が、指が、舌が、視線が。肌が、筋肉が、汗が――ペニスが。

余すところなく、倫章を愛してくれるから。

ふたりは一対なのだと、思い知らせてくれるから。


やがて、ふたりは同時に達した。

真崎の放ったものは、いつもどおりに温かかった。

倫章の体温も、少しだけ上昇したような気がした。


久々のセックスに大満足して、ベッドで余韻を貪っていたら、先にシャワーを浴びた真崎がバスタオルを腰に巻いてやってきた。

「あと五分でタイムリミットだぜ、倫」

シャワーを浴びろと急がせながら、ベッドに上がって起床を邪魔してくるのだから困ったものだ。

「起きろ、倫。もう一度昇天させられたいか？」

「なに子供みたいなこと言ってんだよ、もう！」

「子供は、こんなことしないだろ」

「そりゃそうだ。て言うか、もう止めろって！」

覆い被さってくる真崎にクスクス笑いながら、こんなに笑うのは久しぶりだと気づいて、愛する人が側にいてくれる幸せを実感した。

「やっぱり俺、真崎が好きだ」

「なんだ？　突然」

真崎の顔を両手で挟み、真顔で伝えた。

「愛してるよ、真崎。真崎――史彦」

目を見張り、真崎が言う。もう一度呼んでみろと。

「史彦、史彦、史彦」

繰り返してやると、照れくさそうに真崎が口元を弛めた。そんなに嬉しいなら、もう一回だけ呼んでやるよ。

「愛してる、史彦」

「俺もだ、倫章。心からお前を愛している」

互いの顔を両手で撫で回しながら、何度も顔の角度を変えて唇を合わせた。

苦しくなるほど長いキスから解放されたとき、なんでもないことのように真崎が言った。

「昨日、ＳＯＳが届いた」

「ＳＯＳ？」

「メールやラインが続々とな」

倫章は表情を変えなかった……と、思う。

真崎を見上げたまま、黙って続く言葉を待った。真崎がゆっくり言葉を選ぶ。

「妙な噂のせいで、仕事をキャンセルされたと聞いた。どう慰めていいかわからず、声をかけられず困っている。至急水澤に連絡してくれと、似たようなメールが何通も届いた」

「誰が、そんな……」

「そりゃ、お前のファンからだろう」

真崎が微笑む。倫章は黙って真崎を見つめ返した。

「真崎…仕事は？」

「ちょうど一段落ついたところだ。すぐに駆けつけられてラッキーだった」

倫章の前髪を掻き上げ、額に唇をそっと押しつけてから、真崎が目を覗き込んできた。

「ゲイと言われたことがショックだったか？」

しばらく考えて、倫章は首を横に振った。

「そうじゃなくて…知らない誰かが、そういう悪意のあるメールを俺の周囲に送った行為に、傷ついたかな」

そうだな、と真崎も神妙な面持ちで頷いてくれた。

「メールの発信源は、必ず見つけ出してやる。安心しろ」

もう一度額にキスされて、膨大な安心感に包まれながら目を閉じた。

「こんなことで仕事を失って、悔しかったか？」

目を開いたら、泣いてしまいそうだった。倫章は固く目を瞑ったまま、頷いた。

「みんなの視線が苦痛だったか？」

横に首を振りかけて……思い直して頷いた。

「メールは、八階とGプロだけに届いたみたいなんだ。だからどうしても、対象アドレスを全て入手できる環境にある八階のメンバーを疑ってしまって……。一度疑心暗鬼になったら止まらなくなって…」

「仲間はお前の財産だからな。その仲間を疑うのは、お前には相当キツかっただろう」

ここで頷いたら、あまりにも脆弱《ぜいじゃく》だ。倫章は否定しようとした。なのに、強がりだと気づいた拍子に、勝手に涙が零れてしまった。

こんなことくらいで泣くなんて、どうかしている。きっと真崎が優しいせいだ。

零れた涙を唇で吸い取ってくれながら、真崎が静かな慰めを口にする。

「お前は頑固だからな。だが、もう我慢するな。言いたいことは全部吐き出せ。泣きたいだけ泣いてすっきりしろ。全部俺が受け止めてやる」

お言葉に甘えて、倫章はそうした。

今朝見た夢と同じように、真崎は倫章が落ちつくまで強く抱きしめてくれていた。


午前中の矢坂さんとの打ち合わせを終えて社に顔を出すと、マーケティング局のフロアの中程に人だかりが出来ていた。真ん中にいる長身は、なんと真崎だ！

真崎も噂の対象だから、社に顔を出さないほうが賢明だと言っておいたのに、どうやら真崎は倫章の忠告をあっさり無視してくれやがった。

でも倫章の心配をよそに、みんな和気あいあいと盛り上がっている。昨日倫章が飛び出したときとは、完全に雰囲気が違っている。

気配を察したのか、集団の中にいたモスラがクルリと振り返ったものだから、倫章はビクッと飛び上がってしまった。

「やぁあん、水澤くぅうん！　お帰りなさぁい！」

ドアの手前で入室を躊躇していた倫章を、集団が一斉に振り向いた。

「おぅ、倫章」

久しぶりに会ったような顔をして、真崎がひょいと右手を挙げる。

「矢坂さん、元気だったか？」

さらりと訊ねてくる真崎のペースに、なんとか合わせることができた。

「元気すぎて大変だよ。顔を出したとたん、カツ重が届いたから食えって言われてさ。まだ十時なのに」

わははは！　と、真崎の周囲で笑いが起きた。みんな笑顔だ、いつものように。魔法が解けたみたいな不思議な感覚に戸惑いながら、倫章は恐る恐る輪に近づいた。珍しいことに佐々木も輪に加わっている。不動の佐々木が立っているだけで珍しいのに、みんなと一緒に笑っている。真崎のオーラに惑わされたか？

「みんなで昼メシの相談をしていたんだが、お前、まだ入るか？」

「え？　胃袋？　カートリッジさえあれば、なんとか」

なんだそれ！　と数人が笑った。水澤さんの発想って面白いっすよね…と賛同を口にした佐々木にビックリした。

思わずモスラを振り向き、どうなってるんですかと目で訊いたら、モスラは笑って肩を竦め、真崎を指し、口の前で手を開いたり窄めたりしている。真崎が佐々木に、なにか言った…ということらしい。なにを言ったのかは知らないけれど、みんなと普通にコミュニケーションをとっている佐々木を見るのは初めてで、なにがどうなっているのかまったくもってわからない。

通路からバタバタと駆けてきた女子社員が、みなさーん！　と呼びかけてきた。

「ミーティングルーム、午後一時まで使っていいそうですよー！　お弁当組も、移動しちゃってくださーい！　下のデリから配達が届きまーす！　ビーフカレーとチキンカレー、野菜カレーの三種類。コロッケやサラダも、いろいろ持ってきてくれるそうでーす！」

早い者勝ち！　という声にいち早く反応した男性陣が、我先にとダッシュする。なんでカレーばっかなのよーと女性陣は文句を言いながらも、「サラダ食べたい」「チキン半分ずつにしない？」などと楽しげに囀《さえず》りながら出ていった。

行こうぜと同僚たちに促され、行きませんか？　と佐々木にまで誘われたら、満腹を理由に断ることが出来なくなって、じゃあ…と苦笑で頷いた。

「あ、でも、コンテのデータだけカメラマンに送っておきたいから、先に行ってて」

「矢坂さんのコンテか。久しぶりに見せてもらってもいいか？」

真崎がそう言い、じゃあ先に行ってビーフカレーを確保しておくわぁとモスラが返し、はいはいはいはい…とみんなの背を押しながらエレベーターホールへ去っていった。

その背中を見送って振り向けば、残っているのは真崎と倫章のふたりだけ。ふぅ、と肩で息をつき、倫章は隣の長身を見上げた。

「昨日とは打って変わって、やけに長閑《のどか》で驚いたよ。佐々木の急変にも驚いたけど」

データを開いて真崎に見せてやりながら、フォルダーに入れて送信した。

これでOKと立ち上がると、真崎に額をノックされた。

「謎解きをしてやるよ。まず、このフロアに犯人はいない。昨日の不穏なムードは、中傷メールを流した犯人が誰なのか、互いの腹を探り合っていたせいだ」

「そう……なのか?」

信じられない気持ちで訊くと、「Crois!」とフランス語で懇願されて、信じるよと笑い返した。

「図らずも、お前と同じだ。このフロアの誰かが中傷メールの発信源だと、全員が全員を疑っていたようだ。だが結局、社内に犯人はいなかった。お前が矢坂さんとカツ重を食っている間に、腹を割って話した結果だ」

「お前……みんなと話してくれたのか?」

「俺が話したわけじゃない。出勤したら、自然発生的にみんなが集まってきて、そういう流れになったんだ」

またしても泣いてしまいそうだった。社内で理想の上司コンテストがあったら、間違いなく真崎は断トツ一位だ。

感謝が嗚咽になって口から溢れそうになる。こんなところで泣きたくないから下唇を噛みしめて堪えていると、さらに感動の追い打ちを掛けられてしまった。

「パリに連絡をくれたのも、このフロアの面々だ。よって全員疑いは晴れ、チームワークも元通りだ。あの解放感に満たされた顔、見ただろう？　みんながお前を愛してるよ」

頭にポンと手を乗せられた。返す言葉がみつからなくて、自己嫌悪で項垂れた……ら、真崎に顎を持ち上げられて、チュッと唇を啄まれた。

「うわ……！」

とっさに周囲を見回して狼狽える倫章の耳許に、真崎が魔法を吹き込んでくれる。

「もっと自信を持て、倫。みんなお前のファンなんだ。佐々木もな」

「佐々木も？　って、どうして真崎が、そんなことまで…」

「仕事には慣れたか？　と声を掛けたら、あいつ、水澤さんはひとりでなんでも出来るから、自分なんか必要ない…と白状したよ」

「へ…？」

目がテンになってしまった。真崎の口から出る言葉は、倫章の思考の逆ばかり突く。

「意見を求められても、お前より優れた意見なんて言えない。恥をかくだけだ。だったら言わないほうがいい……だとさ。おそらく佐々木は、敗北の経験値が少ないんだろう。裏を返せば、それだけ優秀だったってことだ」

その言葉は、魔法のように心に染みた。同時に、親父さんに対して決して意見を口にしない野瀬さんの姿が頭を過ぎり、消えた。

「だから佐々木には、倫章が家でふて寝していたと教えてやった」

「そ…っ、そんなこと佐々木に言ったのかっ！」

胸ぐらを吊り上げる勢いで憤慨すると、まぁまぁ…と手で制された。

「ふて寝する倫章を叩き起こして職場に連れてくるのも、佐々木の仕事。倫章が優れたアイデアを出せる環境を作るのも、佐々木の仕事。意見を出すばかりが仕事じゃない。たまには水澤の肩でも揉んでやれと伝えたら、気が楽になったと笑ってくれたよ。…まぁ、来年には化けるだろう。長い目で見てやれ」

ありがとう…と、倫章は真崎に頭を下げた。やっぱり真崎はすごいと思う。自分はまだまだ真崎の足元にも及ばない。

こんなふうに「真崎には敵わない」と思う気持ちと同様に、佐々木が「水澤先輩には敵わない」と思って萎縮していたのなら、可哀想なことをしてしまった。もっと早く気づいていればフォローの仕方もあっただろうに。

「誰もが倫章に憧れている。お前を頼もしく思っている。後輩たちは、お前に認められたいと望んでいる。先輩たちはお前の人柄に癒され、粘りに背中を押されて踏ん張れる。取引先の担当も同僚の連中も、部長も課長も鈴木も須森女史も、俺もだ。みんな、お前の味方だ、倫章」

真崎だけが持つ魔法の力で、呪縛はこんなにも簡単に解けてしまった。顔が晴れ晴れしているのが、わかる。いつだって真崎が笑顔に戻してくれる。

「部長も、Gプロの言いなりで申し訳なかったとさ」

へ？　と目を丸くすると、真崎がサド目でニヤリと笑った。

「私も水澤くんのことは、非常に評価しているんだ。同じ断られるにしても、もう少し強気に跳ね退けてやるべきだったと後悔していたぜ」

「お前、わざわざ部長にまで？」

「水澤倫章の、快適な環境作りのためなら」

平然と胸を張る真崎に憤慨して、倫章は負けじと言い返した。

「でも、言われても仕方ないじゃないか。部長なんて、しっかり俺たちの結婚式まで参列してんだぜ？　俺たちが正真正銘ゲ…」

「ゲイなる表現には語弊《ごへい》がある。だが、その前に」

「は？」

「俺は同性愛を批判しない。俺たちの尊敬する矢坂さんもゲイだ」

「えっ、マジ？」

知らなかったのか？　と訊かれ、コクコクコクと頷いた。本当にお前は鈍感だな…と苦笑して、だから、と真崎が話を戻す。

「お前は俺に惚れている。俺も同じく。だがお互い、他の男に心が動くか？」

「動かない、けど…」

「だろう？　だから俺たちはゲイじゃない」

だろ？　と真崎が片眉を吊り上げた。こいつがこんな顔をするときは、百パーセント安心保証のお墨つき、ということだ。倫章の悩みなど、真崎にかかればこの程度だ。

どこまでもマイペースな男の偉大さに感服し、心の底から感謝した。


その夜、倫章は先日のラウンジで、真崎の親父さんと落ち合った。

パリにいるはずの真崎を伴って現れた倫章に、さすがの親父さんも驚きを隠せなかったようで、「日本にいたのか」と目元を綻ばせた……のは一瞬のこと、すぐに顔を無表情に戻してしまった。そして親父さんは真崎と倫章にソファの一方を勧め、その向かいに野瀬さんと並んで腰を下ろした。

無表情ながらも、親父さんが息子との対面を喜んでいるのは明らかだった。だが倫章のほうは困惑を隠せない。ゆうべあんなことがあったから、野瀬さんの顔を直視できないのだ。野瀬さんも倫章を正視できないようで、どうにも腰が落ちつかない。

だからこそ、極力自然に振る舞うよう意識した。倫章の頬の痣が野瀬さんのせいだとわかれば、真崎はきっと黙ってはいない。親父さんの前で、息子を傷害罪で逮捕させるわけにはいかない。冗談ではなく、真崎なら現実にやってしまいそうな気がするから。

「お忙しいところ、お呼びだてして申し訳ありません」

頭を下げると、親父さんが微笑んで首を横に振った。

「こんなに早く返事が聞けるなんて嬉しいよ。かといって、朗報かどうかは……」

途中で言葉を切り、真崎を見、溜息をついて足を組み替えた。

「期待するなということか」

と、自分でまとめて苦笑した。

口を挟むなと倫章が釘《くぎ》を刺したせいで、真崎はさっきから無言に徹している。

そういえば真崎は、正月のカミングアウト事件以来、真崎家から勘当されていたのだった。でも、久しぶりに父親や従兄に会ったのだから、挨拶くらいすればいいのに…というか、間が持たないから、してほしい。

それにしても、ふたり揃うと本当によく似ている。真崎に三十歳足して髭を生やしたら、親父さん二号の完成だ……と思ったとたん、そうだったのか！　と合点がいった。

「朝晩必ず髭を剃《そ》る理由、やっとわかった」

なんだ？　という目で真崎がこちらを向いたけれど、気づかないふりをして目を逸らした。間違いなく真崎は、自分が親父さんと似ていることを自覚している。

可愛いやつ…と口の中で呟いて、咳払いで誤魔化し、あの…と倫章は切り出した。

「先日のお話ですが、とてもありがたく拝聴しました。身に余る光栄だと思っています。

ただ、俺は伝通で学びたいことが、まだたくさんあります。きっとこれからも、どんどん出てくると思います。なので、お気持ちは本当に嬉しいんですけど…」

黙って耳を傾けていた親父さんが、ふいにコーヒーカップをテーブルに戻し、倫章の顔を顎でしゃくった。

「その痣は、どうした」

「え？　あ……っ」

とっさに倫章は頰に手を当てた。言わなくても見抜いていたのだろう親父さんが、隣の野瀬さんをジロリと見る。

「一昨日ここで会ったときは、そんな傷はなかったはずだ。…偶然だな。私の秘書も、昨夜どこかで大きな痣を作ってきた」

言葉の意味を瞬時に読みとった真崎が、身を浮かせた。とっさに真崎の腕を摑んで止めたものの、簡単に振り払われてしまった。

「おい高広！　お前、まさか……‼」

「私が、なにか？」

「倫章に、なにをした！」

「したのは私ではなく、史彦じゃないのか？」

「……――どういう意味だ」

真崎の拳がグググ…と固まり、倫章はギョッと目を剝いた。助けを求めて親父さんを見ると、倫章が懇願するまでもなく、低い声でふたりを一喝してくれた。

「よさんか、こんなところで。馬鹿者が！」

青くなってサッと姿勢を正す野瀬さんと、ふて腐れたように腰を下ろして足を組む真崎と。あまりに対照的な反応が、逆に微笑ましかった。生真面目な長男に自由奔放な次男といった感じだ。

倫章の考えていることがわかったのだろう、親父さんが肩を竦めた。困った息子たちだ……と、その顔はどう見ても喜んでいる。

視線を感じて隣を見れば、以心伝心の親父さんと倫章に嫉妬したわけではないだろうが、真崎が倫章を睨んでいた。そんな露骨に敵対心を剥き出しにしなくても…と肩を竦め、倫章は話を元に戻した。

「あの、こんなことを俺が言うのは烏滸《おこ》がましいかもしれませんが、新規事業を立ち上げたい人は、マサキ・コーポレーションの中にも、きっといると思うんです。まずは御社内で希望者を募れば、活気にも繋がると思います。また、ゆくゆくは秘書に…との件ですが、これも外部の俺なんかじゃなく、もっと御社の理念や経営方針、なにより親父さん……その、社長の意を汲《く》む適任をお育てになったほうが…」

「高広に同情は無用だ」

厳しい声で親父さんが言った。野瀬さんの肩がピクリと動く。

真崎とよく似たロマンスグレーが、足を組み替えてソファに凭《もた》れた。口元だけで笑みを作り、三人の「若造」を順に見る。

「一族経営には限界があると前にも話したぞ、倫章。同じことを二度言わせるな」

すみません、と倫章は反射的に頭を下げた。いまは真崎の父親というより、完全に日本有数の大企業代表の顔だ。あまりの気迫に、腿に置いた手が汗ばんでしまった。

「一族経営は、もはや時代遅れだ。現事業の規模にそぐわない上に、有能社員の士気を削《そ》ぐ。いま私が求めている人材は、積極的に意見を戦わせ、グループの活性化を図れるリーダー的存在だ。…わかるか？　忠実な僕《しもべ》が欲しいなら、ロボットで充分ということだ」

最後の一撃は、野瀬さんに向かって発せられた言葉だった。

はあぁぁ…と、真崎が隣で倦怠《けんたい》感満載の溜息を吐いた。

「内輪揉めなら、内輪でカタをつけてくれ。倫章をゲームのコマに使うな」

倫章は真崎に肘鉄を食らわせた。頼むから親父さん相手に放射能を吐かないでくれ…との倫章の祈りは、ものすごい剣幕で弾き飛ばされてしまったが。

「高広をここまで根暗なスレイブに育てたのは、他でもない、あんただろうが。倫章がこいつのカンフル剤になるとでも期待していたのか？　その結果が、ふたりの顔の痣だ。自分の秘書がどういう行動に出るのか想像もできない人間に、活性化を語る資格などない」

真崎！　と、今度は腕を摑んで引っ張った。普段は人の百倍頼りになる男が、父親の前では、反抗期の子供に戻ってしまうから困る。

真崎本人は気づかなくとも、倫章には手にとるようにわかるのだ。真崎の内面の変化が。

越えられない壁を前にして、持てうるかぎりの武器を振り上げ、全力で突進する挑戦者の姿が。いつもの策略も計算もない。そのままの姿で戦おうとする真っ直ぐな意志が。それは偏《ひとえ》に、親父さんの偉大さを誰よりも知っているからだ。

「ひどい言いぐさだな、史彦。私は高広をスレイブなどと思っていない。例えるなら高広は、殻を破れないどんぐりだ。いつかは自分の意志で転がり、殻を破って根を張れば、巨木に育つと信じている。だから側に置いている。…いまはな」

その言葉を受けて、野瀬さんが口元を少し動かした。感極まっているのか、悲しんでいるのか。この人の表情は本当に読めない。こんな難しい人を秘書にしている親父さんなのだから、倫章の顔色をスラスラと解読できて当然だ。

「高広が巨木になろうが根腐れしようが、俺たちには関係のないことだ。そっちで勝手にやってくれ」

倫章は真崎の腿に手を置き、強く押さえつけた。落ちつかせるためではなく、これは手綱《たづな》だ。暴れ馬を大人しくさせるには、倫章が冷静にならなければ。

「真崎、ケンカしにきたわけじゃないんだ。噛みつくなら席を外してくれ」

睨みつけると、真崎が肩で大きく息をつき、ソファに背を預けた。と、親父さんの眉がひょいと上がった。こんな風に言われて黙る息子の姿が珍しいのだろう。

首を傾げた親父さんが、口元を弛め、ぽつりと言った。

「後継者の器は史彦かと思っていたが、案外お前かもしれんな、倫章」

これには面食らってしまい、俺ですか？　と目をパチパチさせてしまった。勘弁してくれ…と、真崎が再び前傾姿勢で牙を剥く。

「何度も同じことを言わせないでくれ。真崎の家の問題に倫章を巻き込むな」

「家長としてではなく、一企業の代表としてスカウトしているんだ。倫章のバランス感覚は、たいしたものだ。なにより私は次世代のリーダーを求めている。後継者を育てたいんだ。自分の息子に、さっさと逃げられてしまったからな」

真崎の声が、掠れる。

「俺は逃げたわけじゃない。自分の道を自分で選択しただけだ」

「それは言い訳だ。お前は私が重いんだろう？　プレッシャーに負けて尻尾を巻いたも同然だ。私を越える男になると楽しみにしていたが、とんだ見当違いだった。カンヌの最高賞がどれほどのものか知らんが、しょせん井の中の蛙《かわず》だ」

なんだと？　と腰を浮かせた真崎を座らせようと、とっさに袖を掴んだとき。

「社長ッ！」

真崎を圧倒する勢いで立ち上がっていたのは、野瀬さんだった。

倫章と真崎が驚いて目を剥いたのは当然として、親父さんまでもが眉間にしわを刻みつけ、不快げに睨み上げている。

「大声を出すな、みっともない。座りなさい」

「は…はい。すみません。ですが、社長」

座りながら、野瀬さんは親父さんの前で膝を揃え、きっぱりと言った。

「私は、コマで構いません！」

「高広……？」

訝しげに、真崎が眉を寄せる。

「私は院を卒業して以来、社長一筋にお仕えしてまいりました。及ばずながら連日社長のお側で、社長をお支えしてきたつもりです。社長の下で働けるだけで幸せです。いま現在もそうです。果報者だと思っております」

グッと拳を握りしめ、野瀬さんが声を震わせた。

「私はロボットではありません。ですが、積極的に意見を戦わせるリーダーにもなれません。ですから……社長。カンフル剤が必要なら、どうか私を利用してください」

「…どのような利用法がある？」

親父さんに訊かれて、野瀬さんがゴクリと唾を呑む。

「私を、秘書というポストから外してください」

これには倫章が面食らった。野瀬さん…と思わず身を乗り出して、待ったをかけるべく手を伸ばしたけれど、今度は真崎に止められてしまった。…そうだった。野瀬さんが自分の意志で、自分の意見を社長にぶつけているのだ。止めてはいけない。

「現在のマサキ・コーポレーションの重要なポストは、安住のうえにあぐらをかいた一族が占めています。もし私が降格を命じられれば、一族には良い薬になるでしょう。私のことを好ましく思っていない支社長らもいると聞きます。彼らは私を社長候補と大きな誤解をしているようで…野瀬に代替わりしたら、この会社は倒産だと陰で噂する者もいるそうです。…そのような不満が漏れ聞こえるいまだからこそ、私の降格は公平な処置だと歓迎され、社内の士気も高まるでしょう」

野瀬さんの言い分を黙って聞いていた親父さんが、ポツリと言った。美しい犠牲的精神だな……と。

「私の夢は七十で会長の座に納まり、悠々自適に暮らすことだ」

「もちろん承知しております」

「あと十二年だ。この短期間で私は誰を育てればいい？　お前を外してカンフル剤に利用したあと、誰がのし上がってくる？　副代表の田地《たじ》か？　あれは私の二歳上だ。先に引退してしまうぞ。十二年後のマサキ・コーポレーションのトップに相応しい人物は一体どこにいる？　降格処分されたお前が、自力で山頂まで這い上がってくるか？」

「それは――――」

言葉に詰まった野瀬さんが、真崎を見た。

その瞳には、憎悪が漂っていた。

同時に、縋《すが》るような弱さも。

複雑な感情に揺れる目を、真崎も寡黙に受け止めているようだった。

そして野瀬さんは、きっと、最も言いたくなかったであろう意見を、ついに口にしたのだった。

「社長の後継者は、ふ……史彦以外に、いないかと……」

とても苦しげに、悔しそうに、野瀬さんは声を絞り出した。

そして、すぐさま俯き、無言で両肩を震わせた。

それを口にすることは、どんなに悔しかっただろう。

本人の前で敗北を認めざるを得ないのは、どれほどきつい試練だろう。

親父さんを尊敬するあまり、忠実な僕となる道を自ら選択した野瀬さんは、できることなら真崎史彦になり代わりたいと、頭を掻きむしった日々もあっただろうに。

頭を垂れた野瀬さんは、腿に指をくいこませ、悲痛な声で懇願した。

「私は社長を裏切りません。社長のご期待に添うよう、一層励み精進します。巨木になった暁には、マサキ・コーポレーションの傘となるべく枝葉を伸ばし、外壁となり、我が社を全力で守ります。ですから、どうか……もっと私を、利用してください！」

真崎が急に立ち上がった。倫章の肘を摑み、促す。

「倫、行くぞ」

「え、でも…」

「これ以上いても時間のムダだ」

どこまでも冷たい真崎に引きつつも、腰を上げながら親父さんに謝罪した。

「あの、今日は本当に、いろいろとすみませんでした」

チラリと倫章を横目で見た親父さんが、小さく数回頷いた。「わかったから、もう行け」と。息子のことはお前に任せたと…苦笑まじりの目配せも添えてくれた。

「身内の恥をさらしてしまったな。不快な思いをさせてすまなかった。これに懲りずに、またコーヒーでもつき合ってくれ、倫章」

「はい、喜んで」

本当に心から喜んで声を弾ませたら、真崎に舌打ちされてしまった。倫章を自分の後ろに押しやって、最後まで親父さんに釘を刺す始末だ。

「今後一切、倫章と接触するな」

「おい真崎、それはちょっと…」

「私は純粋に倫章をスカウトしただけなのだが……と、いくら説明しても信用してくれんのだろうな、お前は」

困ったような怒っているような、反抗的な息子との会話を楽しんでいるような、複雑な溜息をついて親父さんが肩を竦めた。

強引に倫章の肩を抱いて席から離し、真崎が親父さんを振り向いた。

「高広を秘書に置いた瞬間に、あんたはソイツの将来の責任を負ったんだ。倫章に構っている暇があったら、秘書の行動監視と意識改革に努めたらどうだ」

「肝に銘じておくよ、史彦」

失礼しますの挨拶も言わせてもらえず、真崎にグイグイ押されてラウンジを出た。乗り込もうとしたエレベーターのドアを手で押さえたのは、野瀬さんだ。

肩で大きく息をつき、野瀬さんが言った。

「あのメールを流したのは、私だ」

「え……！」

目を剥く倫章を…ではなく、真崎を、野瀬さんは真っ向から睨みつけていた。

「私を殴れ、史彦」

倫章は、真崎がそうするかと思った。だが真崎は、きっぱりと断ったのだ。

「お前など、殴る価値もない」

「おい、真崎っ！」

またケンカをふっかける気か！　と割って入ったら、下がっていろと押し戻された。

「俺は、自分と対等以上だと認めた相手しか殴らない。お前が自分の殻を破って巨木に成長した暁には、喜んでサンドバッグにしてやる。覚悟しておけ」

だから早く巨木になれと、ハッパをかけているような気がした。それは野瀬さんにも、きっと伝わったに違いない。

でも野瀬さんは、苦しげに顔を歪め、激しく首を横に振った。

「社長の夢を叶《かな》えてくれ、史彦！」

声を絞り出し、野瀬さんがドアから手を離した。エレベーターが、ゆっくりと閉まる。

一階に到着し、タクシーに乗り込み、倫章のマンションに到着するまで、真崎は厳しい表情で腕を組んだまま、一度も口を開かなかった。

「真崎、フロ空いたよ」

浴室から顔を出すと、真崎はソファに凭れ、バーボンをストレートで口にしていた。顔つきは非常に険しい。イラついているのは明白だ。久々に親父さんと対峙して、なにかしら思うことがあったのだろう。昔からそうだ。実家に帰ったあとの真崎は、大抵こんな顰《しか》めっ面だった。

何杯目かのバーボンを呷《あお》る真崎に近づき、それとなくグラスに手を置いて遠ざけ、眉間の縦じわが似合いすぎる男の顔を覗き込んだ。

「中傷メールの犯人…というか、送信元か。判明してよかったよ。これで安心して仕事に打ち込める」

と微笑みかけても、真崎の目の焦点は虚《うつ》ろ。完全に心ここにあらずだ。

仕方なく会話を諦め、後ろのベッドに移動した。どうやら真崎の気持ちが落ちつくまで、放っといたほうがよさそうだ。

倫章も、シャワーを浴びながら考えていたことがある。

マーケティング局の社員の名刺を一枚でも持っている人間なら、メールの送信は容易い作業だ。ドメインは、まったく同じ。あとはアカウント部分を社員それぞれの名字に変えれば、案外容易く送信出来る。社員の名前は……モバイルで試してみたら、思っていたより簡単に一覧を入手出来た。

Gプロについては、契約社員のSNSが情報源だと思われる。「うちの水澤さん、Gプロさんと打ち合わせ中。今度のCF、チャオくんだそーです！」と、数日前に呟いたそうだ。ちなみにこの契約社員は情報漏洩《ろうえい》という理由で、山田部長から厳重注意を受けた。

野瀬さんは、それらの情報をどんな気持ちで集めたのだろう。なぜそこまで自分を追い込んでしまったのだろう。

強姦――――についても。

絶対に許し難いことだけれど、結果として未遂であり、犯行は成立していない。なにより、これ以上騒ぎを大きくしたくない。だから真崎にも黙っておいたほうがいい。それに野瀬さんは、もう二度とあんな卑怯な手段には出ないような気もするから。

あとはもう、野瀬さん自身の問題だ。願わくば今回のことを踏み台に、いい方向へ転じることを祈るばかりだ。

時計を見ると、時刻は深夜一時半。もう眠らないと明日の業務に障る。

「真崎。俺、そろそろ寝るけど……パリへは週末に戻るんだっけ？」

と訊いてるのに、完璧に上の空だ。

聞こえなかったのかな…と思って顔を覗き込むと、無言で頭を抱え込まれた。そのまま床へ仰向けに倒されたときには、首筋に唇を押しつけられていた。真崎の指が、パジャマのボタンを外してしまう。

「ちょっ…、真崎、するならベッドで…っ」

抗いながら訴えても、やっぱり真崎は答えてくれない。

唇を封じられたまま両手首を吊り上げられ、下を乱暴に脱がされて、無理な体勢で体を開かされた。体を濡らしてもくれないなんて、真崎らしからぬ手荒さだ。詰め込むようにされて、倫章は歯を食いしばった。

「んぅっ……！」

反射的に逃れようとする腰を、力任せに戻され、猛ったそれを力ずくで押し込まれ、あまりの痛みに汗が噴き出す。

「い……っ」

真崎だって痛いはずだ。わざと苦痛の中に身を置きたがっているとしか思えない。

「痛い……、真崎、痛いよ……っ」

首筋に歯を立て、膝裏に指を食い込ませ、真崎が無言で倫章を貫く。ただ無意味に、苦痛だけが押し込まれる。

「うっ、ん……あぅ」

痛みを呼吸で逃しながら、届かない言葉のかわりに、体で真崎を慰めた。真崎の胸中が手にとるようにわかるから、乱暴に犯されることにも耐えられた。

『お前は私が重いんだろう？　プレッシャーに負けて尻尾を巻いたも同然だ』……あの親

父さんの一言が、真崎に及ぼす影響を。そのダメージの大きさを。

『カンヌの最高賞がどれほどのものか知らんが、しょせん井の中の蛙だ』……いくら真崎が最高賞を手にしても、世界を舞台にマーケットを展開させている親父さんにとっては、一業種の中でのお祭り騒ぎという認識でしかない。

要は、真崎は親父さんに、未熟と言われたも同然だった。一分野で満足する器だったのかと、がっかりされてしまったのだ。

いま真崎は、地団駄を踏んで悔しがっている。まだ親父さんを越えられない。まだ認めてもらえない。本当は親父さんのことを心から尊敬しているのに、ちっとも素直になれない。あの野瀬さんでさえ本音をぶつけたのだ。なのに自分は、まだあの巨大な山に挑むことを避けている…と。

戦う必要なんてない。本当は、そう言って解放してやりたい。一分野のプロフェッショナルで充分どころか、最高に素晴らしいことだ。それ以上を求める必要なんてない……そう言って真崎を呪縛から解き放ってやりたい。もっと自由にしてやりたい。

だけど、それは無理なのだ。真崎が、真崎史彦であるかぎり。

「…どこがいい」

耳を澄ませなければ聞き逃してしまうような声だった。

「こんな男の、どこがいい……！」

質問に答えてあげたいけれど、言葉など役に立たない。真崎の葛藤が激しすぎて、心の深淵《しんえん》が暗すぎて、救うことは不可能だ。真崎が自力で乗り越えるしかない。

だから倫章は、黙って真崎を抱き締めた。

倫章を泣かせるためだけに、はるばるパリから飛んできてくれた優しい恋人を。

疑心暗鬼の同僚や捻《ひね》くれ者の後輩を、あっさり味方につけてしまう、魅力的な男を。

敗北感で崩れ落ちている、痛々しい大事な人を。

そして倫章は、ふと思った。自分と真崎の関係を。

いずれ真崎が上司になっても、もしくはマサキ・コーポレーションのトップに立ったとしても、きっとふたりは少しも変わらないのだろうな……と。

ときには不安に陥ったり、足元を見失ったりしながらも、互いを慰め、心身を温め合い、癒し合えるような気がする。

愛する人の肌の温もりは、どんな励ましの言葉よりも即効性の良薬だ。だから、どれほど心が荒《すさ》んだ状態でも、嵐の中に投げ出されても、ふたりでいれば大丈夫だ。

長年培《つちか》ってきたこの絆は、地球史上最大級のブリザードにだって引き裂けやしない。

「全部…」

真崎の熱さを体の奥で感じながら、倫章は呟き、口づけた。真崎の頬に、額に、こめかみに。そして愛しい唇に。

過去に何度も味わった将来への不安や焦燥は、倫章の記憶中枢から綺麗さっぱり消滅していた。真崎が暗雲の中で藻掻《もが》いているからこそ、自分は晴れ渡る空でいようと思えた。

「全部好きだよ」

腰が自然に熱を帯びる。真崎に求められて柔軟になる。

愛しい真崎を締めつけると、それは倫章の体内で、もっと強く逞《たくま》しくなった。

命の脈動に震えながら、倫章は微笑んだ。

「弱さも脆《もろ》さも、大好きだよ。傲岸不遜《ごうがんふそん》で高飛車で、スケベでサドで強引で、嫉妬深くて執着心が半端なくて、独占欲の塊で意地っ張りなところも全部好きだ。お前のイビキも爪の垢《あか》も、大好きだ。嫌いなところなんて、どこを探してもみつからない」

真崎が噎《むせ》び泣いている。

気づかないふりで、倫章は真崎を抱きしめた。

倫章の肩に顔を埋め、真崎が体を震わせる。

懸命に声を殺し、寡黙に、一心不乱に貫いてくる。

伏せた瞼の、向こう側で。

手が届きそうで届かないサイドテーブルのライトが、いつまでも揺れていた。

いつも隣に俺がいた

二年なんて、長すぎる。

真崎《まさき》の海外異動を知らされたとき、倫章《りんしょう》はそんなふうに落ち込んだ。離れるのが辛いから、いっそ別れたいなどと矛盾したことを訴えて、真崎を心底困らせた。

思い返せばあのころの自分は、嫌になるほど内向的な思考だった。卑屈な上に強情で、恋人の足を引っ張るような投げやりな言動ばかりして。いまにして思えば、あんな性格で、よく真崎に愛想を尽かされなかったと思う。

真崎がパリに赴任している二年間も、もちろんトラブル続きだった。倫章と真崎、それぞれの浮気疑惑に、強姦未遂事件。真崎親子の葛藤も凄《すさ》まじかった。

慌ただしいのはプライベートだけじゃない。この二年の間に真崎は、世界が認める超一流CFプランナーの仲間入りを果たし、パリ支局を裏で仕切る有能ディレクターとして多大な功績を収めた。かくいう倫章も、地道な努力が報われて、ようやく先週づけで株式会社伝通《でんつう》のマーケティング局プランニング課の課長に昇進を果たした。

気づけば真崎も倫章も、共に三十を迎えていた。

ふたりの出会いを語るには、十五年前に遡らなくてはならない。大昔のように感じるけれど、倫章自身はついこの間のことのように、「そのとき」を鮮明に覚えている。

寒波のおかげで桜の開花が遅れた年、翔南《しょうなん》高校の校庭には、桜の花びらが美しく舞っていた。満開の桜の祝福を受けて臨んだ入学式。そこで水澤《みずさわ》倫章は、真崎史彦《ふみひこ》と出会ったのだった。

五十音順で名を呼ばれ、並んでみたはいいけれど、目の前に立つクラスメイトは倫章より三十センチは背が高く、その広い肩幅と背中に早くもムッとしたのだった。だから声はかけなかった。向こうも、後ろを振り向くことはなかったし。どうやら他人に興味のないヤツらしい…と、勝手に性格まで決めつけて。

でも、校長が話しているのに顔が見えない。なんとかして壇上を拝みたい…と、彼の背後であれこれ模索していたら、その長身が振り向いたのだ。

見上げた瞬間、ぽかんとした。ちょーイケメン…と、危うく声を漏らしてしまいそうだった。真崎は真崎で倫章のことを「女みたいに小綺麗な顔」だと思って眺めてしまったそうだから、そういう意味ではお互い様だ。

おまけに倫章は、真崎の名字を「しんざき」だと早とちりして、真崎は真崎で倫章の名を、「のりあき」だか「みちあき」だかと読み間違えていたらしい。

そんな誤解だらけの出会いだけれど、真崎と目が合った瞬間に、こいつとは長いつき合いになりそうだ…と直感したのは嘘じゃない。その直感が実感に変わるまで、さほど時間はかからなかった。

高校三年間と大学四年間。同じ学舎で日々を共にし、めいっぱい遊んで、必死に学んで、せっせとバイトして、社会人になってからも同じ企業の同じ課に配属されてコンビを組んで戦ってきた。

殴り合いのケンカは一度や二度じゃない。それでも壊れない関係に、何度助けられたことか。山をひとつ越えるたび、揺るぎない存在に感謝する毎日だった。

振り返れば背後には、ふたりの軌跡がくっきりと道を作っていた。だから再び前を向き、胸を張り、自信を持って邁進《まいしん》し続けられたのだ。

倫章にとって真崎は、三十年という人生の半分を共に歩いてきたパートナーだ。

そして、それは、これからも、きっと――――。

◇◆◇

「だからさ真崎。どうして俺が、お前の歓迎会の幹事なんだ？」

「そりゃ、お前が適任だからだろう」

「二年前の送別会だって俺が実行委員だったんだぜ？　毎回俺ってのは、不公平だと思うんだけど」

「だったら自力で、他に誰か適任を探せよ」

「まぁ……そうだけどさ」

目の前でぐつぐつ煮立っている湯の中に、高級松阪牛をしゃぶしゃぶしゃぶ…っと泳がせて、ごまだれにサッと絡めて口に入れた。

「うまー！」

「牛だ」

真崎が笑わせるものだから、危うく松阪牛を噴き出してしまうところだった。

高級霜降り肉ならではの、ふわっふわの口当たりがたまらない。大満足で嚙みしめたら、真崎はそれに輪をかけた至福と恍惚の狭間に身を置き、うーん…と唸った。

「やっぱりポン酢は美味い」

「…そこかよ」

「醬油《しょうゆ》は世界最高の調味料だ」

「ポン酢なんだから、酢も褒めてやれ。俺はごまだれを全力で褒める」

「ごまよりポン酢だ」

「俺はどっちも好き。ごまとポン酢のミックスも好き。わさび醬油も美味しいよな」

「八方美人め」

どうでもいい会話が楽しくて、ちょっとしたことで笑いが起きる。ごまもポン酢もいいけれど、やっぱり大好きな人と囲む食卓こそが最強の調味料だ。

白菜や榎茸《えのきだけ》をミックスだれで味わいながら、だけどさ…と倫章は話を戻した。

「今年は二年前とは事情が違うんだよな。対外的には、真崎はカンヌのグランプリ受賞者だろ？ 上層部からは、その真崎の立場を考えて企画しろって言われてるんだ」

「俺の立場？」

「うん。パリへ行くときの二の舞はダメだってさ。内輪の送別会のはずが、取引先も大集合して、山猫屋《やまねこや》のイスが足りなくなって、みんなで社屋《しゃおく》から運んだの覚えてるか？ あの手際の悪さは恥ずかしいって言われちゃって。で、最初からパーティーホールを予約しろってお達しがあったんだ」

大袈裟な……と眉を寄せ、真崎が肉を湯の中で揺らした。ごまだれの皿を差し出してやると、真崎は素直に、薄桃色になった食べ頃の肉をチョイとつけた。口に入れたのを見計らって、「イケるだろ?」と顔を覗き込んだら、「美味い肉は、なにをしても美味い」と返された。まったくコイツは素直じゃない。

「で、もっと困ったことに、帰国祝いをやるならウチの展示場を使えって、ニッソンの国松《くにまつ》さんが立食パーティーのプランを持ってきたんだ。あとヨントリーさんも、赤坂のヨントリーホールを自由に使っていいって。飲み物も自社製品を無料で提供してくれるってさ」

はぁ? と真崎が顔をしかめた。俺は一体どこの社員だ、と。

「国松さんって元々がプランナーだからさ、こういうこと大好きなんだよ。でも、国松さんにお願いすると、ヨントリーさんの顔が立たないし…」

ウーンとめいっぱい悩んだ末、

「やっぱ鈴木《すずき》に任せよーぜ」

と、早々に逃亡を図ってしまった。

じつは今日、真崎がパリから帰国した。

ただ帰ってきただけではなく、約二年に亘るフランス支社パリ支局生活に別れを告げ、晴れて本社勤務になったのだ。

真崎と倫章の関係を知る山田《やまだ》部長の配慮だろうか、真崎は倫章の上司に納まることなく、新規のポジションを与えられた。海外経験を生かしての起用で、グローバル・マーケティング統括部の部長、略してGM統括部長だ。真崎の才能を活かすために立ち上げられた新部門との噂だが、それは間違いないと思う。海外出張も増えるけれど、とにかく今後の拠点は日本ということで間違いない。

この大躍進には、倫章も正直驚いていた。でも真崎の実績を考慮すれば、諸外国を相手に戦う部署の責任者に任命されるのは当然だ。なんといっても真崎は伝通きっての逸材なのだから。

真崎のパリ土産の赤ワインをグラスに注ぎながら、倫章は積極的に鈴木を推《お》した。

「鈴木って、お前の送別会の司会をやってくれただろ？　あいつさ、営業部推進課の課長に昇格したばかりなんだ。いま有頂天になってるから、言えばなんでも引き受けてくれるよ。もともとがお祭り男だし、お前をダシにして騒げるなら、向こうから名乗りをあげるよ。うん、そうしよう。やっぱ鈴木が適任だ。会場探しもあいつに任せようぜ」

…と、目の前の真崎に同意を促したら、なぜか不機嫌な顔をされた。

「どした？」

「あのな、倫」

「うん。なに？」

箸を置いた真崎が、空になった器を横にどけて、テーブルに肘を突いた。

「もう少し、中身のある会話をしないか？」

正面から切り込まれて、つい噎《む》せてしまった。

「例えば？」

胸元をトントン叩きながら訊くと、例えば…と真崎が復唱した。

「例えば、正直に懺悔するんだ」

「懺悔？」

「本当に話したいのは歓迎会のことじゃない。感極まって緊張が高まり、適当な話題に逃げているだけだ…ってな」

言われて倫章は赤面してしまった。完全に読まれている。

ワインを干して、真崎が微笑む。

「お前の考えていることくらいわかるよ。俺も同じだ。お前の立場も俺の立場も、どちらもそれなりに難しい。だが、悩むのは明日にしないか？　今夜は素直に再会を喜ぼう」

「真崎…」

言われてみれば、そのとおりだ。真崎も自分の大躍進を手放しで喜ぶのは複雑だろうし、地位を含めた周囲の羨望と期待にも、しっかり応えなければならない。

「確かに難しいよな。とくにお前は同僚との関係性が大幅に変化するわけだから…」

言うと、真崎が苦笑まじりに溜息をついた。おもむろに腰を上げ、テーブルを回って倫章の隣に立つ。

「…なに？」

「寝室に行こう」

いきなり肘を摑まれて、なかば強引に立たされた。

「ちょっ、おま……お前、なにを急に血迷ってるんだ」

「血迷っているのは、お前のほうだ。さっきから会話が上滑《うわ》りしていることに気づいてないのか？」

「上滑り？　そうか？　って、でも、あ、だって肉は？」

「肉はあとでいい。まず、やることをやってからだ」

「やることとって、なな、なに……うわっ」

いきなり横抱きにされ、ダイニングからリビングに移動し、通過して、寝室へ拉致されたあげく、クイーンサイズのベッドに勢いよく放り投げられてしまった。倫章が体勢を立て直すより早く、真崎が服を脱いでしまう。上半身を露わにした真崎がベッドに膝をつき、上ってきて、倫章の上に身を重ねると、唇を近づけてきた。

「おい真崎、ちょっと待て！　まだメシの途中だぞッ！」

「いいから頭を冷やせ、倫」

「冷やせって、俺はべつに…ぅっ」

抗議を続ける唇を、強引にフタされた。頭を冷やせと言っておきながら、これでは完全に逆効果だ。

「んんん、ん、んーっ」

ジタバタすればするほど羽布団に沈み込んでゆく倫章を、真崎が裸に剥いてゆく。面食らっている倫章の鼻先を啄みながら、真崎が小さな苦笑を漏らした。

「お互い緊張しているな。さっきから、どうも落ちつかない」

「……真崎」

優しく唇に触れられ、頬骨の上にキスされた。同時に襟足を指で愛撫され、きゅうぅ…と胸が締めつけられる。トクトクトク…と、心音が耳奥で早さを増す。

「俺もな…倫。普通に接しているつもりが、玄関に足を踏み入れてからずっと、ぎこちなさを感じている。お前とのせっかくの会話の内容が、まったく耳に入ってこないんだ」

かすかな自嘲。そして、キス。唇を触れ合わせながら、倫章はクスクスと笑ってしまった。ぎこちなさを感じていたのは、自分だけではなかったのだ。

緊張でシーツを握りしめていた手を、そっと真崎の背に回した。触れたら最後、ぎゅうぅっ…と抱きしめずにはいられない。やっと真崎も倫章を強く抱いてくれた。

「あぁ…」

感嘆してしまった。懐かしい真崎の匂いだ。倫章にだけわかる香り。この柔らかな肌の温もりが、どこにいるよりも落ちつく。たちまち緊張がとけてゆく。やっと冷静になれた。

地に足が着いた。そんな気がした。

髪にくちづけてくれながら、真崎が囁く。

「これからは毎日、いつでも会える。互いの一喜一憂をリアルタイムで共有できる。それだけでドキドキしてしまう。なにも手につかないほど浮かれてしまって、有頂天になって、自制が効かなくなってしまう」

見透かされていた心の中身は、真崎が代弁してくれた。恥ずかしいけど、ひどく嬉しい。思っていたことは一緒だ。

「だから、無理や我慢はやめよう、倫。いま俺たちが一番求めていることだけを、正直にすればいい」

「それが……これ？」

「俺はそうだ。お前もだろう？」

少し躊躇して頷いたら、真崎が髪にキスしてくれた。

真崎の言うとおりだ。真崎が帰ってくるとわかったとたん、慌てて午後から半休をとって、夕食の支度に走り回って、家中の掃除をして、やっと家に到着した真崎に対してお帰りのキスもせず、「メシの支度、出来てるよ」と投げつけて、ごく自然にふるまおうとして……みごとに失敗してしまった。

なぜなら、どうしていいかわからなかったから。真崎が日本に戻れるとわかって、どう悦びを表現すべきなのか、興奮の仕方も忘れてしまうほど舞い上がっていたから。

感情のままに抱きついてしまえば、感極まって抑制が効かなくなって、みっともなくも三十にして号泣してしまいそうだった。会いたかった、淋しかったと泣き喚《わめ》き、帰国初日にして無様な姿を晒してしまいそうで、とにかく冷静に、いつもどおりに…と、そればかりを意識していた。

「二年も待たせてすまなかった、倫」

真崎の広い胸に抱かれながら、倫章は苦笑で首を横に振った。寂しかったけど、もう大丈夫だ。今日からは、いつも一緒だから。

「戻ってきてくれたから、いいよ」

答えると、骨が折れるかと思うほど強く抱き締められた。

「倫」

「うん」

「愛している」

「うん、俺も」

「もう二度と離れない」

「うん、俺も絶対離れない」

「倫、俺の倫章…──」

真崎の帰国のタイミングに合わせたわけではないけれど、この春、新居が……夢の三世帯住宅が完成した。

なぜ三世帯なのかというと、倫章も真崎もひとりっ子だから、ゆくゆくは親の面倒をみたい。となれば、万が一のことがあった場合、いつでも遠慮なく双方の親に越してきてもらえるようにと考えた上での間取りだった。……といっても、双方の親が息子たちと一緒に住んでくれる保証など、無いに等しいけれど。

倫章の父親は、いまだに真崎との関係に気づいていないし、真崎のお袋さんは、男同士の関係が、どうしても許せないようだった。

かろうじて見守ってくれているのは、真崎の親父さんと倫章の母親だ。祝福とまではいかなくとも、それが自分で選んだ道なら…と容認だけはしてくれている。

だから倫章は夢見ている。いつかこの家で、家族みんなで仲良く生活できることを。

そう。真崎とは家族だ。もう家族になったのだ。生涯共に生きると誓ったふたりは、永遠の絆で結ばれた、紛れもない家族なのだった。


縺《もつ》れ合ったふたつの体が、ゆったりと動いている。

大きく深く揺われて、一緒に腰が揺れている。

倫章の息づかいに呼応するように、真崎が長い感嘆を漏らしている。かなり気持ちがいいらしい。愛する人と睦み合えるのは、究極の幸せだと倫章は思う。

ひとりで自分を慰める夜は、おそらくこの先、二度とない。

手を伸ばせばいつも、真崎が隣にいるのだから。

真崎が帰国してからの日々は、あっという間に過ぎていった。仕事の多忙さはいつものことながら、真崎を囲んだイレギュラーな宴会が目白押しで、ハイになったテンションが上がりっぱなしで、なかなか寝つけない日々が続いた。

真崎の歓迎会がようやく終わると、今度はクリスマスパーティーだ。取引先の忘年会も日参でこなし、あれよあれよという間に年末年始が過ぎてしまった。

忙殺されて里帰りの余裕すらなかった新年だけど、親に会おうと思えばいつだって会える状況下にある。その事実に倫章も真崎も、どこか安穏《あんのん》としていた。

その速報が流れたのは、今年の最低気温を記録した雪の朝。

真崎が帰国して三カ月が経過し、新年度もスタートして、仕事と私生活が順調に回り始めた矢先だった。

「あー、長い会議だったたっ」

伸びをしながらオフィスのカフェ・コーナーに足を踏み入れると、コーヒーマシーンの隣のテーブルで、三人の女子社員がモバイルを繰りながら盛り上がっていた。このパンプスがカワイイだの、今年はこのスプリングコートが欲しいだの。

女の子ならではの楽しげな会話は、鳥のさえずりに似て心地いい。口元に笑みを浮かべてコーヒーマシーンに近づくと、気づいたひとりが顔を上げ、会釈をくれた。

「水澤課長、お疲れ様です。今日もカフェオレですか？」

「お疲れ様。うん、飽きもせずカフェオレ」

備えつけの紙コップをマシーンにセットし、ボタンを押すと、引き立てのコーヒーとミルクの香りが倫章の鼻をくすぐった。カップが満ちる間に、お菓子メーカーさんが置いていってくれる「おやつＢＯＸ」の中を覗いて、チョコレートバーを一本取り出した。

「水澤課長、来月コーヒーマシーンの新しいのが入るの、ご存じですか？」

「いや、知らない。そうなの？」

そうですよーと、他の数人が声を揃える。

「今度のマシーンはカプセル式で、バニラやナッツのフレーバーもあるそうですよ。水澤課長、絶対好きそう！」

だよねーと声を揃えて頷いている女子社員たちに、「ひとりでナッツの在庫をゼロにする自信がある」と言ってやったら、だめですよぉ〜と笑われた。

「あのー、水澤課長って。奥様いらっしゃるんですか？」

「どうして？」

訊くと、左手の指輪を遠慮がちに指された。ああ…と倫章は苦笑して、もう何度繰り返したかわからないセリフを口にした。

「うん、結婚してるよ。でもプライベートは国家機密」

なんだぁ〜、とか、残念すぎる〜とか。そんなふうに言ってもらえるのは、たとえ冗談でも光栄だ。

「あのぉ、今日は一緒じゃないんですか？　真崎部長と」

「え、真崎？　彼は三日前からグアムに出張中だよ」

「あー、そうなんですか…」

どうして？　と訊くと、「一日一回真崎部長を見ると、いいことがあるんです」とひとりが言えば、「真崎部長とすれ違いざまに、お願い事を三回唱えると叶うそうです」との意見も飛び出した。

「それ、ピンクのナンバープレートのバイクを見るとラッキーっていうのと同類？」

「そのジンクス、私のお母さんの時代に流行ったやつです〜」

年寄り扱いされてしまい、カフェ内がドッと笑いに包まれた。

ひとしきり笑って、三人がモバイル画面に興味を戻す。倫章もカウンターのスツールに腰掛けてカフェオレを堪能しつつ、ボンヤリとTVを眺めた。ちょうど四時からのニュースが始まったところだ。落ちついた声のアナウンサーが挨拶の第一声を発したとき、ピピッと電子音が鳴った。速報だ。

チョコレートバーを一口齧り、カフェオレを舌の上で転がしながら、モニターに映し出される速報の文字を目で辿り……。

倫章の手から、紙コップがストンと落ちた。

落下したそれは、タイルの床で弾んで倒れた。

「大丈夫ですか？　水澤課長」

隣にいた女子社員たちが、床に広がるカフェオレの前に屈み、手早くダスターで拭いてくれる。

「あ、スラックスにも跳ねちゃってますよ。コーヒーってシミになりますから、すぐクリーニングに出されたほうがいいですよ」

見上げてくる視線を感じながらも、倫章の意識は速報の白い文字に釘づけになっていた。

『マサキ・コーポレーション代表・真崎一彦《かずひこ》氏。意識不明で緊急搬送』――。

見間違いではない。真崎の親父さんだ。親父さんが、緊急搬送…された？

「きみ…」

社員を呼ぶ声が、震える。

指示する指先が、凍りつく。

「大至急、常務と山田部長に伝えて。真崎の……GM戦略部長のご家族が、緊急搬送されたって…」

「えっ！　あ、はいっ！」

三人がバタバタと出ていった直後、胸元でモバイルが震えた。乱れる鼓動を抑えながら取り出すと、目に飛び込んだのは『真崎』の文字。

この十数秒で血の気が引いていたらしい。モバイルを操作する指が冷たく、思うように動かない。それでもなんとかロックを外し、もしもし、と応じた。

『…倫、俺だ』

「うん…」

声が咽に張りついて、うまく話せない。

『親父が倒れた。移動中の車内で突然意識を失ったそうだ。二時間前に病院へ搬送された。俺は会議に出ていて、いま知ったところだ』

「うん…」

テレビで報道されたこと、常務と部長に伝えたこと。それらをまとめて話したいのに、言葉が続かない。口が渇いて舌が張りついて、鼓動が耳鳴りのように響いて。

『高広《たかひろ》が言うには、くも膜下出血だそうだ。病院に搬送されたあと一時意識が戻ったそうだが、様態は思わしくない。いま、ＩＣＵで治療を受けている』

淡々と事実だけを告げられて、小刻みだったはずの震えが、激しい悪寒に変わっていた。

モバイルを摑む手が異様に揺れて、抑えが効かない。

「真崎、出張…は」

出張どころじゃないのに、どうでもいい質問が口を突いた。

『大方《おおかた》の用事は済んだ。いまグアム国際空港だ。すぐ日本へ戻る。万一のときにはすぐ連絡がとれるよう、モバイルの電源は切るな。連絡のつくところにいてくれ』

それだけ言って、通話が切れた。

そのとき倫章は、全くわかっていなかったのだ。

連絡のつくところにいてくれと念を押された言葉の重さと、本当の意味を。


深夜十二時過ぎ、倫章は真崎から呼び出しを受けた。場所は慶桜《けいおう》大学附属病院だ。

真崎のボルボで駆けつけると、すでにマスコミ陣が降車場を占領していた。関係者と思ったのだろう、一斉にカメラとマイクがこちらを向く。

日本経済の一端《いったん》を支えていると言っても過言ではないマサキ・コーポレーションのトップが倒れたのだ。株価は、経済の行方は…と、多方面から注目を浴びてしまうのは避けられない事態だった。

溢れる記者たちを押しのけながら、通用口の警備員に身元を告げると、伺っておりますの一言で院内への侵入を許可された。

「集中治療室ですね？」

「いえ、三階の右手突き当たりの個室へお願いします」

「個室…ですか？」

わかりましたと頭を下げて、倫章は足を急がせた。個室に移ったということは、すでに処置や手術が終わり、安静にしている段階と考えていいのだろうか。

自動ドアが背後で閉まった。外の喧噪《けんそう》から一転、突然の静寂と冷気に四方から取り囲まれる。エレベーターの中で、倫章はモバイルの電源をオフにした。どんなに気が急《せ》いていても最低限のマナーだけは守りたい。

胸に手を当てると、まだ心臓がバクバクしていた。真崎の顔を見る前に、少しでも落ちつきを取り戻したい。倫章は足を急がせながら、持参した荷物の中身を頭の中で反芻《はんすう》した。

まず、三日分の真崎の着替え。誰が見舞いにくるかわからないから、落ちついた色のスーツも一着。あと、栄養補助食品と栄養剤と栄養ドリンク。病院でも処方してくれるだろうが、真崎は自分から弱音を吐けない男だから、こっそり持久力をつけたいときは、これが一番手っとり早い。

あと、真崎のデスクに貼りつけられていた数枚の業務メモと海外からのＤＭの数々。全部、真崎の部下に対応させてもよかったけれど、真崎の判断を要するものだけ持参した。こんなときに仕事なんて…と思われるかもしれないけれど、こんなときだからこそ仕事を心配するのが真崎という男だ。気晴らしに…と言っては業務に対して失礼だが、少しでも冷静さを取り戻せる材料は、手元に置いたほうがいい。

くも膜下出血は、発症から搬送されるまでが勝負だと聞いたことがある。どんな状態で親父さんが運ばれたのかわからないけれど、長丁場になっても困らないようモバイルのバッテリーや生活用品一式も、スーツケースに詰め込んできた。

抜けが無いことを確認し、倫章はエレベーターを三階で降りた。

右手突き当たりの個室は、探さなくてもすぐにわかった。廊下の向こう、スーツ姿の男性ばかりが六人ほど顔をつき合わせて立っていたからだ。マサキ・コーポレーションが運営するマサキグループの、各部門の代表取締役たちだ。

その中のひとり、口元に白い髭を蓄えた初老の紳士が、倫章に気づいて小さな会釈をくれた。頭を下げながら近づくと、優しく微笑み返してくれた。

彼は確かマサキグループの主軸、ホテル部門代表の田地光三郎《たじこうざぶろう》氏だ。真崎の叔父さんにあたる人で、新聞やテレビで何度も拝見したことがある。穏やかな口調が印象深い、誠実で温和な好人物だ。

「初めまして。伝通の水澤と申します。真崎部長の身の回り品をお届けに上がりました」

「水澤……倫章さんですね？」

田地代表の声で、他の五人の目が一斉に倫章に集中した。

注目されて一瞬引きはしたものの、はいと返し、もう一度深々と頭を下げた。…下げた頭をしばらく上げられなかったのには、理由がある。倫章を観察する視線の中に、複数の蔑視を感じてしまったからだった。

もしかすると田地代表以外の役員全員が、倫章を蔑《さげす》んでいるのではないかと怖くなるほど、あからさまな敵意を感じてしまった。

覚悟しながら顔を上げ、顔ぶれを確認すると、どれもこれもビジネス誌の常連たちだ。マサキ・コーポレーションが運営するマサキグループの鉄道、保険金融、流通部門など、それぞれの分野の取締役たち。その重鎮らが揃って倫章を値踏みしている。

なぜ頭の先から爪先まで見られてしまうのか。わざわざ理由を考えなくても、わかってしまうところが哀しい。彼らにとって倫章は、マサキ・コーポレーション代表取締役社長の一粒種を誑《たぶら》かした男妾《めかけ》というわけだ。マサキ・コーポレーションに関われば、こういった種類の視線を浴びせられると覚悟はしていたものの、やはりキツい。

田地代表が、彼らの視線を遮るように倫章の前に立ち、ふくよかな笑みをくれた。

「史彦さんから伺っております。あなたが到着次第、お連れするようにと。中へどうぞ」

「あ、はい」

田地代表が個室のドアをノックした。中からドアを開けてくれたのは野瀬《のせ》さんだ。野瀬さんは倫章を見て、眼鏡の奥の鋭い目を細めた。たぶん…彼なりの会釈だと思う。その目つきには、以前のような敵対心は見えなかった。いまはお互い、親父さんを案じる者同士なのだと理解した。

野瀬さんの背後に、真崎のお袋さんの後ろ姿が見えた。そして親父さんの実妹で、野瀬さんのお母さんも。あと、医師がふたりと看護師がふたり。ベッドに横たわる親父さんの姿は……ここからは見えない。

「着替えを持ってきました。こちらに置いておきますね」

ドアのすぐ脇に小さな棚が添えられていたから、その足元に真崎のスーツケースを寄せて置くと、誰かが静かに近づいてきた。

顔を上げると、少し疲れた顔の、愛しい恋人が立っていた。

大丈夫か？　と訊くと、真崎は唇の端をほんの少しだけ動かしてくれた。

「着替え一式、持ってきたから。栄養剤も入れてあるから、疲れる前に飲めよ。な？」

真崎の二の腕を摑んで何度も摩《さす》ると、ああ、と弱々しい返事が返ってきた。じゃあ、行くな…とドアを開けて廊下へ退散しようとすると、真崎に手首を摑まれた。

「会ってやってくれ、親父に」

「え？　でも…」

要請されて、躊躇した。こんな大変なときに、家族でもない人間がベッドの側へ行くなんて、とても失礼な気がする。いまここにいるだけでも気後《おく》れしているのに。

「大丈夫だよ。荷物だけ渡したら、すぐ帰るつもりだったから。親父さんが落ちついたころに、またゆっくり見舞いに…」

「ダメなんだ」

「え？」

「再破裂した。もう保たない」

「え……っ」

再破裂とか、保たないとか。いきなりそんなことを言われても、一体どういうことなのか、どう解釈すればいいのかわからない。真崎の言葉だけでは説明が足りない。

倫章は野瀬さんを見た。が、唇を固く結んだままだ。その目は、よく見れば真っ赤に腫れ上がっていた。両頬には、涙のあと。

「そ……――」

それは、そういう意味なのか？

「そんな………バカな」

そんなバカな、そんなバカな、そんなバカな！

こんなことが、現実に起きるはずがない！

問いただしたいのに頭の中が混乱して、思考が定まらない。喉の筋肉が固まって、声が出ない。まるで倫章の代わりのように、廊下で聞いていた重役たちが騒ぎ始めた。

交渉中の合併の件はどうなるんだとか、建設企画は一時中断だとか、なんとか。焦りの隠せない重役たちが、それぞれにモバイル機器を取り出してどこかに連絡しようとするのを見て、真崎が鋭く一喝した。

「騒ぐな！」

重役たちが目を丸くし、しばし呆然として、恥じ入ったようにモバイルを切った。ひとりだけ冷静な田地代表が、真崎の心情を悼《いた》む口調でフォローしてくれた。

「いまは、社長の快復を祈るべきでしょう。業務のことは、あなた方それぞれの裁量で、後日いかようにも手配できるはずです。どうしても急ぐ必要があるのなら、手数でも公衆電話を使うか、外に出なさい」

子供を諭すような穏やかさで告げる田地代表に、重役たちが一礼し、口を閉ざした。

倫、と再び呼ばれて、倫章は黙って顔を上げた。

「親父がお前を呼んでいる。会ってやってくれ」

「親父さんが…？」

重役たちの視線を背中に感じながら、倫章は意を決して頷いた。

引け目を感じている場合じゃないと、唐突に思った。親父さんを慕い、身を案じる気持ちは決して彼らに負けない。いや、彼ら以上だ。

野瀬さんがドアを閉めてくれた。真崎についてベッドへ近寄り、眠る親父さんの側に立った。

親父さんの頭には包帯が巻かれていた。腕や胸からチューブが数本伸びている。その先にあるのは心拍計だ。弱々しい波形が、寂しい電子音と共に打ち出されている。

しゃくり上げているのは、真崎のお袋さん。ハンカチで口を押さえ、ずっと親父さんの頭を撫でている。見ているだけで胸が苦しい。

枕元には、マサキ・コーポレーションの専任弁護士が立っていた。この中に加わるのは明らかに場違いだ。でも、場違いでも勘違いでもいいと思った。尊敬してやまない親父さん…真崎のお父さんに、ちゃんとお礼とお別れを言いたかった。

でも、言いたいことがありすぎる。まだなにひとつとして恩返し出来ていないし、これから教えてもらいたいことや聞きたいことが山のように残っていて、だから本当はこんなところで、お別れなんてしたくないんだ。

真崎との関係にしても、本当にこれでよかったのかと不安にならない日はなくて、親父さんの大切なひとり息子を奪ってしまった重罪からまだ抜け出せなくて、胸を張ることができない有様で。

親父さんの心情を思うと、両手を突いて懺悔したくなる。ただただ申し訳なくて、ごめんなさい、ごめんなさいと、土下座して謝っても足りない。

「親父、倫章だ」

真崎の呼びかけに、倫章は顔を上げた。慌てて手の甲で目元を拭い、奥歯を嚙みしめ、嗚咽を堪えた。真崎が倫章の手を摑み、親父さんの手にそっと重ね、握らせてくれる。

温かい。ちゃんと温かいのに。それなのに、なにがダメなんだろう。どうして保たないなんて、そんな冷たいことを言うんだろう。

親父さんの呼吸は弱々しかった。開かない瞼は深く落ち窪《くぼ》んでいた。土色の顔。生気のない肌。

かける言葉を失っていたら、真崎が静かに教えてくれた。

「一時的に意識が戻ったとき、親父が口走ったそうだ。倫章を呼べ…と」

「俺を…？」

ああ、と真崎が弱々しく微笑んだ。

「どうしても、自分の口から伝えたいことがあったんだろう。だが、もう…」

もう話せないと、真崎が語尾を震わせた。

弁護士が、真崎の言葉のあとを継いだ。内容を伺っております、と。

「マサキ・コーポレーション代表取締役社長、真崎一彦氏より、水澤倫章様への伝言です。相応の覚悟で繋いだ手なら、いかなる事態も離すべからず。愚息《ぐそく》と我が城、双方の、カリブルヌスの鞘《さや》となれ。父より。……以上です」

「父？」

「義理の父親という意味です。私が確認いたしました」

野瀬さんが、毅然と補足してくれた。その口調には、社長の残した言葉を正しく伝えようとする使命感が漂っていた。

「義理の父親……って、親父さん、そんなこと、どうして……」

こんなときに、そんなことまで考えてくれるなんて。親父さん亡きあとの、倫章の立場まで案じてくれるなんて。それとも、すべては愛するひとり息子の……真崎史彦の未来を妨げる要因を排除するため、障害をひとつでも多く取り除くため、すべてを円滑に進めるため、道を作ってくれたのだろうか。

「親父さん………！」

いますぐ、この肉体を、親父さんにあげられたらいいのに。

いますぐ親父さんを、元の健康な体に戻してあげられたらいいのに。

「親父さん、親父さん、親父さんっ！」

泣くまいと、耐える気力はなかった。

床に両膝をつき、親父さんの手を握りしめ、申し訳なさで崩れそうになりながら、何度も何度も呼びかけた。

絶対に真崎の手を離しません。真崎との愛を最後まで貫きます。あなたの愛息の手を、決して離しはしません――。

嗚咽ばかりで、言葉にならない。だから心で懸命に訴えた。

泣きながら親父さんの手に頬ずりしたとき、握り返されたような反応を感じた。

ハッとして顔を覗き込んでみたけれど、固く閉ざされた瞼は動いてくれない。

ただ親父さんの表情は、いつもどおりに穏やかだった。安心してくれているようにも感じられた。

あの深みのある静かな声で、泣くなと笑われたような気がした。

「あなた、しっかりして、あなた！」
咽を引き裂くような、お袋さんの絶叫。
一歩下がり、最期まで秘書としての役割に徹する野瀬さん。
倫章は真崎の後ろに立ち、両手を組み、祈り続けた。
真崎はずっと唇を引き結び、親父さんの手を握りしめていた。
親父さんの安らかな表情を見つめ、無言で涙を流していた。

医師が看護師に指示をしている。
心拍数が落ちてゆく。血圧がどんどん低下する。
弱々しい、儚《はかな》い音。命がこの世から消えてゆく音。
やがて心拍計は、一本の線を虚しく描いた。
親父さんの目にライトを翳《かざ》し、その瞼を閉じて医師が言った。
午前一時二十三分、ご臨終です——。

◇◆◇

真崎が家に戻ってきたのは、初七日法要を終えた翌々日の夜だった。

マサキ・コーポレーション代表取締役社長の急逝《きゅうせい》は、テレビや新聞各社でも、いまだにトップニュース扱いで報道されている。

中でもマスコミの興味を集めているのが、後継者問題だ。

重役の繰り上げ就任が望ましいとの声もあれば、それに反発する幹部たちが、内部選挙を行うべきだと声を上げ、グループごとに様々な画策が持ち上がっては、この際グループで独立だ、分断だ…などと意見が分かれ、新代表を決めるどころか、内部分裂の危機さえ孕《はら》んでいた。

候補として、真崎一彦氏の実妹夫婦の長男であり、専任秘書を務めていた野瀬高広氏が、血筋柄もっとも有力であると一部から意見が出たものの、懸念の声のほうが強く、どうやら決定には至りそうにない。野瀬さん自身も、自分はあくまで社長補佐に徹したいとの意向を示し、今後も新社長を支える身分でありたいと、現在の心境をマスコミに語った。

一族経営のマサキ・コーポレーションゆえ、亡き代表の一粒種・真崎史彦も当然ながらマスコミのターゲットにされ、執拗に追われるハメになった。告別式以来、真崎と会うことも出来ず、倫章はテレビ越しに、愛する男の攻防を見守ることしか出来なかった。

倫章と真崎の関係が、もしマスコミにバレてしまったら…との不安が、脳裏を掠めなかったわけではない。

本音を言えば、いつこの家に取材陣が押しかけてくるのか気が気ではなかった。そのとき自分は一体なにを質問されるのか、どう答えればいいのか。マサキ・コーポレーションに迷惑がかからないよう、決して泥を塗らないよう、細心の注意を払わなければいけない。

そんなことばかり悶々と考えては、行き場のない溜息を繰り返す日々が続いていた。

今日も残業する気にはなれず、かといって真崎の心境を思うと家事すら手につかない有様だ。仕方なくソファに横になっていたら、ふいに玄関ドアが開く音がした。

真崎だ！　すぐさま飛び起き、倫章は玄関へダッシュした。

「お帰り真崎っ」

パタン、と真崎が背中でドアを閉め、忌々しげに舌打ちして施錠する。顔はムッツリ、しかめっ面。

「マスコミだ。こんなところまで追ってきやがった」

真崎がチッと舌打ちした。ということは、いまのいままで記者に追われていたということだろうか。訊きたいけど…訊けない。見たところ、真崎が相当疲れているのは間違いないし、家に帰ってきてまで質問責めは苦痛だろう。この際、倫章は黙っているほうがよさそうだ……と思っていたら。

「お前は？　倫」

と、逆に質問されてしまった。

「なに？　唐突に」

「お前のほうは無事か？　なにも変わりないか？」

「ん？　ああ。気抜けするくらい普通だよ」

まだどこかピリピリしている真崎の手から鞄を受けとり、大丈夫だよと微笑みかけた。倫章の表情に嘘がないことを確かめてから、そうか…と素っ気ない返事をひとつくれた。

「風呂沸いてるよ。入る？」

「ああ」

「一緒に入ろっか。背中洗ってやるよ」

「……そうだな」

真崎の心、ここにあらずだ。倫章は真崎の後ろに回り、上着を脱がせてやった。ハンガーに掛けて吊し、今度はネクタイを外して、ネクタイハンガーにきちんと並べた。

ふいに後ろから腕を回され、無言でぎゅっと抱き締められた。倫章の肩に顔を埋め、長い溜息をついている。そのままジッとしていたら、そっと頬にキスされた。ようやくいつもの真崎が戻ってきた。

「ただいま、倫」

「うん、お帰り。お疲れ様」

真崎の髪を撫でながら、何度も頬ずりしてやった。

「遺言書が出てきたんだ」

「遺言って、親父さんの？」

「ああ」

「普段から用意してたのか、親父さん」

「一国の長ともなれば、万一に備えて準備するのは当然だ」

バーボンで唇を湿らせながら、真崎がキッチン前のカウンターに肘をつき、肩でひとつ息をついた。眉間のシワがいつになく深い。なんだろう、いやな予感がする。

髪を拭きつつ真崎の隣に腰掛けると、倫章のぶんのグラスも用意されていた。ストレートで呑むにはキツすぎるから、自分で氷と水を足して、薄めの水割りを作った。

「中、読んだのか？」

「ああ。弁護士立ち会いのもと、親族と重役連中の前で開示された」

どこか煩《わずら》わしそうに言って、真崎がカウンターにグラスを置いた。中身は空だ。ちょっとピッチが速すぎる。グラスに水を入れてやろうとしたら、その手首を摑まれ、倫、と呼ばれた。返事の代わりに、ウォーターボトルから手を離して真崎を見た。

「お前、本当に俺についてくるか？」

「なにをいまさら…」

どういうつもりでそんな質問をするのか、意味不明だ。

「そんなわかりきったこと訊くなよ。なんのために、こんなバカでかい三世帯住宅を建てたんだよ。親父さんにも約束したし、俺自身も、すでに腹を括《くく》ったことだ。お前が来るなって言っても、俺はついていく。どこまでも一緒だ」

真崎の視線は微動だにしない。厳しい顔で倫章を見据えている。その表情の硬さに、これから重大な決意が語られるのだと理解して、説明を待った。

ようやく真崎が口を開く。

「会社を辞めることにした」

「え……？」

ポカンとする倫章から視線を外し、真崎がグラスにバーボンを注いだ。そしてグイッと一気に呷る。

「本気か？」

訊いても変わらないその表情から、意志の固さが見てとれた。

正直ショックだった。混乱しかける頭の中を急いで整理し、気を落ちつけながら質問を口にした。

「会社っていうのは、いま勤めている会社のことだよな？」

「ああ」

「ということは、伝通を退社するということか？」

「そうだ」

さらりと言われて驚いたけど、ついに来たかと覚悟した。

「それ、社のほうには？」

「常務には電話した」

「電話って、そんな簡単に……。まぁ、追われている身なら仕方ないか。それで、常務はなんて？」

「すぐには返事できないそうだ。専務と相談したいと言われた」

「…そりゃそうだよな」

呑んでも酔える気分じゃないし、こんなに薄い水割りでは、単に腹が膨れるだけだ。倫章はグラスを空にしてから、真崎のほうへ向き直った。

「伝通の社員として、訊いてもいいか？」

ああ、と頷く真崎を前に、倫章は姿勢を正して口を開いた。

「GM戦略部は、お前のために立ち上げた部門だ。グアムに支社を作る計画も始まったばかりだ。それについては、どうするんだ？」

「どうもこうもない。早急に後任を探すしかない」

「表面上はな。でもお前の損失って、社にとってすごく大きいと思うんだ」

「買いかぶりだ。企業の中では、俺もお前もひとつの歯車に過ぎない」

「おい真崎ッ！」

倫章は反射的に立ち上がり、真崎の肩を摑んでいた。

「本気で言ったわけじゃないよな？　本気だとしたら、俺、マジで怒るぜ？」

倫章の予告を無視して、真崎が空のグラスにトプトプと酒を注ぐ。ギョッとするほど満たしたそれを、まるで水でも呑むようにゴクゴクと喉に流し込む自暴自棄さに驚き、倫章は慌てて真崎の手からグラスを奪った。

勢い余って零れたバーボンが、ふたりの手を濡らす。構わず倫章は声を荒らげた。

「そういう呑み方をするなよ！　体を壊すぞ！」

真崎の手の届かない位置にグラスを置き、濡れた手をタオルで拭いてやった。それでも真崎は視線を戻してくれない。後ろめたいのか、気まずいのか。そりゃそうだろう。心にもない言葉を吐いたのだから。

「倫章だけは、巻き込みたくない」

ふいに真崎がぽつりと言った。

「ずっと、そう思ってきた。お前だけは、こんなドロドロした家に関わらせたくないと。だが、こうして一緒に暮らしていること自体、すでに巻き込んでしまっているんだ…」

真崎が額に手を当てた。見ているだけで痛々しい。無駄な懺悔は一刻も早く終わらせてやりたい。倫章は真崎の肩に腕を置き、なぁ…と呼びかけた。

「俺はお前んちの会社も家も、言うほどドロドロしてると思ってないぜ？」

「公表していないから知らないだけだ。グループ内には、横領事件を起こして命を落とした叔父もいる。親父のやり方についていけなくて、関係を断《た》った親族もいる。ここだけの話、親父が緊急搬送されたと聞いて、ついに刺されたかと思ったくらいだ」

カウンターチェアから立ち上がった真崎が、やにわに髪をグシャグシャと乱しながら、リビングへ移動してしまった。倫章もそれに従い、でも…と遠慮がちに呼びかけた。

「説明するのが辛かったら、しなくていいよ。とにかく、グチっても泣いても構わないから、ひとりでグルグル旋回せずに、まずは吐き出せよ。じゃないと一緒に悩めないからさ。……遺言、なんて書いてあったんだ？」

ソファに腰をおろした真崎が、右手を差しのべた。その手を握ると、隣ではなく膝の上に誘導された。

真崎の膝に跨がると、腰に腕を回され、抱き締められた。肩に顔を埋めてきたから、倫章も同じようにして真崎の背を抱き、首筋に頬ずりした。どうやら真崎は顔を見られたくなかったようだ。このポジションに落ちついて、ようやく心情を吐露してくれた。

「マサキ・コーポレーションの組織図と総資産、その概要。グループ企業の構造図と資産、それぞれの株関連の情報の開示と同時に、遺言書だというデータを渡された。親父が築き上げてきた膨大な人脈と、その性格や個性まで記されていた。一読で、親父が代表取締役社長に就任した日からの軌跡を網羅できるほど、緻密な人物データだった」

「そんなデータ、一体なんのために…」

「自分の歴史の一切を、次期代表に引き継ぐためだ」

倫章を抱く真崎の腕に、力がこもった。

「それが俺への遺言であり、遺産だ」

不安と悲しみが拭えない目の中に、決して投げやりでも逃げでもない開き直りと相当の覚悟と、大きな変化が見えた気がした。

「弁護士から聞かされた。親父は必ず俺が会社を継承すると信じて、俺のために記録を残し続けたらしい。……一広告会社のプランナーで、あれが満足するわけがない。あれが遠慮なく暴れられる場所を用意してやれるのは、自分しかいない。マサキ・コーポレーションが膨大な規模で発展し続ければ、間違いなくあれの気持ちは傾く。自分が会社を拡大させ続ける真の理由は、野心ではなく親心だ……と、ことあるごとに弁護士に話していたそうだ」

聞いているのも苦しいほど、親父さんの言葉には、真崎への愛が溢れていた。

親父さんが元気で生きていれば、「史上最強の子煩悩ですね」と、本人に冗談を言って笑うことも出来たのに。でも、もう二度と出来ないのだ。大きすぎる親の愛情に反発したり、鬱陶しがったり、感謝したり、恩返ししたりして、喜ばせてあげることは出来ないのだ。

「血管がボロボロになっているのも気づかないほど、事業の拡大に熱を上げていたのは、俺のホームグラウンドを作るためだったらしい」

真崎が声を絞り出す。倫章は歯を食いしばり、漏れそうになる嗚咽を我慢した。

やっと真崎が親父さんの想いに心を通わせ、理解してくれたことが嬉しかった。

真崎は高校のときからずっと親父さんの話題を避けていたし、マサキ・コーポレーションの後継ぎを断固として拒否していた。親の力で生きても、それは俺の人生じゃないと吐き捨てて。でも倫章は、真崎の発言の裏側に、つねに親父さんの存在を感じていた。

真崎は絶対に、歩み寄ろうとしなかった。親父さんも、これだけ息子のために取り揃えておきながら、本人には一度も甘い言葉を吐かなかった。

どちらも究極の負けず嫌い。笑ってしまうくらい、よく似た父子だ。

「あのな真崎、いまだから言うけど、俺はいつだって、お前の激しすぎる親への反抗の裏に、親父さんへの膨大な尊敬の念を感じてたよ」

真崎がピク、と反応した。気づかないふりで倫章は続けた。

「親父さんの言うとおりだと思うよ。お前が……いくらGM戦略部長といっても、一部門の運営で収まる器じゃないってことくらい、誰にだってわかることだ。常務も専務も気づいてるよ。お前は専門家タイプじゃない。広い視野と立場と見解で、物事を見渡せる能力に秀でている。どう見てもマルチ・マーケット向きだ。自分のバイタリティーを、いまこそ自覚すべきだよ」

「自覚はしてるさ。昔からな」

うん……だろうけどさ。本当に負けず嫌いだなと、倫章は苦笑してしまった。

顔を起こし、両手で真崎の顔を挟み、目を覗き込んで微笑んだ。

「だからさ、真崎。お前の才能って、きっとどこの業種でも果敢に発揮されるんだ。でもマサキ・コーポレーションなら、多種多様にチャレンジできる。それはお前もわかってるんだ。わかっているくせに、認めたくなかっただけなんだよ」

「……かもな」

「あえてラッキーと言わせてもらうけど、お前はこの世に生まれた瞬間から、マサキ・

コーポレーションの頂点に立つチャンスに恵まれている。それに相応しい能力も備えている。なおかつ、必要とされている。こういうのを、機が熟したって言うんじゃないのか？」

言いながら、だんだん落ちついていく自分が不思議だった。なんとなく……いつか、この日が来るのだろうなと予感していた。真崎をそこへ導いてやるのが、親父さんから与えられた倫章の使命のように感じられた。

真崎とコーポレーション双方の、カリブルヌスの鞘になるときが来たのだ、きっと。

見れば、真崎の目は落ちついていた。かなり呑んでいるはずなのに、ちっとも乱れていなかった。

「……親父が、よく口にしていたそうだ」

「なんて？」

「後継ぎというポジションは、口でいうほど楽じゃない。親の七光りなど、いまの世の中では逆風にこそなれ、実力以上の力を発揮せずには決して通用しない。そんな中で、どう戦うか。莫大なデータと人脈は、親として息子に残せる最大の愛情であり武器だと、弁護士に話していたそうだ。すべては、愛情だ…と」

真崎が、笑った。

真崎史彦の情けない顔というものを、初めて見たような気がした。

いまにも泣き出しそうで、頼りなくて、支えてやらなければ倒れてしまいそうな真崎は初めてだった。

それなのに真崎は笑っている。これほどおかしいことはないとでも言いたげに、肩を揺らして、声まで発して。

「親が死にでもしないかぎり、息子は絶対に首を縦に振らんと、口癖のように言っていたそうだ」

真崎が表情を崩した。倫章の肩に顔を伏せ、身を震わせた。

「みごとに親父にしてやられた……！」

普段、決してとり乱さない真崎が、それとわかるほど体を震わせた。

倫章は真崎の頭を両腕でしっかりと抱え込んだ。髪にいくつも口づけながら、噎《むせ》び泣く真崎の背を撫で続けた。

真崎の涙が、倫章の肩を濡らす。湧いてくるのは後悔だろうか。親父さんへの思慕だろうか。それとも、こんなにも早く逝ってしまった現実への怒りだろうか。

「あのな、真崎。前に親父さんとラウンジでコーヒーを飲んだとき……親父さんに、ちょっと厳しい声で言われたんだ。なぜお前がわからないんだ、って。そのときは、なにを指してそう言われているのかすらわからなくて…。でも、いまやっと理解できたよ」

早くも、あの夜が懐かしい思い出になってしまったことに、倫章は涙を一筋流した。

「御社の件と俺たちのことを、切り離してもらえませんかって訊いたら、切り離せないのは、私ではなく史彦だ…って返されたんだ。そのあと、本人の意志を曲げてまでどうこし

ようとは思っていない…とも言われてさ。矛盾してないか？　って思ったんだけど、そうじゃなかった。親父さんは見抜いてたんだ。お前が必ず自分の手で、マサキ・コーポレーションを動かしたくなる日が来ることを」

親父さんは愛息のずば抜けた才覚も、その難解な性格も、誰よりも熟知していた。

欲張りでプライドの高い真崎史彦は、自分が認めたものにしか興味を示さない。だから親父さんはマサキ・コーポレーションを、真崎史彦が人生を賭けたいと思えるほどの大企業に育て上げた。

マサキ・コーポレーションの発展自体が、真崎史彦を釣る「餌」だったのだ。

「バトンタッチしたぜ？　真崎」

倫章は、親父さんの想いを真崎に届けた。

「親父さんからのバトン、しっかり摑んだよな？」

倫章は真崎の肩に手を置き、顔を覗き込んだ。

「お前には、力がある。お前になら安心して任せられる。全部渡せる。……お前がいたからだ、真崎。親父さんの大躍進の陰には、お前という存在があったからだ。お前が陰で親父さんを支え続けていたんだ。親父さん、ものすごく誇らしかったと思うよ」

頰を撫でながら伝えると、真崎が涙をポロポロと零した。

きっと真崎は、泣くのを我慢していたのだろう。父を亡くし、こんなふうに涙を流す真崎が心底哀しく、狂おしいほど愛しかった。

「親父さんは心の中で、ずっとお前と一緒に働いていたんだよ。お前と一緒に会社を大きく育ててきたんだ。お前、ちゃんとマサキ・コーポーレーションの運営に関わっていたんだよ。だからやっぱりあの会社は、お前が守るべきだ。お前には、その責任がある」

声もたてずに泣く真崎の頬を両手に包んで、その額に口づけた。

「なぁ真崎。ひとつだけ、心配なことがあるんだ」

返事はない。倫章は構わず続けた。

「俺の存在は、お前の足枷《あしかせ》にならないか？」

あなたの将来のために別れましょう…などという犠牲的精神で訊いたわけじゃない。最終確認を取りたかっただけだ。どうせ自分は、もう真崎と離れられない。

だけど、倫章と生きることのデメリットは、いままでの比ではなくなる。今後ますます倍増する。それをわかっているよな？　という覚悟を、共に歩むパートナーとして、共通認識としておきたかっただけだ。

同性愛に批判的な国や企業の代表と商売することも、往々にしてあるだろう。現実的な話、真崎の新代表就任に反旗を翻《ひるがえ》したい面々は、倫章との関係を理由に、真崎史彦を追い詰めることだって出来るのだから。

「うわ……！」

おもむろに、ソファから引きずり下ろされた。床のラグマットの上で仰向けに押さえつけられ、頭を摑まれ、唇を塞がれ、そのまま覆い被さられて、バスローブはいとも容易く剥ぎ取られた。

「ま、さ……きっ」

止める間もなく乱暴に指でこじ開けられ、力ずくで挿入された。互いの皮膚が引き攣って痛い。真崎だって痛いはずなのに、何度も乱暴に腰を揺すっては、根元まで収めようとする。倫章は目を閉じ、歯を食いしばり、懸命に痛みと格闘した。

叩きつけるように腰を動かされ、なにがなんだかわからないうちに射精させられ、それでもまだ、真崎の激情は鎮まらない。

明らかに真崎は怒っていた。いまさらな迷いを吐いたことに対し、憤慨と苦悩の中で激高しているようだった。

「二度とそんな戯言を口にするな！」

「ごめ、ん、まさ、き……っ、ぁ、あっ！」

「絶対に俺から離れることは許さない。前にそう言ったはずだ！」

「だけど、周りが、許さなかったら…と、思って……っ」

「周囲に許しを請うてどうする！　俺たちが相手の意識を塗り替えてやればいいんだ！」

強固な思考でねじ伏せられて、とてつもない感動に貫かれた。

倫章は笑った。滅茶苦茶に穿《うが》たれながら。

あまりに真崎らしすぎる。これぞ真崎だ。やっと戻った。いつもの真崎史彦だ。嬉しくて、可笑しくて、武者震いが止まらない。

俺たちが、常識を塗り替えてやればいい――。

揺さぶられながら、倫章は確信した。真崎は決して潰れない。こいつは簡単に潰されるようなタマじゃない。

さっきの涙で、真崎はなにもかもを吹っ切ってしまったようだった。

心配など杞憂《きゆう》だった。気遣いなど必要なかった。逆境は、真崎にとって足枷じゃない。

逆境こそが、真崎を大きく飛躍させるチャンスに他ならないのだ。

「お前は俺のパートナーだ。どこまでもついてこい、倫章!」

総毛立つほどの歓喜に、目眩がした。

マサキ・コーポレーション新代表の誕生に、祝杯をあげたい気分だった。


午後三時から始まる記者会見は、テレビ各局が一斉に報道を決めていた。

テレビカメラに映っている会見場の様子は物々しい。会見まで、あと三分。すでに記者やカメラでひしめき合っている。

さっきから女性レポーターが、ハイテンションで繰り返している。『カンヌ国際広告祭のCF部門で最高賞を獲得した、才気溢れる超美形スーパーエリート・サラブレッドが、もうまもなく、こちらの会見場に姿を現します』と。

その女性レポーターが会見に先立ち、真崎史彦の経歴を紹介し始めた。中学時代、競泳の全国大会で新記録を出し、オリンピック強化選手に名が上がるも辞退したこと。進学先の神奈川県随一の進学校では、三年間首席を堅守したこと。渡航経験も豊富で、小学生時代から毎年夏は海外で過ごし、大学時代はハーバードに短期留学していた経験もあり、数カ国語が堪能であること。そしてなぜか、バツイチという怪情報まで飛び出している。

単にマサキ・コーポレーションの新代表に就任するだけなら、ここまで注目を浴びなかっただろう。この大騒ぎの源は、どう見ても真崎の、聞けば聞くほど恐ろしくも輝かしい経歴と秀でた容姿が九割を占めている。

街頭インタビューの様子も数日前から報道されているけれど、ほとんどが真崎個人への感想だ。『彗星《すいせい》のごとく現れた救世主って感じじゃない？』と巣鴨《すがも》のおばちゃんが声を弾ませ、『お嫁さんにしてくださーい！』と渋谷の女子高生が大騒ぎしている。ネット上には真崎ＢＯＴが出現しているというから、かなり異常な盛り上がりだ。

この騒ぎの中、伝通社内もそわそわと落ちつかなかった。オンエアの時間には会議室が開放され、巨大モニターを前にして、倫章も鈴木や白石《しらいし》、加藤《かとう》や永井《ながい》ら同期入社の同僚たちと一緒になって記者会見の模様を見守った。

『…あ！　間もなく始まります』

女性レポーターが声を落とした。白い布が掛けられた長テーブルと、その上に置かれたマイクの束にライトが当たる。

倫章は、掌にベットリ汗をかいていることに気がついた。隣の鈴木をチラリと見ると、お調子者の鈴木が珍しく真剣な面持ちで、口を真一文字に結んでいる。と、倫章の視線に気づいて目を丸くし、気まずげに笑った。

「なんか俺、トイレ行きてぇ」

「行ってこい、四回目」

回数を暴露してやると、周囲の数人がクスクス笑った。

「あ、入ってきましたよ」

佐々木が言った。倫章たちは反射的に巨大モニターに注目した。

最初に会見場に入ってきたのは、代表取締役社長代理の田地さんだ。先日の病室で、丁寧に応対してくれた人で、親父さんの従兄にあたる。

続いて、上品な光沢を放つダークグレーのスーツ姿で長身の美形が入場したとたん、一斉に無数のフラッシュが瞬いた。とてつもない量の光を浴びながらも、真崎は眉一本動かすことなく、いつも以上に落ちついた…というより、ふてぶてしい態度で会場を見据えている。そのあとに野瀬さんが続き、厳しい顔で記者たちをひと睨みしたのが、少し爽快だった。そして弁護士が入ったところで全員が記者団に向かって一礼し、腰を下ろした。

「ヤロー、やけに渋いじゃん」

同僚の白石が、誰に言うでもなく声を放った。ハハハ…と笑っても、反応する者はひとりもいない。佐々木が唇の前に指を立てて、「お静かに」と言い、はい、と白石が首を竦めたのが愉快だ。それでも笑みは、瞬く間に萎《しぼ》んでしまう。

会見を見守る全員が緊張していた。田地さんも、野瀬さんも。おそらく真崎史彦以外は。

理事会にて、満場一致で真崎史彦が代表取締役社長に就任したことを田地代表代理が報告すると、早速記者団から質問の手が上がった。

「まだ若すぎるという声があるようですが、それについてはご存じですか？」

「もちろん知っています。ですが、求められているのは実行力です。いたずらに年輪だけ重ねていれば務まるわけでもありません」

新代表の、微塵も臆さぬ声が凛《りん》と響いた。落ちつき払った第一声に、報道陣がどよめく。若輩者のお手並み拝見と大上段で構えていたマスコミの視線が、真崎史彦の大物ぶりを目の当たりにして、早くもその魅力に触れ、期待の色になり変わる。

空気の流れを敏感に察知して、真崎は次に若者らしい柔軟さをアピールした。

「かといって、私単独で社を担《にな》っていくわけではありません。知識や経験の不足分は、社内外からのアドバイスに、素直に耳を傾ける所存です」

新人の心構えを忘れない謙虚で勤勉な姿勢に、好感を抱く記者もいたに違いない。真崎の冷静な受け答えに安堵しつつも、倫章はまだ不安と緊張の中で両手を胸の前で組み、ただひたすら、無事に終わりますように…と祈り続けた。

辛辣な質問は、まだ続く。

「現時点で、まだ伝通の社員ということですよね？　マサキ・コーポレーションの業務にはこれまで一切関わっていないと伺っておりますが、それについて、グループ内でも不安や反感の声があるようですが」

「改革前に一波乱あるのは、いつの時代も、どこの企業も同じです。逆に反感が強ければ強いほど、先代が支持されていた証拠ですから、私としては光栄至極です。……父の偉業は、外にいながら耳に及んでおりましたし、企業人として尊敬もしていました。まずは縦横のグループ間のコミュニケーションを密に取り、私こそが学ぶべき点を明確にすべきと考えます。代は変わりますが、事業内容はしっかりと引き継ぐ所存です。同じ目標の下に集う者同士であれば、必ず団結し、協力し合えると信じています」

言って、真崎が涼やかに微笑んだ。倫章は思わず、うまい！ と唸った。

このセリフは、真崎史彦の就任に反感を抱いている面々に向けた先制だろう。反感が生じて当たり前、それを非難したり排除したりする気はない。そしてなにより、グループ個別ではなく、ファミリーとして結束を高めるべきだと内部に向けて呼びかけたのだ。

加えて、先任とは親子であるという強い繋がりを示したことで、この就任がなんら問題のないごく自然な経緯であることを、視聴者や記者団の脳裏に刷り込んでみせた。

天賦の才能とは、あるべきところにあるらしい。

「真崎のダンナってよぉ、絶対敵に回したくねえな」

鈴木の意見に、白石が大きく頷いた。

「あいつに睨まれるのだけは勘弁してほしいよ」

入社当時、合同企画の運営方法について真崎と論争した苦い経験を持つ白石が、溜息を漏らした。間髪入れずに加藤が首を突っ込む。

「水澤ってよぉ、あんな超人といてよく疲れないな。真崎より、俺はお前を尊敬するぞ」

だよな、と永井が頷いた。そんなふうに言われると、よけい寂しさが増す。なんだか真崎が、遠すぎる。

やっぱり真崎は、凄すぎる。格が違う。言えば真崎は怒るけれど、そう思わずにはいられない。

いざというときの開き直りの凄まじさ、その集中力。頭の切り替えの早さも見事としか言いようがない。揺るがぬ真崎の、まっすぐな視線と対峙すれば、もうマサキ・コーポレーションの重鎮たちも、潔く新代表を承認するしかないだろう。

真崎はもう、同期入社の同僚じゃない。マサキ・コーポレーションの代表取締役社長になってしまった。

「……にあたり、人事の異動は多少発生します。故人の遺言に従い、田地光三郎氏を副代表に任命し、野瀬高広を当面私の補佐とし、有坂《ありさか》弁護士事務所所長の有坂亮《りょう》氏が、新たに専任弁護士として当コーポレーションの弁護士団に加わります。そして専属秘書を一名……こちらは故人の遺言ですが、本人の了承を得次第、迎え入れる所存です」

「その方のお名前も、いただけますか」

真崎が少し間をおいて、顎を引いた。迷いのない声と澄んだ目で、新任秘書の名を発表する。

「現在、株式会社伝通東京本社にて、クリエイティブ局マーケティング部、プランニング課の課長を務めております、水澤倫章氏です」

倫章は、ポカンと口を開いて固まった。

はぁ？　と鈴木が目を丸くし、ひええっ！　と白石が奇声を発し、加藤が絶句したまま倫章の肘を摑んだ。

「そうなんですか？　水澤課長」

この数年で、すっかりしっかり一人前に成長した佐々木が、まるで入社当時のように不安そうな顔をした。その佐々木を押しのけて、永井が倫章の肩を揺さぶる。

「どーいうことだよ水澤っ！　え？　鈴木も聞いてねーの？　ってことは水澤、俺たち全員に隠してたのかよっ！」

「課長、会社やめちゃうんですか？」

女子社員たちも集まってきて、会議室内は騒然となった。

そんなふうに騒がれても、困る。一番パニックしているのは倫章なのだ。真崎の衝撃の人事発表は、倫章の理解の範疇《はんちゅう》を越えていた。

出来るものなら、倫章だってみんなと一緒に仰天したい。でも現実感がなさすぎて、遠い世界の話のようで、思考が一時中断してしまうくらい話の中身が入ってこなくて、初耳だとか、知らなかったとか、そんな言葉じゃ済まされないほど重要なことを真崎がテレビを通じて公表してしまったということだけは理解できても、それより他は一体なんのことだか誰のことだか、さっぱり見当がつかなくて……。

おい、と鈴木に顔を覗き込まれた。

「まさかお前、初耳なのか？」

鈴木の声に、会議室内が水を打ったように静まり返った。騒がしいのは、モニターに映し出されている会見場だけだ。

支離滅裂な頭の中身を整理しようとして口を開きかけたとき、開けっ放しのドアから、誰かが顔を覗かせた。

「水澤くん」

全員が、声の主に注目した。山田部長が、いつものように穏やかな表情で手招いていた。

「水澤くん、ちょっといいかね？」

心なしか淋しげな、それでいて優しい笑顔で呼ばれてしまって、倫章は、なにか自分が悪いことでもした子供のような気持ちで、はい…と項垂れて場を離れた。

「じゃあ水澤くんは真崎くんから、今日の会見の内容については、なにも聞かされていないんだね？」

「はい」

「きみの就任は、先代の遺言だそうだが……」

「それもまったく知りませんでした。本当に、さっきの会見で初めて聞いたんです」

そうか……と唸った副社長が、困惑顔で重役イスに背を預ける。

初めて通された副社長室で、専務と常務と局長と部長に四方…ではなく五方向から囲まれた倫章は、ただひたすら身を硬くし、裁判の被告人のように、質問に答えている。

真崎の爆弾発言のせいで、倫章の心臓と頭の中は、爆発寸前に追い込まれていた。

「真崎くんが後を継ぐのは、これはもう仕方のない話だと諦めておる。もともとマサキ・コーポレーション代表のひとり息子が我が社に来てくれたこと自体、キツネにつままれたような奇妙な話だったからね。雇われ社員で終わる器じゃないことも、入社前からわかっていたことだ」

副社長が身を乗り出し、デスクに両肘をついた。萎縮して直立している倫章を覗き込むようにして、重々しい口調で言った。

「しかし、水澤くん。きみは別だ。これから我が社のマーケティング局を背負っていく人材だと聞いておる。まだ後任も育っておらんこの時期に辞められては、こちらとしても大いに困る」

「はい……」

言われながら、副社長には申し訳ないけれど、ちょっとだけ嬉しかった。そこまで必要とされていたことを思いがけず知らされて、身に余る光栄に胸が熱くなった。

「きみの評判は、山田くんからも聞いておるよ。真崎くんとタイプは違えど、彼に負けず劣らずの優秀な社員だそうだな」

「それは…あの、買いかぶりだと思います…けど」

「謙遜せんでいい。温厚で人当たりがよく、周囲の感性をうまく乳化させる才能があると、人事部も絶賛しておる」

「はぁ……」

「そんな逸材をだな、みすみすふたり一度に他企業にくれてやるのは、どう考えも勿体ない話だ。理屈に合わん。我が社にとって、なんのメリットもない！」

怒りの表情で締め括った副社長が、バフッとイスに身を埋めた。

と、コンコン、とドアがノックされた。

入れ、と副社長が声を投げる。それを認めてドアが開く。

入ってきた人物を見定めるやいなや、副社長がものも言わずに立ち上がった。つられて、部屋にいる全員がドアを振り返り、息を呑んだ。

真崎史彦が、そこにいた。

「真崎……」

呼んだ声が、掠れてしまった。真崎がチラリと視線をくれて、おもむろにネクタイに指をかけ、弛めようとして……やめた。副社長の前で、それは失礼だと気づいたらしい。

真崎の息は荒く弾んでいた。こめかみにダラダラ汗も流れている。会見が終わると同時に、文字通りすっ飛んできたらしい。

そんな状態でありながらも、真崎は何者も意見しがたい毅然とした表情で、会見で見たままの尋常ではない集中力と気迫を維持したまま、全員を見回し一礼した。

「来たか」

副社長が、苦々しい顔で真崎の来訪を受け入れる。真崎はデスクまで直進すると、もう一度副社長に深々と頭を下げた。

「申し訳ありませんでした！」

言い訳は、なかった。

ただ一言、真崎は潔く謝罪した。

副社長も、もうそれで納得してしまったらしい。うむ、とゆっくり頷くと同時に、引き結んでいた口の端を優しく曲げた。

これから一大企業を背負って立とうとしている果敢な若者に、深い感銘の視線を注いで言った。

「これからが大変だぞ？」

「はい」

「覚悟はできているんだな？」

「はい」

「もう、上司は助けてくれんぞ？」

「私が助けられていたほうですから」

横から山田部長が口を挟んで、いきなり場が和やかになった。さざ波のような笑いのあと、咳払いした副社長が、デスクを回って真崎の前に立った。

本当にきみはデカいな…と感心したように仰ぎ見て、笑顔で右手を差し出した。

「いままで、よく我が社に貢献してくれた。きみが創り上げた功績は、我が社にとって財産だ。本当によくやってくれた。ありがとう、真崎くん。いや、真崎新代表」

「こちらこそ、たくさん学ばせていただきました。お世話になりました。本当にありがとうございました」

ふたりがしっかりと握手を交わした。専務と常務も、代わる代わる真崎の手をとる。局長も、山田部長も。

そして、倫章は――――。

自分が置かれている立場も忘れ、目の前の光景に胸がいっぱいで、心の中で真崎に拍手喝采を送り続けた。

真崎史彦。株式会社伝通マーケティング局を経て、フランス支局パリ支部に転属、ＣＦプランニング・チームのチーフ・ディレクターを務める。グローバルマーケティング統括部長に栄転後、日本を代表する上場企業、マサキ・コーポレーション代表取締役社長への就任を理由に、退社。

真崎のひとつの歴史が終わり、また新たに幕が上がる。その瞬間に立ち会えた喜びと、言葉にならない郷愁で胸が震えた。

人は命果てる瞬間に、過去が走馬燈のように脳裏を巡ると言うが、いまが、まさにそれだった。それほど真崎の退社は、倫章にとって感慨深いものとなった。

緊張でガチガチだった入社式。真崎と同じ部署へ配属になった喜びと驚き。大騒ぎした研修。気の合う同僚たちと夜を徹して働き、励まし合い、グチを零し、呑み明かした日々。そして、初めて真崎と共同で成功させたプロジェクト。

あれ以来だ。倫章と真崎のコンビネーションはただごとじゃないと気づいた山田部長が、ことあるごとにふたりを組ませたがったのは。ふたりが組めば敵ナシだと手放しで褒めてくれ、どんどん仕事を授けてくれた。

気がつけば、山田部長が倫章の隣に立っていた。目を潤ませていると、優しく問われた。きみは、どうしたいんだね？　と。ようやく自分の問題を思い出した倫章は、黙って真崎を見上げた。真崎も倫章を見つめていた。

言葉の出ない倫章に代わって、三十分ほどふたりで話をさせてください…と、真崎が部長に頭を下げた。


「高校時代も、よくふたりで校舎の屋上に上がったよな」

高い空を仰いで、真崎が大きく伸びをした。西の方角が少し赤く染まっている。もう間もなく日が落ちる。

「お前、いつもタバコ吸ってたよな。絵に描いたような反抗期街道を驀進《ばくしん》してたぞ」

「喫煙は、反抗期じゃなく別の理由だ」

「理由？」

ああ、と頷いて真崎が笑った。いまにして思えばバカみたいだが…と前置きして。

「成長を止めたかったんだ」

はぁ？　と倫章は声を裏返らせた。理由の意味が理解できない。

「水泳競技で、オリンピックの強化選手だとかなんとか騒がれ始めたとき、これ以上、望まぬ期待を押しつけられたくないと思って悩んだあげく、喫煙したんだ。周囲の期待と、身長の伸びを止めるために」

真崎の告白が終わらないうちに、倫章はブーッと噴き出してしまった。喫煙に、そんな可愛い理由があったなんて知らなかった。

「周囲の期待は別にしても、背は一九〇まで伸びただろ？　喫煙効果ゼロだったな」

まったくだ…と肩を竦めた真崎が、倫章をチラリと横目で見て言った。

「覚えてるか？　倫。一度煙草を吸っている途中で、お前にキスした。そうしたらお前、不味《まず》いと顔を顰めた上に、ジュースで口を清めたよな」

「そうだっけ？　て言うか、よくそんなこと覚えてるな」

「お前の一挙手一投足、全部覚えている。勿体なくて忘れられない」

真顔で言われて、赤面した。

あのころは真崎が自分に思いを寄せていたなんて、微塵も想像しなかった。ふたりの関係は悪ふざけであり、内緒の遊びであり、ストレス発散。そんなふうに位置づけていた……と言うか、そう思い込もうとしていたのだ。真崎と親友でいたかったから。

でも、最高の相手に巡り会えたと、あのころから、もう気づいていた。

目を閉じていても、真崎がわかる。もうこれ以上近づくのは物理的に不可能なほど、真崎を身近に……まるで自分の皮膚や血や肉のように感じている。

なのにさっきは、そんな真崎が遠かった。倫章はまだ、ときどき真崎がわからなくなる。だから真崎から目が離せない。次は一体どんな手で驚かせてくれるのかと、はらはらドキドキしながら、わくわくソワソワしてしまう。

「俺が煙草をやめた原因は、お前の、あの『不味い』の一言だったんだぜ?」

知らなかった…と呟いたら、やっぱり気づいていなかったか、と笑われてしまった。

「もしかして、そのあと必死で歯を磨いたとか?」

「アタリだ。エナメル質が溶けるかと思うほどブラッシングした」

その拗《す》ねたような口ぶりが可笑しくて、倫章は肩を揺らして大笑いした。

スーツ姿の真崎に、詰め襟の制服姿が重なり、蜃気楼《しんきろう》のように揺らいで消えた。胸が絞られるほど懐かしい記憶に一瞬触れ、目の奥が熱くなる。

「お前はよくそうやって、俺の鈍さを笑い話にするけど、俺は昔からお前に振り回されていた記憶しかない。そこに愛情があったなんて、いまだに信じがたいよ」

真顔で言ってやったら、真崎が困惑顔でぽつりと言った。

「振り回されるのは、苦痛だったか？」

「苦痛……は、感じなかったかな。結構楽しかったよ。お前に振り回されるのは」

「この先は？　倫章。また振り回しても構わないか？」

「勘弁してくれ。俺にだって人権がある」

そりゃそうだと真崎が頷く。手すりに背中を預けたまま、暮れゆく空を仰いで言う。

「どうしたい？　倫」

「なにが」

ふたりしてスラックスのポケットに手を突っ込み、それぞれ勝手に空に向かって呟いた。

「俺の要望は、もう伝えた。あとはお前が決めろ」

「お前の要望？　あれは親父さんの遺言なんだろ？」

「……という表現は、必ずしも正確ではない」

「どういう意味だ？」

「遺言だと言えば、重役たちの理解も早い。そう思って会見用に脚色したんだ」

「脚色？」

言わんとしていることの意味がわからない。やっぱり真崎は、いつまで経っても不可解だ。真剣に困惑していると、真崎が倫章へと首を回した。

「だから、脚色だ。お前も聞いただろう？　相応の覚悟で繋いだ手なら、いかなる事態も離すべからず、と」

親父さんに言われたような錯覚を覚え、倫章は両手を外に出し、手すりから体を離して真っ直ぐに真崎を見上げた。倫章との関係を告白したときも、親父さんは同様のセリフを真崎に叩きつけたそうだ。祝福されないと知りながら、それでも選んだ道ならば、最後まで貫きとおせ……と。

最後まで、貫け。

この言葉は、しっかり心に刻みつけてある。

「愚息と我が城双方の、カリブルヌスの鞘となれ……とも言われたよな」

「ああ…言われた」

「要するに、そういうことだ。城とはマサキ・コーポレーション。愚息はもちろん俺のこと。お前は俺の秘書となり、我が社を守れと親父が明確に言い残している」

「そんな勝手な解釈、お前以外に誰がするんだ…」

肩を落として脱力すると、真崎の右腕が伸びてきて、そっと胸に抱き寄せられた。

「俺の鞘になってくれ、倫章」

やっと素直に白状したか…と、倫章は微笑んだ。

プライドが邪魔して「助けてくれ」と言えない男が、親父さんの力を借りて、遠回しに救いを求めている。

本当は真崎も恐ろしいのだろう。これからひとりで立ち向かう壁の高さに、足が竦《すく》みもするだろう。

ややもすると濁流に揉まれ、足下を攫《さら》われ、前進を阻まれてしまいそうで、不安でたまらないはずだ。

でも、それでも真崎は進まなければならない。

目の前に、越えるべき山が聳《そび》えているから。

「俺と一緒に戦ってくれ、倫」

「真崎…」

「俺と濁流に飛び込んでくれ、倫章」

はっきりと言葉で求められた瞬間、倫章の中で、なにかが吹っ切れた。真崎同様、開き直りというやつだろうか。

ひとりでは登れない絶壁も、ふたりで足場を固め、ロープを結び、協力すれば乗り越えられるかもしれない。濁流だって、互いに楯になり合えば渡りきることも可能だろう。

いままでも、そうして戦ってきたはずだ。矢面に立つ武将・真崎のために、あらゆる武器を収拾し、場に相応しい戦法を駆使し、ともに道を切り開いてきたはずではなかったか？

真崎とのコンビネーションをもってすれば、拓《ひら》けない道は決してない。

手を取り合って戦うことは、弱さではなく、戦略だ。

親父さんの築いてきた砦《とりで》を、さらに強固に、揺るぎないものにするための、これはひとつの手段であり、真崎史彦の能力をフルに発揮するための最高で最上の戦術だ。

自分にしては珍しく前向きな解釈だな…と倫章は笑った。まるで真崎が乗り移ったみたいだ。

出会ってから十五年。恋人の影響をシャワーのように浴び続けてきた倫章は、自然に彼の欲する答えに惹かれてしまうようだった。まさしく異極の磁石と言える。

「いまより、もっと面白い仕事ができるなら」

無意識に、返していた。

でもそれは、将来必ず真実になる。倫章と真崎の、共通の目標になる。

真崎が目を閉じ、開いた。

傲岸不遜で高飛車で、自信過剰で自己中心的。鼻につくほど厭味なイケメン。昔からよく知る、愛する真崎史彦の顔だった。

「どれだけでも面白くなる。毎日が新鮮で、目が回るくらい忙しいぜ、きっと」

断言されて、倫章は笑顔で頷いた。あぁ、やっぱり、いいな……と。

いつまでも真崎と一緒に走っていたい。真崎と共に戦いたい。

真崎の背に両腕を回すと、真崎も倫章を抱き締めてくれた。見つめ合ったとき、真崎の目に映る自分の姿が、とても誇らしく感じられた。

「俺、よくここまでお前についてきたよな。自分でも、なかなか頑張ったと思うよ」

「ああ、本当によく頑張った。だが、まだこれからだ」

「うん。真崎といると飽きないよ。毎日ドキドキしっぱなしだ」

「俺に愛されてよかったと、毎日感動させてやる」

「すごい自信だな。一体どこから湧いてくるんだ？」

「湯水のごとく、天と地から」

相変わらずのコメント返しが可笑しくて、ふたりしてクスクス笑った。互いの髪に頬ずりして、額をくっつけ、じゃれ合って。

そして互いの、唇が重なる。

新たな門出をキスで祝福している間に、空は濃紺に深まり、眼下には見慣れた夜景が広がっていた。


真崎に付き添われる形で副社長室に戻った倫章は、改めて退職の意志を伝えた。

副社長は終始渋い表情を崩さなかった。話し合いののち、倫章の正式退社は二カ月後に延期となった。その間に、現在の業務を後任に引き継ぐことで一応の合意を得た。

「淋しくなるねぇ」

山田部長がポツリと零した。倫章は真崎とともに部長へ向き直り、姿勢を正した。

新人の長所を見つけるのが趣味で、それを伸ばすのが楽しみという最高の上司の下で、まだ青かった新人ふたりは伸び伸びとアイデアを練り、実現し、社会人生活を謳歌《おうか》した。

カンヌでは、結婚式にまで参列してくれた人だった。かなり面食らっただろうに、それでも部長は一貫して態度を崩さず、従来どおりに接してくれた。

初めての出会いは、まだ十代の……大学一年の四月だったか。サークルのコンパで酔っ払った倫章が迷惑をかけたという、なんとも未熟で恥ずかしい初対面だった。

内定の後押しをしてくれたのは、山田部長だったと後々《のちのち》知った。当時、課長から部長に昇格したばかりの山田部長が、新人をふたり預かりたいと言って、真崎と倫章を手元に置いてくれたのだった。

この人なしに、伝通社員としての歴史は有り得なかった。

「あと二カ月間、誠心誠意、勤務させてください」

倫章の言葉に笑顔で頷いた部長が、おもむろに隣の真崎を見上げて言った。

「マサキ・コーポレーションの広告関連事業は、白報堂《はくほうどう》さんに一任だったね」

「はい、そうです」

大学時代、真崎の就職活動の絶対的条件のひとつに「親の息がかかっていない企業」という項目があった。伝通への就職は、子会社でのアルバイト実績が本社で高く評価されたのが最たる理由だけれど、真崎自身の強い希望もあったのだ。なんとしても伝通でなければ…と。白報堂も魅力だけれど、そこには行けない大きな理由を抱えていたのだ。

「じゃあ、営業に行かなきゃね」

ふ…と部長が相貌《そうぼう》を崩した。

「私はまだまだ、きみたちと仕事をしていたい。白報堂さんには負けないよ」

「部長…」

言葉が出なかった。それは、真崎も同じだろう。

ふたり同時に声を詰まらせ、膝につくほど頭を下げ、部長の手を握りしめた。


頭を下げて勢いがついたのか、真崎が「お前の実家へ挨拶に行こう」と言い出した。これには倫章も狼狽《うろた》えてしまい、顔を真っ赤にして懸命に引き止めた。なんといっても母は、真崎との関係を知っているのだ。

「頼む真崎！　それだけは勘弁してくれ。一体どんな顔をして、お前とふたりで親の前に出ろって言うんだよ！」

「そのままの顔でいいじゃないか。なにも装うことはない」

「お前には羞恥心ってものがないのかっ！」

「ない」

きっぱり言われて、ガックリきた。

「いまさら照れてどうするんだ、倫。それでなくとも一生のつきあいになるんだぜ？」

「う……っ」

「それに、あんな形でお前の名を電波に乗せた以上は、親にきちんと事情を説明しておくべきだ」

「あんな形でって、お前が勝手に公表したんだろうが！　やり方が強引すぎるんだ！」

「それを言うなら、俺の親父には遠く及ばないよ」

「似たもの親子め……！」

なかなか思いきれずにいたら、早く乗れとボルボの助手席に押し込まれた。おろおろしている倫章とは対照的に、真崎はじつに潔く夜の国道をカッ飛ばした。

かくして倫章は思いがけず里帰りを果たし、真崎とふたりして和室に並び、身を硬くして正座しているという状況下にある。

懐かしくも恥ずかしい、このシチュエーション。真崎との恋を許してくれと泣く泣く母に土下座した、苦い記憶が蘇る…。

父はちょうど風呂から出たばかりだった。ふたり揃っての突然の帰宅に、おおよその見当はついていたらしい。座卓を挟んで腰を下ろすと、いつになく真面目な顔で言った。

「いろいろと大変だったな、真崎くん。疲れただろう。大丈夫か？」

「いえ、大丈夫です。ご心配おかけしました。告別式にはご多忙のところご参列いただき、ありがとうございました。父も、きっと喜んでいます」

普段は風呂あがりにビールと決めている父が、母の入れたお茶に口をつけた。真崎が来たのに酒を勧めないなんて珍しい。酔って話せる内容じゃないと、わかっているのだ。もしかしたら父もリアルタイムで、あの報道を観たのかもしれない。

「その後、少しは落ちついたのか？　会社としての形は整ったものの、スッキリとは行っておらんのじゃないか？」

「まぁ……いろいろ問題はありますが、最終的には父の意向が優先されそうです。遺言状も、もともと重役たちの意向を取り入れた上で作成されたものですし、それほど大きな異論は持ち上がっていないようです」

「そうか。なら、あとは真崎くんの腕次第ということだな」

「はい」

また茶を啜り、台に戻し、父は何度か同じ動作を繰り返したのち、ようやく咳払いして本題を口にした。

「それで……今日来た理由は会見の件かね？」

はい、と真崎が頷いた。

「本気なのか？」

事実を避けた言い回しに、父の困惑が窺えた。背筋を伸ばして正座した真崎が、凛とした声で返答する。

「ぜひともお父さんにお許しをいただきたく、お願いにあがりました」

父の気持ちを配慮したのか、真崎まで要点を回避している。落ちつかなくて、いまにも心臓が止まりそうだ。倫章は拳でとんとんと胸を叩いた。

「お許しと言われてもねぇ」

父が長い溜息をつき、倫章をチラリと見た。明らかに、真崎を見る目とは違う。完全に小物扱いだ。

「コレが、きみの役にたつのか？」

「なんなんだよ、コレってのは」

倫章の突っ込みに被せて、真崎が身を乗り出した。

「倫章しか、いません」

一片の迷いもない声に、父と母が息を呑んだ。

「倫章がいなかったら、いまの自分は有り得ません。俺には倫章……いえ、ご子息が、どうしても必要なんです」

真崎の本気を目のあたりにして、父が肩を落とす。そして、ふいに笑って頭を掻いた。

「なんだかなぁ。これはまるで、娘を嫁にやる父親の心境だなぁ」

父の言葉に慌ててしまい、倫章は反射的に母を見た。こっそり苦笑いをくれた母は、お盆で顔を半分隠して、キッチンへ逃げてしまった。肩が思いっきり笑っている。

ふぅ…と長い息を吐いて、父が何度もあぐらを組み直す。倫章はさっきからずっと真崎の隣で顔を赤くして正座したまま、父の返事を待っている。

たとえ反対されたとしても、もう心は決まっているけれど。

コキコキと首を鳴らした父が、やにわに破顔した。

「このぶんだと、孫の顔を見る日はさらに遠くなりそうだなぁ」

思いがけず切ないセリフを返されて、視界が揺れた。パンッと膝を叩いた父が、まるで自分を奮い立たせるかのように二、三度大きく頷いた。

「うん。お前たちの気持ちはよくわかった。やるだけやってみればいい」

「ほんとにいいの？　父さん」

「いいもなにも、お前は一人前の社会人だ。いまさら親が口を挟むことでもないだろう。それに、いままでは私より真崎くんのほうが、お前をよく理解している。その真崎くんが、そこまでお前を必要としてくれるんだ。ありがたい話じゃないか。親としては、なにも異論はないよ」

慈愛に満ちた父の笑みは、微かに脳裏にこびりついていた倫章の不安を削ぎ落としてくれる効果があった。

「孫の顔……は、遅くなるというより、見せられないかもしれない、けど…」

言葉を濁すと、はは、と一笑されてしまった。

「少し前なら尻を叩いて嫁さん探しに奔走させたが、いまのお前を見ていると、そんなことは、親でも言えんよ。…お前にはお前の優先順位がある。親が口や手を出して、台無しにするわけにはいかんだろう」

「あ…、ありがとう、父さん！」

親から注がれる無条件の声援は、なによりも強い励ましであり、心の支えだ。嬉しいのに目の奥が急に熱くなってきて、恥ずかしながら泣いてしまいそうだった。

「ま、口を挟んで失敗されても、責任を取れないというのが一番の理由だな」

わはは…と笑って場を和やかにしてくれた父の配慮で、なんとか涙を流さずに済んだ。

「倫章。真崎くんの足だけは引っ張るなよ」

「うん、そうならないよう努力するよ。いままで以上に」

頑張れよ、という声援をありがたく受け、感無量で頷いた。果てしなく温かく頼もしい親の愛を無言で抱き締め、噛みしめた。

感慨深げに、父が言う。

「お前たち、もう何年になるんだ？」

つい質問を曲解し、一瞬ギクリとしたけれど、出会ってからの年月のことだと思い直し、胸を撫で下ろした。倫章が口を開くより先に、真崎が笑顔で答えてくれた。

「高一の春からですので、ちょうど十五年目です」

「もう、そんなになるのか。だが俺と母さんは三十三年だ。勝ったぞ、母さん！」

なんでも笑い話に変えてしまう父が可笑しくて、倫章は思いきり噴き出してしまった。

真崎も肩を揺らして笑いながら、父に約束してくれた。

「これからは、もっと長いつきあいになります。おそらく人生を引退するまで」

定年退職ではなく、人生の引退。真崎が口にした言葉の重さに、父が真摯な面持ちになった。ジッと真崎の目の奥を見つめ、噛みしめるように頷く。

「そうか……そうだな。社長秘書なら、女房役みたいなものだな」

すでに真崎とは夫婦同然の仲なのだと、いまだに知らない倫章の父は、ただ純粋に、強い絆で結ばれた鋼鉄製の友情に心から感動し、祝福を贈ってくれている。騙しているようで申し訳ない気もするけれど、友情を越えた絆の存在を理解してくれていることが、とてつもなく嬉しかった。

「あのなぁ、倫章」

「うん、なに?」

「父さんの人生は、決して自慢できるようなものではない。だが、卑下するほどでもないと思っている。ごく平凡だが、これはこれで、なかなか幸せにやってきたからね」

もちろんだよ、と倫章は自信を持って頷いた。もし家庭を持つなら、父のような父親になりたいと思っていた。倫章には叶えられない夢だからこそ、ますます父を誇りに思う。

「学生時代から今日まで…か。いつもお前たちのことを羨ましく思っていたよ。互いを高められる生涯の友に恵まれたお前たちは、本当に幸せ者だ。…父さんの原動力は、家庭だ。母さんや倫章の笑顔だ。だがな、倫章。お前もそうとはかぎらない。お前の人生を輝かせる場所が、家庭ではなく、どこか他にあるのなら、それでいいと父さんは思う」

せっかく止めたはずの涙が、またしても、今度はもっと勢いよく迫り上がってきた。

「父さんは家庭に根を生やした。だがお前たちは、この世界を耕していけ。そういう時代になったんだ。素晴らしい生き方じゃないか。心から応援しているぞ」

ついに涙腺が崩壊した。

こんなふうに親の人生観を受け止めるのは、初めてだった。

真崎との仲を、そんなふうに感じてくれていたなんて。こんな形で、真崎と生きることを許される日がくるなんて。

真崎家と水澤家の両親に、そして真崎本人に。どれだけ感謝しても足りない。

「ありがとう、父さん。本当に……ありがとう」

浪花節な息子を振り払うように、父が気合いを入れ直してくれた。

「ただし、逆風は覚悟していけよ。なんといってもお前たちはまだ若い。古参《こさん》の者たちに認めてもらうには、かなりの努力と忍耐が必要だ。そういうときこそお前たちのコンビネーションがモノを言う。互いに支え合い、しっかり助け合っていきなさい」

「はい。なにがあっても絶対に倫だけは守り抜きます。どうか安心して任せてください」

真崎の決意に、父が愛しげに目を細めた。ゆっくりと首を横に振る。

「そんなに気負わんでいいよ、真崎くん。倫章だって一人前の男だ。使い物にならなかったら、いつでも切ってやれ。一国の長なら、そのくらいドライでなきゃいかん。情で務まるほどマサキ・コーポレーションの運営は甘くない。そうだろう？」

腿の上で拳を固め、そうですね、と真崎が神妙に唸った。その拳に手を重ねて軽く揺さぶり、倫章は言った。

「切られないよう、死ぬ気で努力しますよ、社長殿」

「ならば死ぬ気で努力してもらいましょう、秘書殿」

手を握り合って互いに深々と会釈すると、父が膝を叩いて大笑いした。

酒持ってこーい！　と上機嫌になった父を、車だから！　と慌てて止めた。


その二カ月後、水澤倫章は正式にマサキ・コーポレーション代表取締役社長、真崎史彦の専任秘書に就任した。

最初こそ野瀬さんに手とり足とりでお世話になっては迷惑ばかりかけていたものの、まさに世界を飛び回るほど目まぐるしい毎日のなかで、己の無能を悩む余裕すらなく、業務内で体験として習得し、それなりに知識と知恵をつけ、一年が経過するころには英語とフランス語の日常会話には困らない程度の語学力を身につけ、相応の指示や判断を下せるまでには、かろうじて成長した。

真崎自身は言うまでもなく、まるで太刀《たち》を振るう弁慶のごとく、最初から恐ろしいくらいに持って生まれた指導者の本領と才能を発揮し、またたくまに事業を拡大していった。

また、伝通退社時に手がけていた「伝通グアム支社」の設立についても、真崎は忘れていなかった。マサキ・コーポレーションの社長業と同時進行で伝通の後任に業務指導をする一環で、パーティーホールや宿泊施設、そして撮影スタジオや私設テレビ局を備えた

「伝通ブロード・キャスティング・ホテル」を一から作ってしまったのだ。

私設テレビ局は、ビデオカメラで撮影した画像を使用できるため、誰でも手軽に情報を発信できる。地元のサイクル・チームに撮影を依頼して観光ビデオを制作したり、伝通主催でファッションやフードのレポート・ムービー・コンペを開催するなどして話題を作ると、伝通グアム支社には続々と仕事が集まってきた。

マサキ曰く「ゼロから十まで、すべて見せた。これで引き継ぎは完了だ」と。そう言われた後任は、とてつもないプレッシャーを感じながらも、もちろん首を縦に振るしかない。ゼロから完成まで、真崎の真横で関われたのだ。これ以上の指導はないだろう。

お世話になった企業への恩返しを忘れない真崎の誠実さは、マサキ・コーポレーションの重役たちの心をも動かした。先代に生き写しだ、いや、これは先代以上の大物だと、次々に新代表のサポート役を買って出ては、惜しみないサポートやアドバイスをくれた。これはやはり一族経営の利点かもしれない。

だが、真崎史彦新代表の大躍進は、ここからだった。マサキグループの主軸であるホテル部門の大々的な改革に着手したのだ。

リスクの大きさを考えて踏み込めずにいた高齢者及び身障者向けのバリアフリーホテルのチェーン展開を、ついに真崎の代で叶えたのだ。要するに、世界中の高齢者の自由な旅を実現させるべく、自宅から目的地までの医療サポート・ツアーを可能にしたのだ。

売り上げの低迷していた既存のホテルを一部改装することで土地代を浮かせ、しかし徹底したバリアフリーへのこだわりと、医療機関同士のカルテ共有および介護・リハビリ施設を配した運営体制をとることにより、利用者の長期滞在を実現させた。

福祉施設の枠を越えたライフ・サポート&リゾート・プランは、次世代の高齢者マーケットになると国内外で注目を浴び、世界優良ホテルランキングの上位に、長くその名を記すこととなった。

映画への憧れも、当然真崎は忘れていない。作品発表のチャンスに恵まれない無名監督の作品をCMスポット的にチラ見せし、視聴者の興味を煽る「ゲリラ配信」や、スポンサーの商品を作品内に取り入れる条件で制作費を賄う、企業と素人のコラボ番組「Fコン」という、ショートフィルムコンテストの番組制作にも一役買い、若手映画監督の育成やCF界の改革に貢献し、多種多様な企業に活力を与え続けた。

まさに水を得た魚のごとく、真崎は世界の海を泳ぎ回った。

そして、いつしか時は過ぎ――――。

「史彦が寝込むなんて、まさしく鬼の霍乱《かくらん》ってヤツだな」

真崎の脇から体温計を抜き取りながら、倫章は数値を読み上げた。

「三十七度九分。やっぱり熱があるよ。そういえば、俺がスケジュールに組み込んでおいた人間ドック、またキャンセルしたんだって？　忙しいのはわかるけど、検診だけはちゃんと受けてくれよな」

「大丈夫だよ。寝たきりになって、お前に迷惑をかけるようなことはしない。逝くときは、コロッと逝くさ」

「あのなぁ、冗談でもそういうこと言うなよ。それでなくても俺たち、親父さんの亡くなった年齢に刻一刻と近づいているんだ。あり得ない話じゃないんだからさ」

はいはい…と、真崎が適当な返事をよこす。真崎史彦の頑固さは、いまに始まったことではない。倫章は肩を落とし、腕時計に目をやった。

真崎とお揃いのヴァシュロン・コンスタンタン。若かりしころハネムーン先で、真崎からプレゼントされたペアの「婚約腕輪」だ。

同じ時間を刻もう。ずっと一緒に。永遠に――――思い出すだけで赤面してしまう甘いプロポーズと一緒に、あの日真崎が贈ってくれた時計は、さすがにベルト部分は損傷が著しいため数回交換したものの、いまもなおそれぞれの腕で、幸福な時間を刻み続けている。

「そろそろ予算審議会の時間だから、行ってくるよ。各部門の予算は、俺がまとめておいたから。とにかくお前はゆっくり休め。じゃあな」

と、ベッドから腰を上げようとする側から、真崎が腕を巻きつけてくる。倫章は苦笑いしつつ、伴侶の頬をそっと撫でた。

「寂しいとか言うなよ？」

「いや、寂しい。もう少し側にいてくれ」

「代表が病床にあるのに、副代表まで遅刻したら、予算審議に支障を来《きた》すだろ？」

「審議するほどの内容か？」

「ホテル部門の経常利益は、前年度の二十パーセント超えだ。すでに医療体制の整っているハワイに、もう一棟建設したいという声がある。なんとか他部門の承諾を得て、追加予算を組んでやりたいんだ」

　真崎が口元に深いシワを刻み、いつもながらのダンディーな笑みをくれた。こうして見ると、亡き親父さんにそっくりだ。髭さえ生やせば…の話だけれど。

「お前の優しさと周囲への配慮に、俺はいつも嫉妬している」

　唐突に言われ、思わず目を丸くした。まるで二十年前に遡ったみたいなセリフだ。

「それ、もうすぐ五十になる男に言うセリフか？」

「五十でも、まだまだ現役だろう？」

「どっちのことを言っているんだ？　仕事か？　それとも…」

「ゆうべの情事に決まってるさ」

　心底おかしくて、倫章は声をたてて笑ってしまった。

　ゆうべも真崎は、丹念に愛を注いでくれた。昔のような情熱一辺倒の行為こそ減ったものの、近年は熟年の名に相応しく、互いの肌と心の交友を慈しむような、しっとりと甘い夜が続いている。

　それにしても、こんなふうに色事でからかうところは昔からちっとも変わらない。変わったのは、少しばかり年輪を重ねた互いの外見だけだろう。

歳月を経てなお、真崎との絆は深まるばかりで途切れることを知らない。剛《ごう》の代表に柔《じゅう》の副代表ありと、世間もマサキ・コーポレーションのツートップのコンビネーションには一目置いてくれている。

いまや社会が、そして世界が、ふたりを認めてくれている。

これほどの存在は、ふたりといない。

愛しい思いで見つめていたら、それを上回る熱い視線で微笑まれ、少しばかり照れてしまった。こんなところまで負けず嫌いな性格も、昔のままだ。

「じゃあ、野瀬さんを待たせてるから、もう行くよ」

「ああ。お前の専任秘書殿によろしく」

行け、と命じた唇を、真崎が心持ち突き出した。仰《おお》せのままに顔を近づけ、チョンと軽くキスしてやった。それでは不満だったらしく、真崎は離れようとする倫章の頭を引き寄せ、ディープなキスを求めてきた。

いまや自分のものより馴染み深くなった伴侶の舌に、存分に舌を絡ませたら、ようやく満足してくれたらしい。唇を離し、真崎が言った。

「倫章……」

「ん？」

「お前さえいれば、俺は他に、なにもいらない」

「ふたりも子供作ったヤツが、なに言ってんだ」

クスクス笑って、真崎の顔を枕に押し戻してやった。

そうなのだ。驚くなかれ。真崎はなんと、ふたりの子宝に恵まれた。

正式には真崎姓で現在高校生の長男・章彦《あきひこ》と、真崎の元妻・頼子《よりこ》さんの高橋《たかはし》姓で中学生の長女・真倫《まりん》という、冗談みたいな命名の系図がこの世に誕生してしまった。

真崎が三十二になった年、なんと真崎は頼子さんから精子提供を求められ、あっさりとそれに応じたのだ。

そのころすでにフライトから遠ざかっていた頼子さんは、ワーキングマザーのための新事業を興《おこ》したいと、再び大学に戻り経営学を専攻していた。その大学在籍中に長男の章彦を出産したのだが、頼子さん流の言い分は、次のとおり。
①史彦の遺伝子を後世に残さないなんて、世界遺産をドブに捨てるようなものだわ。
②次世代へ命を繋げようとする継続思考が、経営成功の秘訣《ひけつ》なのよ。
③企業の繁栄を本気で望むなら、子孫繁栄にも心血を注ぎなさい。これは社会貢献なの。
とまぁ、絶句するしかない三大理論を展開してくれた。昔からぶっ飛んだ女性だとは思っていたけれど、ここまでだとは知らなかった。

倫章は子供を産めない。当然だ。だから真崎が真剣に子供を望むなら、養子を考えればいいと思っていた。でも真崎が子供を欲しがったことは、断言するけど一度もない。

それなのに真崎は倫章に内緒で頼子さんと関係を持ち、「精子提供」したのだ。聞けばそれは、頼子さんへの慰謝料だそうな。

　ある日突然、赤ん坊を抱えて帰ってきた真崎の、「今日から俺たちの息子だ」と言ってのけたそのデリカシーのなさに、さすがの倫章も仰《の》け反った。「お前の辞書には、倫理という二文字がないのかっ！」と堪忍袋の緒を自力で引き千切り、本気で絶縁状を叩きつけた。そのときの騒動は、真崎がフランス支社へ転勤になったときや浮気事件などとは比較にもならないほど、壮絶な隔絶へと発展した。

　だが、それを思い留まらせてくれたのが、奇しくも長男・章彦の存在だったのだ。

　経営学の受講仲間と新事業をスタートさせた頼子さんは、第二子出産直後も、多忙な日々を送っていた。どれだけこちらから連絡しても、決して章彦に会おうとしなかった。

『ふたり目の妊娠に成功したら契約終了。弁護士の元で公正証書も交わしたから安心してちょうだい。よって章彦は、史彦と倫章くんの子よ。これはあくまで取引なの。あなたたち夫婦の代理出産をしたつもりだから、私と章彦は一切関係ないわ』と、どこまでが本音か嘘かわからない言葉で、倫章を激しく戸惑わせた。

　そんな中、章彦は誰よりも倫章に甘え、頼り、懐いてくれた。だからその…この健気な命を自分が守ってやらなきゃと、心から思ってしまったわけだ。まして、真崎の血を受け継いでいる尊い存在でもあるわけだし。まんまと真崎に填められたような気がしないでもないけれど。

　根っから子供嫌いの真崎は、章彦への接し方がまったくわからず、完全にお手上げ状態だった。これほどまでに「使えない真崎」を見たのは初めてで、結果、ほとんど倫章が……もちろん真崎のお袋さんと倫章の両親の多大な協力を得て、育てたに等しい。

なのに章彦は、いまや外見も性格も、若かりしころの真崎そっくりの少年に成長した。父親への反発は筋金入り。傲岸不遜で高飛車な性格も、そのまま継承されている。運動能力も頭の回転の速さも、恐ろしいほど真崎史彦・第二号だ。よって、倫章以外は誰も章彦を手懐けることが出来ないという、デジャヴのような状態が続いている。

ちなみに頼子さんちの真倫ちゃんは、すこぶる美少女で、礼儀正しくて明るくて、うちにもしょっちゅう泊まりにきてくれて……なんてデレデレ目尻を下げていると、また真崎に笑われかねない。

そんなふたりの真崎Ｊｒは、真崎と頼子さん、そして倫章を含む奇妙な三角関係を、それなりに解釈し、それぞれの理解の範疇で容認してくれているようだった。ものわかりがいいのかドライなのか、現代っ子の適応能力には恐れ入る。

倫章の手を、真崎が握る。間接を揉み、爪の形を愛おしみ、手の甲を撫で、飽きずにずっと触れている。

優しく握り返した手を、そっと毛布の下に戻してやった。そして倫章は今度こそ腰を上げ、真崎の額にキスしてから寝室のドアへと向かった。

「いつもそこには、俺がいる」

真崎の呟きに、足を止め、振り向いた。

ベッドの中から、真崎がじっと見つめている。包み込むような、背を支えてくれているような。真崎はいつもこんな目で、倫章の隣にいてくれた。

ふ…と微笑み、倫章は言った。

「その言葉、覚えてるよ。俺たちが初めて互いの気持ちを打ち明け合った日、お前が言ってくれたんだったな」

ああ、と真崎が目尻を下げた。窓から注がれる早春の柔らかな日差しが、ベッドに優しく降り注いでいる。

「親友とバカをやりたいときも、恋人に甘えたいときも、一緒に、穏やかに、いつまでも歩いていきたい未来にも――だったよな?」

まるで音楽を聴いているかのように穏やかな表情で、真崎が耳を傾けている。

「いつもそこには俺がいる…って、まさしくあの言葉どおりになったな。あの日の誓いどおり、いつもお前は俺といてくれた」

「…これからもだ、倫。いつもお前の隣には、俺がいる」

「そうだな、史彦」

陽当たりのいい、静かな部屋。

切なくなるほど、心地よい風。

ふたりで築き上げてきた、なにものにも代えがたい愛しい歴史が、部屋いっぱいに満ちていた。

「少し眠るよ、倫章。あとでまた……会おう」

目を閉じながら真崎が言った。満ち足りた微笑を口元に描いたまま。

充実した人生を歩んできた男の顔だった。

この世でたったひとりの、愛すべき男。

「うん、史彦。またあとで」

おやすみ…と囁いて、倫章はそっと扉を閉めた。

おわり

あとがき

いつもシリーズ五巻の著者校正用原稿が手元に届いた翌日、渋谷区で同性愛者のための条例案を区議会に提出するとのニュースが飛び込んできました。

この五巻目は、倫章との関係を法的なものにしたいと強く願う真崎と、お互いの気持ちがあれば充分と考える倫章の、やや温度差のある愛情を元に展開します。同性愛の捉え方って国によってもずいぶん違うし、法的に同性同士の結婚が認められている地域でも、対個人では受け止め方に差があるように思います。もしかしたら、当事者間でさえも。

でも今回のような条例案が出てくるってことは、いろんな価値観を認めようと、多くの人が他者の思考を受け入れられるようになってきたってことなのでしょうね。統計では、パートナーシップ条例に賛成の割合のほうが高いって言うし。

日本は他国に比べて議論も少ないうえに、後回しにされている感があったくらい。結婚によって幸せを得る人もいれば、不幸に陥る人もいる。自分が幸せだからといって、自分と同じ生き方を他人に強制できないのと同じ。幸せの基準は人それぞれ。いろんな価値観を理解し合えるきっかけにもなる今回のニュースは、とても人間的で優しく、勇気ある一歩だと思った次第です（その後、パートナーシップ条例が無事に成立しましたね！）

最後のあとがき、堅いですか？　でも、あまりにもタイムリーで避けて通れず（笑）

真崎史彦と水澤倫章。ふたりが私の脳内でポコッと命を宿したのは、一九九六年。雑誌掲載は十一月発売号なので、原稿は夏に書いたのかな？　今巻が七月発売なので、まるっと十九年のおつきあいです。そうか、来年は二十歳の成人式じゃないか。真崎と倫の誕生二十年を祝って、なんか書いてもいいいですか？　……と言えるようになった自分が嬉しい。

物書きとして機能しなくなり、一度は筆を折った私ですが、一年がかりで今回の加筆修正に取り組めたことが、小さくとも確かな自信に繋がりました。あれだけキレイさっぱり頭の中が真っ白になって、完全に燃え尽きたと思った日。二度と物語を書くことはないと本気で思いました。それなのにいま、また文章を書けたらいいなと楽しみにしている自分がいます。真崎の思考回路に影響されたかも。だとしたら、真崎に感謝しなければ。真崎をそんなふうに導いた倫章にもね。そしてやっぱり、応援し続けてくれた読者様に。私にとってのカリブルヌスの鞘は、読者様なんだと思います。

イラストの周防佑未様。連続五冊のプレッシャーを感じさせない画力に感謝します。私を綺月に戻してくださった担当様。献身的なご指導に胸が詰まります。おかげさまで深海から少し浮上できました。ゆっくりふんわり浮きながら、少しずつ海面を目指しますね。

真崎と倫章のお話、ひとまず終了！　お読みいただき、ありがとうございました‼

二〇一五年四月吉日　　桜満開！　　綺月陣

拝読当時、小説に吸い込まれる様な不思議な読了感と
まるで生きているかの様な二人の魅力に圧倒され
何とかこの二人を表現しなくてはと激しいプレッシャーに襲われたのを覚えています。
脳内では妄想が広がるのに現実の画力は全く追いつかず、、
これじゃ真崎じゃない、倫章じゃない！と毎回力不足を痛感しながらのお仕事になりました。
苦しい時は小説に戻り、何度もパワーを頂き、二人への萌えと気合いで駆け抜けたお仕事でしたが、
少しでも挿絵としてのお役目が果たせていればこれ以上嬉しいことはありません。
一読者としても何度も悶え転がり、幸せな気持ちを頂いた、
とても大好きな二人ですので「最終巻」の響きがとても寂しいです。
今後は読者の皆様の中で、永遠に二人が生きていくのかなと思いました。
私も二人の長い人生をいろいろ妄想して楽しもうと思っております（笑）
またいつか二人に会えたら嬉しいです！
素敵な作品に出会わせて頂き、恐れ多くも挿絵の機会を頂き、幸せ一杯な７ヶ月でした。
ご一緒させて頂き本当に有難うございました。　　　　　　周防　拝　　７月

ガッシュ文庫

いつも微熱にうかされて
（1999年 同人誌発表作品を大幅加筆修正）
いつも人生ブリザード
（2000年 同人誌発表作品を大幅加筆修正）
いつも隣に俺がいた
（2001年 同人誌「いつもそこには俺がいた」を改題、大幅加筆修正）

綺月 陣先生・周防佑未先生へのご感想・ファンレターは
〒102-8405 東京都千代田区一番町29-6
（株）海王社 ガッシュ文庫編集部気付でお送り下さい。

いつも隣《となり》に俺《おれ》がいた
2015年8月10日初版第一刷発行

著　者　綺月　陣［きづき　じん］
発行人　角谷　治
発行所　株式会社 海王社
〒102-8405　東京都千代田区一番町29-6
TEL.03(3222)5119(編集部)
TEL.03(3222)3744(出版営業部)
www.kaiohsha.com
印　刷　図書印刷株式会社

ISBN978-4-7964-0745-8

KAIOHSHA　ガッシュ文庫

KAIOHSHA　ガッシュ文庫

神官は王に操を捧ぐ

吉田珠姫

イラスト／高永ひなこ

逞しく猛々しい王・羅剛。そして神官でありながら羅剛の妃となった牙紗。ふたりは結ばれたものの、大神殿と王宮とで別れて暮らしている。このたび牙紗は羅剛とともに、近隣国・泓絢へ赴くことになり、久しぶりに会える嬉しさをかみしめていたが、いざ出発の段になるとなぜか羅剛は牙紗を置いて行ってしまい――。

夜の獣 ～鬼に愛でられる猫～

橘かおる

イラスト／亜樹良のりかず

金花猫の血を引く冬継は高校生。父が営む便利屋の手伝いをしていたが、ある日ストーカー被害の依頼があり乗り出す。するとそこへ現れたのは禍々しい鬼の朝比奈。前世で恋人を亡くし憤怒で鬼と化した朝比奈は、その恋人の生まれ変わりが憑依している依頼主を捜していたのだ。怯える依頼主に近づかない約束を取り付けた冬継は…。

甘い牙

火崎　勇

イラスト／乃一ミクロ

派遣社員の弓川はどこにでもいる平凡な青年。ある日、会社の帰りに首輪をしていない狼犬を保護する。その後飼い主だと名乗る高嶺という男から「お礼に」と食事に誘われたのだが、なんと高嶺は会員制高級クラブの経営者だった。野性的な魅力溢れる大人の男――そんな高嶺から「君を気に入った」と迫られて……？

KAIOHSHA　ガッシュ文庫

脚本家は愛を乞う

洸

イラスト／小路龍流

カリスマ美容師の加山はイケメンで世渡り上手な遊び人。いつでも『軽く楽しく』をモットーに生きている。そんな加山が出会ったのは、ダサい風貌の駆け出し脚本家・天海だった。天海を売り出そうと目論む知人の番組プロデューサーの依頼で、今どきのさわやか青年に変身させることになるが……？

悪党

水原とほる

イラスト／水名瀬雅良

美貌の青年実業家として成功していた祥。だが自ら立ち上げたIT関連事業が倒産したため、日雇いの肉体労働をすることに。そんな折出会ったのは、この世で信じているのは金くらいという心の乾いた大城という男だった。経営コンサルタントを名乗り脱税専門の商売をする悪党だ。大城に過去の弱みを握られ嬲られる祥だったが……。

紅蓮の竜と聖婚のファートム

絢谷りつこ

イラスト／Ciel

信仰に身を捧げる小さな村の神父・シエンは、左手に癒しの力を持っていた。ある日、その力で国を助けてほしいと請われ国王のもとへ赴くが、城に着いた夜、紅蓮の竜に攫われてしまう。そして目覚めると、赤毛の屈強な男に組み敷かれていた。その男はイグニス・レクスという伝説の竜王で——？